2011教育部人文社会科学研究项目——第二媒介时代视阈中的
"80后"文学研究（项目编号：11YJC751063）成果
2014西北师范大学青年教师科研能力提升计划骨干项目——中国
当代文学对外传播研究（项目编号：SKGG14022）成果

文化与传媒书系

DIER MEIJIE SHIDAI DE WENXUE JINGGUAN
80 HOU XIEZUO XIANXIANG YANJIU

第二媒介时代的文学景观
——『80后』写作现象研究

石培龙 ◎ 著

中国社会科学出版社

图书在版编目(CIP)数据

第二媒介时代的文学景观:"80后"写作现象研究/石培龙著.
—北京:中国社会科学出版社,2016.1
ISBN 978 - 7 - 5161 - 7510 - 1

Ⅰ.①第… Ⅱ.①石… Ⅲ.①中国文学—当代文学—文学研究
Ⅳ.①I206.7

中国版本图书馆 CIP 数据核字(2016)第 018004 号

出 版 人　赵剑英
责任编辑　郭晓鸿
特约编辑　席建海
责任校对　王　影
责任印制　戴　宽

出　　　版　中国社会科学出版社
社　　　址　北京鼓楼西大街甲 158 号
邮　　　编　100720
网　　　址　http://www.csspw.cn
发 行 部　010 - 84083685
门 市 部　010 - 84029450
经　　　销　新华书店及其他书店

印　　　刷　北京君升印刷有限公司
装　　　订　廊坊市广阳区广增装订厂
版　　　次　2016 年 1 月第 1 版
印　　　次　2016 年 1 月第 1 次印刷

开　　　本　710×1000　1/16
印　　　张　14.25
插　　　页　2
字　　　数　209 千字
定　　　价　56.00 元

目 录

前　言

　　"新世纪文学"是近年来文学研究的热点话题。"关于新世纪文学的讨论，在相关刊物的推动下（如《文艺争鸣》自 2005 年始常设'新世纪文学研究'栏目），也显得越来越持久、深入和学理化。诸多论者从新世纪文学的命名讨论开始，逐步过渡到新世纪文学的美学特征、生产方式，新世纪文学与文学经典的关系，大众媒介对新世纪文学的影响等更专门也更细节的问题上，从而使讨论具有了深度。"① 学者们探讨新世纪文学的新素质，关注未来文学的走向，具有重要的理论价值和现实意义，成为热门话题是理所当然的事情。但是，关于"新世纪文学"的研究绝大多数都是从宏观层面的分析，属于文学史性质的理论建构，在这类研究中，微观层面即具体文学实践被置于"新世纪文学"大框架下，很难展开系统的论述。在"新世纪文学"话题之外，针对新世纪具体文学实践的研究不仅数量有限，深度也明显不足，"80后"写作就属于此列。

　　"80后"写作无疑是新世纪最重要的文学现象。面对"80后"文学作品巨大的市场影响力，学者们的研究显得格外沉寂，仅有的一些研究或在新世纪文学框架下论述其市场经济、全球化、互联网背景，或站在单纯的文学立场上，褒其语言天赋和叙事能力，贬其精神境界的低下和生活经验的缺乏，或从理论层面讨论其命名的合理性。"青春文学"、情绪、反抗、逆反、市场和消费等几个关键词就简单地概括了

---

① 赵勇：《文学生产与消费活动的转型之旅——新世纪文学十年抽样分析》，《贵州社会科学》2010 年第 1 期。

我们对"80后"写作的认识。当前，理论界还没有深入研究"80后"写作现象产生的原因，更没有从宏观层面认识到"80后"写作现象对传统文学体制的颠覆性影响。

"80后"写作不仅仅是新世纪文学现象的典型个案，而且是一个重要的文化现象。单纯站在文学和审美的角度考察"80后"写作，很容易得出"只进入市场没进入文坛"、通俗、幼稚等判断，进而拒绝将它当作值得研究的对象，从而忽视了作为文化现象的"80后"写作的真正价值和意义。事实上，在一个电子媒介包围的社会，审美层面或者说仅仅围绕"文学性"的文学研究对文学活动的阐释能力本身已经是值得怀疑的事情了，对于这一点，国际文学理论学会主席、解构主义文学理论的代表人物之一、加州大学厄湾分校批评理论研究所的文学教授希利斯·米勒有更加深刻的认识。新千年伊始，米勒站在技术主义的立场借用德里达的《明信片》中的话公开宣告了"文学研究的终结"：

> 在特定的电信技术王国中（从这个意义上说，政治影响倒在其次），整个的所谓文学的时代（即使不是全部）将不复存在。哲学、精神分析学都在劫难逃，甚至连情书也不能幸免。[①]

基于此推断，米勒认为，"文学研究的时代已经过去了。再也不会出现这样一个时代——为了文学自身的目的，撇开理论的或者政治方面的思考而单纯去研究是否还会逢时，或者还会不会有繁荣的时期"[②]，文学理论"正在走向一种现在还不可知的新形态"，"是一种混合型的，也就是文学的、文化的、批评的理论，它是一种混合体"[③]。米勒是一

---

① ［美］J. 希利斯·米勒：《全球化时代文学研究还会继续存在吗?》，国荣译，《文学评论》2001 年第 1 期。
② 同上。
③ 周玉茹：《"我对文学的未来是有安全感的"（专访希利斯·米勒）》，刘蓓译，《文学报》2004 年 6 月 24 日第 2 版。

个清醒的现实主义者，他没有为文学和文学研究在新媒介时代的危机自怨自艾，而是创造性地将传统文学研究置于阐释空间更为广阔的文化研究框架下，为电子媒介时代文学研究的转型指明了方向。

本书的选题及其研究路径就是对米勒文学研究思路的实践。本研究不是以"80后"文学作品为研究对象，而是以"80后"写作现象为样本，将其作为大众文化的典型个案来分析，在研究路径上，以媒介理论为立论基础和分析工具，主要解决以下几个问题。

1. 如何认识文化意义上的"80后"写作现象的深层意蕴，即"80后"写作现象的整体性关照。

2. 学者们大都认为"80后"写作对现有文学秩序造成了冲击，但对具体的内容却语焉不详或隔靴搔痒，本文要回答"80后"写作对现有文学秩序到底造成了什么冲击，以及造成这种冲击的原因。

3. "80后"写作与"80后"读者的互动关系及其启示意义。

这种研究框架的目的是绕开当前"80后"研究和评价中的审美或"文学性"话语体系，走出"80后"写作现象的价值认识误区，集中探讨媒介演进与文学的互动关系。

本研究的难度是显而易见的。一方面，媒介与文学发展互动的研究思路是全新的，从立论到论证，既要逻辑合理，又要有说服力，避免自说自话、以偏概全，难度可想而知。另一方面，本研究基本遵循媒介理论研究的方法路线，着重于理论分析和阐述，研究重点在于"80后"写作现象的整体性关照，而非"80后"写作的作品。因此，研究的具体作品分析非常有限。即便这样，如何挑选出能够代表"80后"写作面貌的作品也非常困难，毕竟"80后"写作的历史非常短暂，作品的历史评价还需要时间的沉淀。这些困难在一定程度上自然影响了论题的深入，故特此说明。

第一章

第二媒介时代的来临

第一节 互联网简史

1962 年，美国国防部高级研究计划署的里克里德（J.C.R. Lick-lider，1915—1990）为寻找计算机除数字计算以外更好的用途，将全美领先的计算机研究所和公司组织起来，成立了包括斯坦福、伯克利等院校的研究小组，里克把他的这个小组戏称为"星际计算机网"（Intergalactic Computer Network）。此后不久，他给这个小组写了一个备忘录，探讨了"星际网络"的概念，并构想了一个全球互联的网络——"使任何人使用任何地方的计算机，获取世界上任何地方的数据"①。里克里德天才的畅想为网络时代的到来播下了种子。

1972 年 10 月，以"星级计算机网"为核心创建的 ARPANET 在国际计算机通信大会上成功演示，公众第一次知道了这种全新的网络技术。从 20 世纪 70 年代末到 80 年代初，在结构开放理念的支持下，各种各样的计算机网络应运而生，如 MILNET、USENET、BITNET、CSNET 等，网络的规模和数量发展迅速，并产生了网络之间互联的需

---

① 刘瑞挺：《网络畅想家——里克里德》，《计算机教育》2004 年第 12 期。

求。1983 年 11 月，ARPNET 正式采用 TCP/IP 主机协议，从技术上为网络互联开辟了广阔的道路，奠定了今天互联网存在和发展的基础，ARPNET 也因此被称为现代互联网的雏形。1986 年，美国国家科学基金会（NSF）资助建成了基于 TCP/IP 技术的主干网——美国国家科学基金网（NSFNET），连接美国的若干超级计算中心——主要为大学和研究机构，世界上第一个现代互联网产生，NSFNET 取代 ARPNET 成为互联网主干网。1991 年，欧洲粒子物理研究所（CERN）的科学家提姆·伯纳斯李（Tim Berners-Lee）开发出了万维网（World Wide Web）和极其简单的浏览软件，此后互联网开始向社会大众普及。1993 年，伊利诺斯大学美国国家超级计算机应用中心的学生马克·安德里森等人开发出"马赛克浏览器"（Mosaic），后以"Netscape Navigator"为名推向市场，大获成功，互联网开始爆炸性普及。

1992 年，美国参议员、后任美国副总统的阿尔·戈尔提出"美国信息高速公路法案"。1993 年 9 月，美国政府宣布实施一项新的高科技计划——"国家信息基础设施"（National Information Infrastructure，NII）。"信息高速公路"旨在建立一个能提供超量信息的，由通信网络、多媒体联机数据库以及网络计算机组成的一体化高速网络，向人们提供图、文、声、像信息的快速传输服务，并实现信息资源的高度共享。紧随美国的信息高速公路计划之后，欧盟、加拿大、俄罗斯、日本等纷纷效仿，相继投入巨资实施国家信息基础设施建设，一场建设信息高速公路的热潮在世界范围内涌动。作为信息高速公路建设的关键部分，1995 年，美国国家科学基金会（NSF）对 NSFNET 实行了私有化政策，使其冲破了学术界的掌管，开始商业化运行，一个全球被"一'网'打尽"的时代开始了。

开放性是互联网的核心，"互联网绝非在一些主要大学的研究团体中偶然发生的事。它也绝非因政府需要而迫使这些团体去做的事。互联网一旦被推动，研究者们便开始为它建立一套管理它的协议。这些协议是开放的——它们被置于一个公用之处，并且无人拥有这些资源的所有权。任何人都能自由加入创立这些公用编码的团体，并且许多人都在这么做。谷仓节节升高……就这样，建成了这个互联网"①。虽然最初关于计算机网络的研究是出于军事目的，ARPNET 的建设也是为了解决极端战争环境下的军事通信问题，但网络技术和理念的开放性使互联网很快脱离了军事部门的垄断，逐步向科研机构、大学校园乃至全社会开放，从军用向商用转变，从美国向全球扩展。

美国联邦联网委员会（FNC）对"Internet"作了如下定义："Internet"指的是全球信息系统——（1）它是由一个基于互联网协议（IP）或它的后续扩展/发展之上的全球地址空间逻辑地连接起来的网络；（2）它能够通过传输控制协议/互联网协议（TCP/IP）或它的扩展/发展或者其他的与互联网协议兼容的协议进行通信；（3）它能够提供、应用或开发公众或是私人可以获取的、架构在此处所描述的通信以及相关基础结构之上的高级服务项目。② 互联网设计的关键理念是将它设计成为一个通用的基础结构，一个能够展示各种技术的应用平台。这个平台以微处理器为计算机最底层核心，加上其他外部设备和相应操作系统软件。互联网的设计者不关心它的具体功能，而是将其设计为一个开放的实验室，人们可以在它上面设想各种应用并加以实践。因此，互联网是各种创新思想和技术的魔术孵化器，只要你敢想，只要你有技术能力将你的想法设计成能够联入互联网的软件或硬件，互联网就为你提供了展示平台。从最初的包文件交换到电子邮件，到BBS，到提供各种服务的 Web 站点，从 Web 1.0 到 Web 2.0，再到Web 3.0，互联网的潜能不断地被挖掘出来，功能越来越强大，最终，互联网成为人类社会的延伸。足不出户，人们就可以完成几乎一切人类社会运行所必需的过程——读新闻、购物、聊天、看电影、做生意

---

① ［英］约翰·诺顿：《互联网：从神话到现实》，朱萍译，江苏人民出版社 2001 年版，第 270 页。

② 贝瑞·M. 雷纳等：《互联网简史》，参见熊澄宇主编《新媒介与创新思维》，清华大学出版社 2001 年版，第 367 页。

乃至进行艺术创作。互联网成了真正的"超级媒介",一个似真的人类社会在新的技术环境下渐渐成型,虚拟社区——或称为赛博空间(Cyberspace)成了人类生存的镜像。

同所有创新项目的扩散过程一样,互联网的发展经历了由慢到快的发展历程。初期,由于技术的复杂性、功能的相对单一性以及个人电脑尚未普及等原因,互联网的发展非常缓慢。1969 年 12 月,ARP-NET 最初建成的时候只有 4 个网络节点,到 1972 年 3 月仅仅有 23 个,到 1977 年 3 月总共有 111 个。从 20 世纪 80 年代开始,随着 TCP/IP 协议的推广并逐步成为占统治地位的网络协议,网络互联技术日趋成熟。1986 年,基于 TCP/IP 协议建设的第一个现代互联网主干网美国国家科学基金网(NSFNET)连接的网络节点数猛增到 56000 个。① 20 世纪 90 年代,互联网开始商业化,由于电脑的大规模普及、网络功能的日益完备以及功能强大且简单易用的万维网迅速发展,互联网开始爆炸式发展。1994 年,还没有所谓的商业网址(Website)这回事;到 1995 年,仅网上以从事商业活动为目的的地址数目已达 6 位数之多,更不必说其他的网址了②,这一年,100 多个国家约 3000 万人加入了互联网,这一数字以每个月 10%—15%的速度增长。③ 2001 年,以"blog"为关键词的搜索结果仅有 7.6 万个;2008 年,谷歌上有 38 多亿条关于"blog"的搜索结果。④ 2014 年 11 月 25 日,联合国国际电信联盟(ITU)最新研究显示,全球网民已突破 30 亿人,而且其中 2/3 的网民都住在发展中国家。在手机领域,报告中估计,到 2014 年年末,全球手机订阅用户将达到 70 亿人,几乎与全球人口总数相当。⑤ 因此,

---

① 廖卫民、赵明:《互联网媒体与网络新闻业务》,复旦大学出版社 2001 年版,第 25 页。

② 胡泳、范海燕:《网络为王》,海南出版社 1997 年版,第 4 页。

③ 〔美〕罗杰·菲得勒:《媒介形态变化》,明安香译,华夏出版社 2000 年版,第 85 页。

④ 新浪科技:《谷歌重现 2001 年版网页搜索》,http://tech.sina.com.cn/i/2008-10-03/14212488747.shtml,2014 年 11 月 20 日。

⑤ 腾讯科技:《国际电信联盟:全球网民已突破 30 亿人》,http://tech.qq.com/a/20141125/116517.htm,2014 年 11 月 27 日。

互联网在很短时间内就为自己确立了大众传播媒介的地位，"从开始运营到拥有 5000 万用户，报纸用了近 1000 年；广播用了 38 年；无线电视用了 13 年；有线电视用了 10 年；而互联网则仅仅用了 4 年！不仅如此，互联网还在很大程度上改变了当代社会的传媒形态：网络媒体从原来的边缘媒体到确立'第四媒体'的地位用了 15 年（1985—1999）；互联网取代广播而排名第三只用了 6 年（1999—2004）；互联网取代报纸而排名第二估计只需 15 年（2005—2020）"①。

中国是国际互联网俱乐部的第 71 个成员。20 世纪 90 年代初，我国开始建设计算机信息网络；1993 年 3 月 2 日，从中科院高能物理研究所联入美国能源网的第一条互联网专线正式开通；1994 年 4 月，由中科院（中关村地区）、北京大学、清华大学的校园网组成的 NCFC 网通过高速光缆和路由器实现主干网的连接，并开通与互联网的专线联结，将我国的最高网络域名确定为".CN"，这标志着我国正式加入国际互联网的行列中。中国政府非常重视全球的信息化潮流，为了不在这场竞争中失败，与其他国家同步启动了自己的"信息高速公路"建设历程②。20 世纪 90 年代，随着 CHINADDN（公用数字数据网）、CHINAPAC（公用分组交换数据网）、金桥工程（为金字号工程服务的网络工程）以及 CHINANET（公用计算机互联网）等功能不同的国家级信息网络工程的建成，中国信息社会的主体网络建设成型。1995 年，我国正式开通中国公用计算机互联网（CHINANET），向公众提供互联网服务。

互联网进入中国时，正是中国市场经济建设初期，信息基础设施

---

① 刘连喜：《新媒体论——CCTV.com 的第一个十年》，2007 年 1 月 11 日。http：//media.people.com.cn/GB/22114/77046/77047/5272425.html，2014 年 11 月 20 日。

② 1993 年 3 月 12 日，朱镕基同志主持会议，部署建设国家公用信息通信网，即"金桥"工程；1993 年 6 月 1 日，江泽民同志视察人民银行沙河卫星清算中心时，提出了建设"金卡"工程的设想。1993 年 12 月 10 日，国务院决定成立以邹家华同志任主席、胡启立为同志为副主席的国家经济信息化联席会议，以推进国民经济信息化的进程。张恒昌：《迎接新一轮世界信息革命的挑战——信息高速公路纵横谈》，《甘肃社会科学》1994 年第 6 期。

的落后，物质生活水平的贫乏，以及面对新事物惯有的保守心理，使人们对互联网在中国的发展前景十分悲观："今天就谈网络应用还为时过早，人的素质、经济因素还达不到，也就谈不上大的宏伟计划"①。即使是持乐观态度的人，对互联网在中国发展速度的估计也十分谨慎："按保守的估计，到 2000 年，我国教育和科研领域会有 5000 台以上的节点机连入 Internet，用户将在 50 万户以上，在政府和商业领域……到 2000 年至少也会有上千个节点。"② 经济的高速发展，人民生活水平的迅速提高，网络技术的日益"傻瓜化"，为互联网在中国的发展注入了强大的动力，发展速度超过了所有人的想象。据中国互联网络信息中心（CNNIC）发布的互联网发展状况调查数据显示，1997 年，我国上网计算机 29.9 万台，用户 62 万；1999 年，上网计算机达到 350 万台，用户达到 890 万；2014 年 6 月，中国网民数量达到 6.32 亿，规模居世界第一位，普及率达到 46.9%。③

第二节　第二媒介时代的来临

20 世纪，互联网的发展给人类社会带来了前所未有的革命，被英国著名《经济学家》杂志称为"虚拟世界第一位重要哲学家"的曼纽尔·卡斯特在《千年终结》中写道："不管我们度量时间的方式如何，这的确是一个变动的时刻。在 20 世纪后四分之一期间，一场以信息为中心的技术革命，改变了我们思考、生产、消费、贸易、管理、沟通、

---

① 胡泳、范海燕：《网络为王》，海南出版社 1997 年版，第 421 页。

② 同上书，第 429 页。

③ 中国互联网络信息中心（CNNIC）：《第一次中国互联网络发展状况统计报告（1997 年 10 月）》《第五次中国互联网络发展状况统计报告（2000 年 1 月）》《第 25 次中国互联网络发展状况统计报告（2010 年 1 月）》《第 34 次中国互联网络发展状况统计报告》（2014 年 7 月），http：//search.cnnic.cn/cnnic_search/showResult.jsp，2014 年 11 月 20 日。

生活、死亡、战争以及做爱的方式。"①

今天，互联网已经渗透到世界的每一个角落，互联网将全世界一网打尽，以互联网为基础的信息高速公路给人类带来无限的遐想和惊喜。对经济而言，互联网让人类从工业经济时代大踏步迈向信息经济、知识经济时代。对社会而言，互联网将"地球村"的预言变成了现实，一个全新的虚拟社会正在赛博空间蓬勃发展。在文化领域，互联网会给我们带来什么呢？卡斯特继续说道：

> 一个真实虚拟的文化，围绕着相互影响日益加强的视听宇宙被建构起来，渗透到每一处精神表征和沟通传播中，以电子超文本整合文化的丰富性。……对抗信息化与全球化逻辑的社会的表达，围绕着原初的认同而建构起来，形成以上帝、地域、种族或家庭之名而建立起来的防御性社区。在此同时，要建立父权家长制和民族国家等如此位高权重的社会制度将会在信息和财富的全球化以及认同与合法性的地方化相互结合形成的压力之下引起质疑。②

那么，"千年终结"后，我们面临的将是一个什么样的时代呢？

一　互联网和第二媒介时代

美国著名的政论家、专栏作家、学者沃尔特·李普曼（Walter Lippmann）很早就意识到了大众传播媒介建构主体的巨大潜力，并详细说明了这个建构的过程：

> 每个人的行为依据都不是直接而确凿的知识，而是他自己制

---

① ［美］曼纽尔·卡斯特：《千年终结》，夏铸九、黄慧琦等译，社会科学文献出版社2003年版，第1页。

② 同上书，第4页。

作的或者别人给他的图像。……这种对世界的想象方式，决定着人们在任何特定时刻将要作出的行为。它并不决定人们的成功与否。它决定着人们的努力、人们的情感、人们的希望，而不是它们的实现和结果。①

他人脑海中的图像——关于自身、关于别人、关于他们的需求、意图和人际关系的图像，就是他们的舆论。这些对人类群体或以群体名义行事的个人产生着影响的图像，就是大写的舆论。②

在李普曼看来，大众传播媒介的内容营造了介于我们和真实环境之间的"拟态环境"，人们根据"拟态环境"刺激下形成的世界观对真实环境作出反应，完成主体建构，他并没有认识到媒介本身的威力。

1964 年，一个名不见经传的加拿大教书匠出版了《理解媒介——论人的延伸》一书，震惊了西方思想界。凭借此书，作者马歇尔·麦克卢汉（Marshall McLuhan）一举奠定了 20 世纪最重要的媒介思想家的地位，《纽约先驱论坛报》把他誉为"继牛顿、达尔文、弗洛伊德、爱因斯坦和巴甫洛夫之后的最重要的思想家……""电子时代的代言人，革命思想的先知"。90 年代初，鼎鼎大名的《在线》杂志从创刊号起，在报头上把麦克卢汉供奉为"先师圣人"。

在《理解媒介》一书中，麦克卢汉不仅首创了"媒介"这一术语，而且提出了"地球村""媒介即信息""媒介是人的延伸""冷媒介/热媒介"等振聋发聩的观点，在西方思想界引起了强烈的冲击波。麦克卢汉用媒介的演进来阐释人类社会的发展，他认为，从历史发展角度看，媒介内容并不重要，真正重要的是媒介本身。媒介形态的变化改变了人类的感知模式，重组了人际关系，推翻了既成的政治秩序和美学秩序，并最终导致人类社会形态的改变：

---

① ［美］沃尔特·李普曼：《公共舆论》，阎克文、江红译，上海人民出版社 2002 年版，第 20—21 页。

② 同上书，第 23 页。

第一次革命是发明活字印刷术，那是在 15 世纪中叶，它鼓励人的直线思维，鼓励人们以方便印刷书页视觉形态的方式去安排知觉。第二次革命是电力的新兴应用形态（电报、电话、电视、电脑等），它使人学会用方便的电子空间（cyberspace）礼仪的方式来重新安排知觉。内容跟随形式，汹涌革命的技术产生了感觉和思维的新的结构。①

麦克卢汉预言，由于电子媒介传播信息速度极快，人类对重大信息的接收可以实现同步化，这样，时间距离和空间距离将不复存在，人类在经历了印刷媒介时代的分裂后，将在电子媒介时代重新聚合在一起，结成一个密切相互作用的、无法静居独处的、紧密的小社区，人类社会将成为一个"地球村"。

美国厄湾加州大学的历史教授马克·波斯特（Mark Poster）无疑是麦克卢汉"媒介决定论"历史观的信徒，他认为，以互联网为核心的新媒介技术对人类社会的重大影响导致了一个新时代的来临：

> 在电影、广播和电视中，为数不多的制作者将信息传送给为数甚众的消费者。播放模式有严格的技术限制，但随着信息"高速公路"的先期介入以及卫星技术与电视、电脑和电话的结合，一种替代模式将很有可能促成一种集制作者、销售者、消费者于一体的系统的产生。该系统将是对交往传播关系的一种全新构型，其中制作者、销售者和消费者这三个概念之间的界限将不再泾渭分明，大众媒介的第二个时代正跃入视野。②

---

① ［加］马歇尔·麦克卢汉：《理解媒介——论人的延伸》，何道宽译，商务印书馆 2000 年版，第 4 页。

② ［美］马克·波斯特：《第二媒介时代》，范静晔译，南京大学出版社 2001 年版，第 3 页。

波斯特认为，第二媒介时代以双向型、去中心化的新型大众传播媒介——互联网为基础，其散播型模式与第一媒介时代的播放型模式具有完全不同的结构，从而"为主体构建机制的重新构筑提供了种种新的可能"[1]。

二　第二媒介时代的大众传播

第一媒介时代的大众传播媒介（传统媒介），主要包括印刷媒介（报刊、书籍）和传统电子媒介（广播、电视）两大类，它们的传播模式可以用图1-1表示。

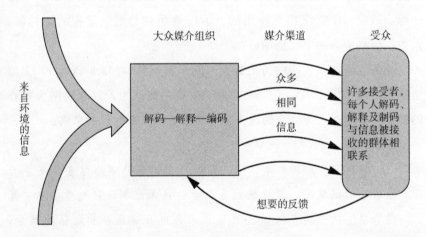

大众媒介组织　　　媒介渠道　　　受众

来自环境的信息

解码—解释—编码

众多
相同
信息

许多接受者，每个人解码、解释及制码与信息被接收的群体相联系

想要的反馈

图1-1　第一媒介时代大众传播模式[2]

第一媒介时代呈现"一对多"的传播格局——信息以线性方式从少数信源经大众传播媒介过滤把关后到达数量众多的受众。从图1-1中我们可以看出，纷繁复杂、各种类型的信息进入大众传播媒介组织（报纸、电视网、电影制片厂、唱片公司等）后被过滤筛选，被选中的

①　[美]马克·波斯特：《第二媒介时代》，范静晔译，南京大学出版社2001年版，第9页。
②　[美]约瑟夫·R.多米尼克：《大众传播动力学：数字时代的媒体》（第7版），蔡骐译，中国人民大学出版社2004年版，第22页。

信息经过加工后通过专门的传播媒介和发行渠道到达受众。受众也不是被动的接受者，他们会自己重新解释这些信息，其中，他们所属的群体对信息解释有重要影响。受众的反馈信息通过其他媒介通道流向大众传播媒介组织。

第二媒介时代是以互联网为基础的，我们可以用图1-2来概括其传播模式：

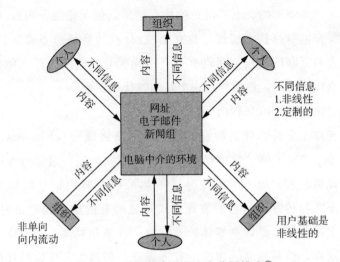

图1-2　第二媒介时代大众传播模式①

图1-2清晰地勾勒出了互联网时代"多对多"的大众传播格局：第一，传播者与受众的角色不再固定，每个信息节点（个人或组织）既是信息的接受者，又是信息的传播者，因此，信息传播不再是单向的，而是双向互动的；第二，信源多样化，媒介组织可以提供信息，个人也可以提供信息，组织和个人、个人和个人、组织和组织在信息传播秩序中处于同等地位。

大众传播媒介具有强大的社会影响力，媒介不同的技术特性决定了它在社会政治、经济、文化权力格局中的角色定位：一种是充当权

---

① ［美］约瑟夫·R.多米尼克：《大众传播动力学：数字时代的媒体》（第7版），蔡骐译，中国人民大学出版社2004年版，第23页。

力统治的有力武器，用以教育和改造受众，使他们产生符合统治者需要的意识和心理；另一种是作为民主的推动机，分散权力，促进社会，"信息有可能成为一种强有力的腐蚀剂和分解剂，而不是同任何教父、帝王以及其他中央权威的统治者相一致的匹配物。信息的广泛传播同中央权威之间的紧张对立，对知识单极化的突破同对这种单极化知识体系的力图恢复和重建之间的对立，一直延续到了今天"①。客观地说，媒介很少产生绝对的、不可避免的社会结果，但无论媒介内容（信息）如何，媒介本身（技术属性）具有集权/分权的意识形态属性。那么，传统媒介和互联网的权力属性有什么不同呢？互联网为什么能够改变传统大众传播格局，进而导致一个新的时代来临呢？

1. "比特"（bite）转向

麻省理工学院媒体实验室的创办人尼葛洛庞帝（Nicholas Negro-ponte）说："要了解'数字化生存'的价值和影响，最好的办法就是思考'比特'和'原子'的差异。"② 第一媒介时代信息以原子形式存在，形式与传媒（信息的表现方式）之间有固定的物质依附关系，例如：文字和图片是印刷媒体的专有物，音频和视频是电子媒介的专有物。这样，信息越多，占据的有形媒介资源越大，传输的代价就越大，两者具有显著的正相关联系。由于第一媒介时代的媒介资源——印刷媒介赖以存在的价格高昂的纸张和电子媒介赖以存在的频率资源非常有限③，因此，第一媒介时代的大众传播媒介只能是少数人的专

---

① ［美］保罗·利文森：《软边缘：信息革命的历史与未来》，熊澄宇等译，清华大学出版社 2002 年版，第 24 页。

② ［美］尼葛洛庞帝：《数字化生存》，胡泳、范海燕译，海南出版社 1997 年版，第 21 页。

③ 例如：纸张的稀缺导致我国新闻纸价格从 1980 年每吨 730 元人民币上涨到 1995 年年底每吨近 7000 元的"天价"。参见陈怀林、黄煜《中国大陆大众传媒商业化非均衡发展：以报业为案例》，《新闻学研究》第 53 期。在无线电出现以前，只有几个广播频率，即使无线电技术和卫星传输技术出现后广播和电视频率资源增加了很多，但依然是十分稀缺的资源，如我国最先进的广播电视卫星"中星 9 号"最多只能传输 150—200 套标准清晰度和高清晰度的电视节目。参见《"中星九号"发射升空中国进入直播卫星时代》，《重庆晚报》2008 年 6 月 10 日第 11 版。

属物。

媒介的发展是一个功能不断叠加的过程，前一种媒介就是后一种媒介的内容，就像口语是印刷媒介的内容，印刷媒介是广播和电视的内容，而印刷媒介和传统电子媒介都成了互联网的内容。互联网不仅集合了它出现之前所有传播媒介的传播功能，而且通过特有的信息存储和传输方式使自己具有了无限拓展功能的潜力。互联网的技术基础是计算机，计算机只有一种存储形式——比特。比特是第二媒介时代信息的"元格式"，在互联网中，一切信息都以"比特"的形式存在，这种变化打破了第一媒介时代信息形式与媒介物质形态的对应依附关系，使互联网成为可以传输文字、图片、音频和视频等各种形式信息的"超级媒介"。另外，"比特"代表电子脉冲，随着压缩/解压缩技术的发展以及存储介质的不断改进，计算机存储"比特"的能力呈几何级数增长。今天，一张普通的 DVD 光盘就可以容纳超过几十亿文本格式的汉字，这样，互联网就成为一个具有近乎无限信息存储和输出能力的信息平台，这从根本上解决了第一媒介时代大众传播媒介资源短缺的问题。

2. "把关人"消失

第一媒介时代的大众传播媒介都是单向传播机器，是有效的"向下"而非"向上"的渠道。印刷媒体和电子媒体只能单向传播信息，它们把信息"推"给受众，受众只能接受信息，却不能利用同一个媒介传播信息。传播过程中，存在多重把关人，他们决定什么样的信息可以传播给受众。

双向互动性是互联网的基本特征，这种媒介技术结构彻底颠覆了第一媒介时代大众传播的单向格局。互联网是一个"网"，网格中的每一个节点都处于平等位置，每个节点都具有生产和传播信息的权力。在互联网中，传播者和受众是一体的，只要你愿意，你可以将信息从网络中"拉"出来浏览，也可以将信息"塞"进去供他人分享。面对浩瀚的信息海洋，面对近乎无限的网络空间为无数受众提供的无数媒介通道，传统的人工信息"把关"方式不再具有可操作性。另外，互联网从诞生的那一天起就确立了自由、开放的原则，严格的信息控制机制完全违背了互联网的自由精神。因此，尽管互联网中也有系统管理员，有编辑、版主，也有一些专门宣扬某种主张的网站，但无数的网络通道为各种思想和言论提供了足够的生存和传播空间，没有任何人可以以一己之立场决定互联网的面目，一个真正的"观点的公开市场"悄然来临。

3. 信息"主人"消失

第一媒介时代，由于信息格式的独特性和不可通约性，它与媒介具有固定的依附关系，信息一旦进入大众传播媒介，就会留下明确的路径。因此，传统媒介环境下，信息有明确的"主人"，信息的制造者和发布者在信息传播路径中留下了明确的身份标记。这种媒介技术结构使统治者可以非常方便、有效地实施事后追惩制度，惩戒"犯上者"，这种媒介技术结构对信息生产者和传播者都具有强大的威慑力。

互联网上的信息以比特的方式存在和传播，各种信息形式可以在网络中自由流通。信息进入互联网后，任何人都可以将其复制粘贴到别的地方，信息传播路径的网络化使人们很难找到信息的原始出处。另外，互联网是一个开放的媒介空间，每个人都有自由接受和发布信息的权利，"在网络上，每个人都可以是一个没有执照的电视台"①，而进入网络的匿名机制使你不知道对面是人还是一条狗。这样，即使你知道信息的"网络主人"，也依然无法将其与现实世界中的特定个体准确对应。从本质而言，互联网上的信息是没有"主人"的，这种匿名传播机制消解了信息制造者和传播者被事后追惩的压力，保障了个体的言论自由权利。

---

① ［美］尼葛洛庞帝：《数字化生存》，胡泳、范海燕译，海南出版社 1997 年版，第205 页。

4. 门槛的降低乃至消失

随着媒介技术的进步和社会分工的细化，价格昂贵的基础设备和发行渠道使第一媒介时代的大众传播业成为一个极高资本门槛的行业。例如，新千年以后，在中国的中心城市创办一家新报纸的投资已经普遍达到了"千万级"①。没有大量的资金支持，任何个人都很难创办媒体，也就没有了进行大众传播的权利。

互联网技术的迅速发展大大降低了人们使用互联网的成本，只要有电脑终端，有一条网线，人人都可以成为大众传播者。随着市场竞争的加剧和技术的进步，使用互联网的成本持续下降，相信用不了很长时间，人们就会有很多机会免费使用互联网。

> 传统的三大传播媒体（报刊、广播、电视）是一种稀缺性的资源，掌握在少数人、个别机构手中，形成一种金字塔式的信息传播模式。它是由上而下、以少对多的，带有强制性和扩张性；从而，来自底层的心声往往被消解、湮灭。对传媒的掌握和在传媒上发言，是一种身份、地位和权力的象征，体现了一种现实中的不平等性；正是在这样的背景下，被称为"第四媒介"的网络显示了其不可替代的价值。互联网的理念是自由和平等。上网者得以从高度垄断的信息霸权中走出来，自己掌握信息主权。②

第一媒介时代，媒介资源的稀缺和高成本导致了大众传播的单向传播格局和"金字塔"结构。少数传播者向广大受众传播信息，受众没有使用大众传播媒介传播自己意见的权利，只能被动接收信息，成为"沉

---

① 例如：2003 年在北京创办的《新京报》启动投资是 2000 万元人民币，2004 年由上海文广集团、《北京青年报》《广州日报》三家共同创办的《第一财经日报》启动资金是 1 亿元人民币。参见梁金河《报业经营转轨时代是否来临——新一轮成本推动型涨价对报业集团发展模式的影响与分析》，《传媒》2008 年第 9 期。

② 郑园玛：《网络文学：超越了文学的意义》，《粤海风》2001 年第 5 期。

默的大多数"。这种格局和结构与集权政治的统治格局和结构从本质而言是相同的，而有限的媒介资源和明确的信息传播路径为统治阶层控制大众传播媒介提供了极为便利的条件。因此，第一媒介时代的大众传播媒介具有集权意识形态属性。统治阶层可以利用大众传播媒介推广自己的意识形态，使这种意识形态成为公众舆论，从而驯化民众。在这个过程中，大众传播媒介不仅是权力的工具，而且成为权力的拥有者。

互联网高科技打造的"超级媒介"，信息的"比特化"使各种形式的信息自由游弋于不同网络通道，技术的进步使网络通道资源丰富到近乎无限。每个人都能以极低的成本进入互联网，从而拥有进行大众传播的权利。在网络信息海洋中，传统的"把关人"机制被彻底击碎了。信息路径的自由转换和进入网络的匿名机制消除了"事后追惩制"的强大威慑力，人们的言论自由有了坚实保障。互联网的这种媒介技术特征赋予其分权意识形态属性，使它成为现代民主的发动机，这是信息技术发展"相关发明意料之外的结果"①。

2006年，《时代周刊》将"网民"评为年度人物，明确宣告了以互联网为舞台的"草根"的崛起。著名互联网评论家方兴东将互联网所带来的社会传播模式的变迁比喻为"从大教堂到大集市"，并认为"中国互联网十年历史，依然是被严重低估的重大事件"②。的确，互联网给我们带来的不仅仅一是种新的经济形态，更不仅仅是搜狐、新浪、E－mail、BBS、聊天室、博客、播客、微博这些便利的信息渠道，网络电子游戏、网络购物这些更加高级的生活享受，或者脸谱（Facebook）、推特（Twitter）、微信这些新型社交方式，它是撬动地球的"阿基米德的杠杆"，它将改变已经被权力异化的人类社会，它给我们带来的是人类奋斗的终极目标──自由。

---

① ［美］保罗·利文森：《软边缘：信息革命的历史与未来》，熊澄宇等译，清华大学出版社2002年版，第9页。

② 方兴东：《互联网十年：依然被严重低估的历史事件》，2005年9月9日，http://www.360doc.com/content/05/0909/22/24＿11532.shtml，2014年11月27日。

第三节 第二媒介时代与中国文化变革

一 大众传媒与文化体制

利文森指出，从历史的角度看，"所有媒介——大部分，尤其是文字和出版——大体上都有助于进行权力实施的分散和民主化"①。印刷书籍的出现促成了公共教育的发展，进而导致了科学革命的胜利，削弱了教会的统治。但是，统治阶层一旦认识传播媒介尤其是大众传播媒介的巨大威力，他们总会以"公众利益"或"国家利益"为由，利用各种手段加强对大众传播媒介系统的控制，让其为自己服务，正如美国著名的政治学家、传播学者哈罗德·拉斯韦尔所言："一个统治阶级对其他阶级特别警惕，并依靠传播作为维护权力的手段。"②

由于大众传播媒介具有巨大的影响力，因而一直是统治阶级管制的核心领域。中国古代绵延不断的"焚书坑儒"和"文字狱"，英国伊丽莎白二世的"星法院条令"③，以及现代大众传媒兴起后的各种出版审查制度、"通讯法案""广播电视管理条例"等说明，从古至今，从国内到国外，大众传播媒介一直处于统治者的严格管制之下。一般而言，各国监管大众传播媒介的政策因不同的政治、经济情况和社会制

① ［美］保罗·利文森：《软边缘：信息革命的历史与未来》，熊澄宇等译，清华大学出版社2002年版，第85页。
② 转引自［美］沃纳·塞佛林、小詹姆斯·坦卡特《传播理论——起源、方法与应用》，郭镇之等译，华夏出版社2000年版，第35页。
③ 1570年，伊丽莎白一世将枢密院的司法委员会改组为直属女王的皇家出版法庭，即"星法院"，以加强封建统治，组成人员包括枢密院人员和大法官三人。星法院颁布特别法令，也就是著名的"星法院法令"，严厉管制出版活动，如一切印刷品均须送皇家出版公司登记；皇家特许出版公司有搜查、扣押、没收非法出版物及逮捕嫌疑犯等权力。该法令一直维持到1641年，是英国新兴资产阶级新闻自由的最大桎梏。

度而各不相同，"传播技术与社会问题的关系在各国受着相同的一些因素的影响……其中两个因素在所有国家中都很重要：其一为一个意识形态的常数（但实际上主流意识形态也是一个变量），其二为一个随着社会制度不同而变化的变量（X）"[1]。

1956年，美国伊利诺大学教授弗雷德·西伯特（Fred Siebert）、西奥多·彼得森（Theodore Peterson）和韦尔伯·施拉姆（Wilbur Schramm）合作出版了新闻传播学经典著作《新闻传媒的四种理论》（一译《报刊的四种理论》），其中关于苏联大众传媒的理论阐述成为西方描述社会主义国家新闻体制的经典理论。施拉姆认为，苏联传媒理论的来源或哲学基础，是马克思主义的唯物决定论和阶级斗争学说。他引用列宁关于报纸是"集体的宣传员，集体的鼓动员，更是集体的组织者"的观点，指出苏联传媒制度关于传媒作用观点的核心是将传媒工具化，认为苏联大众传播媒介和其他国家权力工具紧密联系在一起，主要用于统一国家和党内思想、发布国家和党的指示的宣传和鼓动工具，其特点表现为严格强制的责任和严密控制的传媒制度。同时，由于消除了出版和广播的牟利动机，因而传媒可自由地尽其作为国家和党的政治工具的职责，而不是作为博取公众欢心的竞争者。施拉姆还归纳了苏联控制传媒的三种方法：以其可靠的党员担任要职；发出大量的指示和训令；以及经常进行检查和批评。

《报刊的四种理论》成书于冷战时期，施拉姆的理论和观点相当明显地打上了冷战思维和西方主流思想的烙印。他将共产主义等同于苏联模式，将马克思主义原理同苏联在其建国实践中施行的一些操作性规定混为一谈，表现出明显推崇、宣扬美国等西方国家自由主义政治哲学及基于此的西方新闻学说，贬低共产主义和苏联传媒理论的倾向，但这也与苏联新闻体制的弊端和当时所有社会主义国家一味模仿苏联

---

① ［英］丹尼斯·麦奎尔、［瑞典］斯文·温德尔：《大众传播模式论》（第二版），祝建华译，上海译文出版社2008年版，第187—188页。

模式有很大关系。改革开放以来，中国大众传播事业取得巨大成就，施拉姆的"苏联共产主义"新闻理论已经无法合理解释和评价中国新时期新闻事业的发展变化，西方新闻传播学者承认，"自《报刊的四种理论》出版之后，社会主义国家已经发生了很多变化。在中国，80年代，报纸的私营所有制在有限的范围内得到允许。政府容忍了更多的批评，特别是对那些个人和地方政府的批评，因为这些人和事不利于'四个现代化建设'的目标"①。

二　中国传统文化管理体制

中国大众传播事业的核心价值观是维护社会主义制度，宣扬社会主义主流价值观，为现行政策保驾护航，其实质是维护党的意识形态的合法性和稳定性，这种价值取向决定了中国传媒制度的基本面貌。改革开放后，虽然中国大众传播事业先后进行了"事业化管理、企业化经营"的体制改革之路，但自始至终，中央政府强调的"四个不变"——党和人民的喉舌性质不能变、党管媒体不能变、党管干部不能变、正确舆论导向不能变，既是指导改革的基本原则，也是改革的底线，"四个不变"决定了中国监管传媒的基本制度——事业化管理②。

事业化管理体制主要包括对大众传播媒介设立上实行严格的审批制度，并始终强调党对媒体的绝对领导；内容上实行审读制度，主张正面宣传为主的方针，对刊登、播放违禁、违法内容的媒体有严厉的

---

① ［美］沃纳·塞佛林、小詹姆斯·坦卡特：《传播理论——起源、方法与应用》，郭镇之等译，华夏出版社2000年版，第345页。

② "事业单位"是具有中国特色的一种社会组织和体制现象，西方国家没有所谓的"事业单位"。在西方理论界，多数学者一般将社会经济部门划分为公共部门和私人部门，认为国家公共财政支出的目的在于为社会提供公共产品，所有的公共部门均应由政府来办。中国学者认为，在社会主义市场经济条件下，应该以社会共同需要作为界定国家公共事业职能范围的客观标准，凡是具有满足社会共同需要性质的事务，就属于应该由国家兴办、由财政供给的事务；凡是不具有满足社会共同需要性质的事务，就不属于国家事业职能的范围。参见黄恒学《中国事业单位管理体制改革研究》，黑龙江人民出版社2000年版，第23—27页。

惩罚措施；在财税政策方面，给予优惠政策，扶持大众传播事业发展。改革开放后实行的"企业化经营"改革路径则是将大众传播产业链中与意识形态关系不密切的发行（播放）、广告、零售等领域向市场开放，同时在管理体制上借鉴现代企业管理制度。这种思路符合政府对传媒获得双赢的期望："用传媒雄厚的经济实力来进一步加强传媒的政治角色，同时也寄希望于传媒的政治权威性能够给他带来滚滚财源。"①我们可以看出"事业化管理、企业化经营"改革模式的设计思路：用"事业化管理"维护新闻事业的核心价值观，用"企业化经营"拓展新闻事业核心价值观的生存和发展空间。这种媒介体制改革不具有意识形态对抗性质，是在保证"四个不变"前提下的"边缘突破"，是党的政策或"口径"锚定报纸意识形态定位，而市场帮助推动媒介提高其受众诉求力量的体制内变革②。

互联网兴起以前，大众传播媒介基本是"权力的工具"而不是"解放的武器"。从文化方面讲，"这个权力不只是话语权力，在其传播的过程中如果为民间社会所认同，它也就获得了'文化领导权'。传媒和文化领导权的关系是密切地联系在一起的"③。

媒介是文化的载体，是文化延续和传承的中枢。在中国，文化艺术和新闻一样，都被认为是政治意识形态营造社会认同的宣传工具。基于政治对文化领导权绝对控制的政治理念，中国政府对大众传播媒介实行了以垄断为特征的事业化管理体制，这种管理体制决定了第一媒介时代中国大众传播媒介的基本面貌，也决定了中国文化的基本格局。由于政治意识形态对大众传播媒介具有直接的、决定性的影响，整个中国文化事业呈现强烈的政治色彩。

首先，政府按照中央、地方的行政级别创办各类文艺期刊和报纸，

---

① 刘宏：《中国传媒的市场对策》，北京广播学院出版社 2001 年版，第 114 页。

② 参见潘忠党《新闻改革与新闻体制的改造——中国新闻改革实践的传播社会学之探讨》，《新闻与传播研究》1997 年第 3 期。

③ 孟繁华：《传媒与社会主义文化领导权》，转引自王岳川主编《媒介哲学》，河南大学出版社 2004 年版，第 97 页。

设置文艺出版机构，实行事业化管理体制，让它们成为国家的"文艺主阵地"。这些文艺传媒组织不存在竞争关系，行政级别不同的文艺报刊之间、文艺出版社之间是"中央与地方"的等级关系，行政级别相同的"兄弟刊物"和"兄弟出版社"则按所属地域划分势力范围，各守一方，互不侵犯。这种体制非常有利于政府的统一管理和监督控制，使政治意识形态成为文艺权力场的核心力量。

其次，政府选择信任的人员担任文艺传媒的负责人，给予他们文艺精英的地位。这些人不仅拥有较高的社会地位和经济地位，而且成为文化资源的垄断者和把关人，他们通过自己的文化实践向人们昭示"什么是艺术（雅文化）"以及"什么样的艺术实践才能获得成功"，这个过程成为政治意识形态对艺术家"规训"的主要手段。由于只有符合政治意识形态目的的作品才可能面世，这样，艺术家在创作过程中就会形成配合意识，艺术的多样性受制于政治的一元性，审美的文艺成为政治的文艺。

最后，官方垄断大众传播媒介后，垄断文化媒介资源的精英分子成功构建了"雅文化"的界标，并与以市场为诉求的大众文化尖锐对立。这种"二元划分"并不能反映精英文化内部的复杂状况①，但从大众传播媒介与文化的关系看，政治意识形态对大众传播媒介的绝对控

---

① 吴秀明指出："用文学的雅与俗来涵括世纪之交的文学当然可以，也不失为一种批评的思路和方法，而且它确实具有十分清晰明快的特点。不过，从当代中国实际的文学状况，从理论思维的现代性来看，这种概括又不尽如人意，它起码存在着这样两个明显的缺陷：一是其'二元构成'命题的本身就比较简单粗糙，带有某种非现代的传统思维的特征；二是就它所谓的雅文学这一'元'来说，这样的概括涵盖面也实在太大、太宽泛，实际上，雅文学的内部构成也是极其复杂甚至是充满矛盾的。比如以激进的思想艺术探索和实验为己任的精英文学的雅，与以恪守现存精神文化秩序和规范为旨归的主流意识形态文学的雅，它们无论在功能价值还是在艺术趣味上都大相径庭。"因此，他将20世纪八九十年代的中国文学分为精英文学、大众文学、主流意识形态文学三种。参见吴秀明《转型时期的中国当代文学思潮》，浙江大学出版社2001年版，第19—20页。洪子城指出：对20世纪90年代的文化"较为典型的一种是区分为三种形态，即'主流文化'（又称国家意识形态文化、官方文化、正统文化），知识分子文化（又称高雅文化）和大众文化（又称流行文化、通俗文化）。但其实，这种区分并非那么恰当，而它们之间的关系更不是那么简单、划一。各种文化形态常常是互相交叉、渗透的"。参见洪子城《中国当代文学史》，北京大学出版社1999年版，第386页。

制决定了精英文化的三种形态，即或与政治同行，成为政治意识形态话语的传声筒；或躲避政治意识形态，一味追求技巧，成为先锋的艺术；或在二者之间摇摆，在政治和审美之间形成妥协的平衡。第一媒介时代，那些官方认同或任命的精英分子以迎合政治意识形态的文化实践构成了精英文化（雅文化）的主体；不与政治同行的、颠覆现行艺术观念和秩序的先锋派的文化实践因为曲高和寡，影响面极小，容易被政治意识形态接受，常常被视为精英文化（雅文化）审美或技巧创新的代表；介于二者之间的文化实践，由于其旨归的模糊性决定了诠释的多样性，通常能获得政治和审美两方面的认可，也能位列精英文化，如路遥的《平凡的世界》①。

　　"作为一种哲学范畴的娱乐，其游戏本质恰恰蕴含了人类追求自由解放的全部含义。"② 以市场为导向的大众文化因其娱乐性对官方意识形态的冲击而被排斥，成为精英文化分子鄙夷的对象。这种清晰而明显的雅俗分界使精英文化与大众文化呈尖锐的对立状态。那些有明确市场诉求的作家，即使在艺术上独树一帜，也很难被精英分子接受，不能成为精英文化圈的一分子，王朔就是这种吊诡的精英文化的弃儿。精英文化经常以其多样性的面貌和似乎深刻的精神追求贬斥复制的、平面的大众文化"快餐"，它们忘记了自己多样化面貌之下的政治一元性诉求本质，事实上，它们可能有艺术的先锋性，但并不具有思想的异质性。多样性只是形貌不同而已，骨子里都是一样的。法兰克福学派在批评现代文化工业时指出，"垄断之下的所有大众文化都是完全相同的"③，事实上，不仅商业意识形态垄断下的大众文化是相同的，政

---

　　① 《平凡的世界》1991 年获得茅盾文学奖具有偶然性，一部分比较"讲政治"的评委认为这是一部正正经经的现实主义作品，而比较"讲艺术"的评委认为这毕竟不是一部"政治化"的作品，双方评委在这方面达成了一致。参见邵燕君《倾斜的文学场：当代文学生产机制的市场化转型》，江苏人民出版社 2003 年版，第 173 页。

　　② 桑晔：《娱乐新世纪》，《新周刊》2000 年第 3 期。

　　③ ［德］西奥多·W. 阿多诺、马克斯·霍克海默：《文化工业：欺骗大众的启蒙》，转引自［英］奥利费·博伊德—巴雷特等编《媒介研究的进路：经典文献读本》，汪凯、刘晓红译，新华出版社 2004 年版，第 8 页。

治意识形态垄断下的精英文化也一样。因此，第一媒介时代中国文化的精英/大众、雅/俗尖锐对立，表面上是艺术价值或艺术标准冲突的产物，但本质上却是政治意识形态作用的结果。

三　第二媒介时代开启中国文化体制变革大幕

改革开放后，在市场因素影响下，社会主义文化领导权和大众传播媒介的关系开始重构，政治主导的文化一体化格局被解体，大众传播媒介的目标和利益诉求逐渐多元化，"但需要指出的是，它的开放性和宽容度还仅仅限于市场号召和消费主义的引导"①，政治依然对文化领导权有绝对的控制能力，第一媒介时代集权式的大众传播媒介技术结构使政府可以方便管理报纸、杂志、电影、电视，时有发生的禁刊、禁播、禁演风波意味着政府依然是文化领导权的真正主宰。真正改变这种局面的，是互联网。

中国互联网的建设和发展是政府加入世界范围内"信息高速公路"建设热潮的结果，政府看重的是互联网作为"经济发动机"的功能，而对其大众传播媒介属性和潜力并没有足够的认识。对市场而言，互联网仅仅是个婴儿，它要成为"大力士"尚需经历痛苦的磨炼。20世纪90年代的网络经济泡沫让人们开始重新估量互联网的经济潜力，与此同时，BBS、博客等网络传播方式的风生水起也让人们重新认识互联网的大众传播价值和潜力。面对互联网大众传播功能的日益显著，中国政府只能从已有的媒介管理经验中寻找对策，制定相应的管理法规和条例。具体而言，主要的措施有以下几点。

首先，对建成的互联网骨干网进行专门分工，将互联网信息服务分为经营性和非经营性两类，由中国公用计算机互联网（CHINANET）、

---

① 孟繁华：《传媒与社会主义文化领导权》，转引自王岳川主编《媒介哲学》，河南大学出版社2004年版，第109页。

中国金桥信息网（CHINAGBNET）两个互联网络负责经营性国际联网业务，由教育部管理的中国教育和科研计算机网、中国科学院管理的中国科学技术网负责非经营性国际联网业务。

其次，对经营性互联网信息服务实行许可制度；对非经营性互联网信息服务实行备案制度，由各省、自治区、直辖市电信管理机构或者国务院信息产业主管部门负责办理。

再次，对新闻、出版以及电子公告等服务项目实行专项审批备案管理制度，要求获得资格的互联网信息服务提供者记录提供的信息内容、发布时间、互联网地址或者域名，互联网接入服务提供者记录上网用户的上网时间、用户账号、互联网地址或者域名、主叫电话号码等信息，并要求二者保存记录至少六十日，以备国家有关机关依法查询。

最后，对制作、复制、发布、传播违法内容的互联网信息服务提供者和互联网接入服务提供者，政府依法进行惩处。

从中我们可以看出，我国政府试图将互联网纳入传统媒介管理的范畴，所以，政府对互联网基础设施的垄断以及政府对网络信息的监管权和处罚权与传统媒介体制没有本质区别。但互联网是高科技打造的超级媒介，其强大的经济功能和完全不同的媒介技术结构已经不允许政府像管理传统媒介那样管理互联网。因此，政府做了相应的改变，如对互联网没有实行行政审批制度，而是实行了市场准入性质的许可制度和更加自由的备案制度。在这个改变过程中，中国互联网获得了相对充分的发展空间。

互联网在中国的发展产生了非常意外的结果：

在电脑网络空间中，任何计算机都可以和其他的计算机通信，无论它位于哪里，没有人比其他人拥有更多的特权；无论IBM公司还是美国总统在电脑网络空间中都不比一个十几岁的少年有更多的优势，权力、阶级、阶层甚至地理位置在电脑网络空间中都毫无价值，在这里，每一个人都可以成为中心，因而人与人之间也趋于平等，不再受等级制度的控制。①

在互联网上，中国公民找到了发表演讲的舞台，他们不再以沉默的姿态来抵抗，他们不再是"沉默的大多数"，他们大声表达着自己的喜怒哀乐，诉说着自己的愿望。总之，他们不再是单纯的受众，他们不仅接收意义，而且成为生产意义的主力军。第二媒介时代，一个全新的"众声喧哗"的大众传播大戏在中国拉开了帷幕。

互联网颠覆了第一媒介时代中国的文化格局。网络时代，草根文化不需要再以"低下"的姿态出现了，他们有了展示自己的舞台；精英文化与大众文化开始互相渗透，界限日益模糊；"信息/娱乐模式"取代"信息/政治模式"，成为新媒体文化的核心。在这场互联网推动的文化革命中，泥沙俱下，鱼龙混杂，但正如一位网友评论"艳照门"时所说："这是一座用低俗和下流建成的大楼，但却闪烁着自由与民主的光辉。"②

---

① 南帆：《网络的话语》，《文艺研究》2000 年第 5 期。
② Ciss：《这是一座用低俗和下流建成的大楼，但却闪烁着自由与民主的光辉》，2008 年 2 月 11 日，http://bbs.tianya.cn/post-funinfo-1078021-1.shtml，2014 年 12 月 15 日。

第二章

"80后"写作

——第二媒介时代的文学景观

景观社会的概念是由法国理论家居伊·德波和他在"国际境遇主义运动"中的同事们共同提出的[①]。德波延续了马克思关于商品拜物教的思想，他认为景观社会植根于生产，依然是一个商品社会，但又是在一个更高更抽象的层面上重新组织起来的。在马克思那里，商品还保留着一个可直接触摸的感性物质外壳，而在景观社会，景观制造欲望，欲望决定生产，"在现代生产条件无所不在的社会，生活本身展现为景观的庞大堆聚"[②]。同时，与传统马克思主义关注生产方式和生产过程不同的是，德波高度重视社会再生产、新的消费形式以及在大众传播媒介社会，关注城市和日常生活。德波认为，发达资本主义社会已进入影响以物品生产和物品影像消费为主的景观社会，景观不是影像的聚积，不能将其理解为"一种由大众传播技术制造的视觉欺骗"，景观的本质是物化了的世界观，是"以影像为中介的人们之间的社会关系"。[③] 由此，德波将马克思的经济拜物教批判转变为一种景观拜物

---

① 对"spectacle"一词翻译不同导致本书出现"景观"和"奇观"两个不同的词，王昭凤在翻译德波的《景观社会（La Societe du Spectacale）》一书时，将其译为"景观"，史安斌在翻译凯尔纳的《媒体奇观——当代美国文化透视（Media Spectacle）》一书时将其译为"奇观"，从德波的原意看，"spectacle"是指在消费社会，人们已经远离生活本身，只能通过影像这个中介来认识世界，凯尔纳的"Media Spectacle"是对德波理论的具体化，因此译为"景观"更加恰当。本书除引文外，均采用"景观"一词。

② ［法］居伊·德波：《景观社会》，王昭凤译，南京大学出版社 2006 年版，第 3 页。

③ 同上。

教批判，制造了西方马克思主义哲学文化逻辑中一个非常重要的断裂，对以后马克思主义思潮产生了重大影响。

诚然，我们不能粗糙、肤浅地将德波的景观等同于大众传播媒介世界，但一方面，大众传播媒介是景观社会的发动机，正是日益娱乐化的大众传播媒介制造的影像控制了生产，使客观存在全部表象化；另一方面，大众传播媒介又是景观社会的皮肤，它成为景观社会各种客观存在的镜像。在大众传播媒介影响力有限的 20 世纪 60 年代，德波已经看到，由于媒介对我们生活本质的入侵所导致的视觉地位的上升，使媒介本身成为生产的核心，客观物质生产受控于大众传播媒介影像，世界被颠倒了。今天，传媒业的发展远远超过了德波的视野，在时代华纳、迪士尼、维亚康姆、新闻集团、贝塔斯曼等传媒巨鳄的全球性扩展中，在互联网打破各国固有疆界过程中，在以大众传播媒介为核心的娱乐至上的 21 世纪，大众传播媒介已经成为一种霸权力量，它对社会生活的影响比德波的那个时代要深刻和广泛得多。

凯尔纳在德波景观社会理论的基础上，提出了"媒介奇观"的观念，意指"那些能体现当代社会基本价值观、引导个人适应现代生活方式，并将当代社会中的冲突和解决方法戏剧化的媒介现象，它包括媒体制造的各种豪华场面、体育比赛、政治事件"①。凯尔纳认为："人类进入新的千年以后，技术的发展使媒体更加令人目眩神迷。媒体在日常生活中也发挥着更加持久的作用。在多媒体文化的影响下，奇观现象变得更有诱惑力了，它把我们这些生活在媒体和消费社会的子民们带进了一个由娱乐、信息和消费组成的新的符号世界，媒体和消费已经深刻地影响了我们的思想和行为。"②"景观"可以"使大量表面上明显不同的现象相互联系，并对其作出了阐释"③，这对我们理解当代

---

① ［美］道格拉斯·凯尔纳：《媒体奇观——当代美国社会文化透视》，史安斌译，清华大学出版社 2003 年版，第 2 页。

② 同上书，第 2—3 页。

③ ［法］居伊·德波：《景观社会》，王昭凤译，南京大学出版社 2006 年版，第 4 页。

社会文化现象具有重要的启示意义。

第一节 "80后"写作景观

中国大众传播媒介娱乐化发展的历史并不长。改革开放后，中国的大众传播媒介才开始多元化发展，娱乐逐渐进入传媒视野，但进展缓慢。1992年，市场经济体制改革大大加快了中国大众传播媒介的娱乐化进程，在消费社会和互联网大潮推动下，我们仅仅用了不到三十年时间就走完了发达资本主义国家大众传播媒介百年娱乐化发展的历史。可以说，虽然我国实行了与发达资本主义国家完全不同的媒介管理体制，但在娱乐性方面，大众传播媒介的总体面貌已经开始与国际接轨，我们已经步入了景观社会或者说媒体景观时代。《渴望》播放时的万人空巷、"《废都》风波""'超级女声'冲击波"，这些都是媒体景观，近些年此起彼伏的各类"门"事件——如"艳照门""虎照门"，则是媒体景观的形象隐喻：视觉位居中心，视觉欲望制造需要，需要指导生产和生活。

21世纪，中国文学画卷是随着互联网推动的文化革命的深入而逐渐展开的，这幅画卷因与互联网、传统媒介和消费社会的结合而显得妙趣横生。"80后"文学集文学、商业、媒介和娱乐于一身，是21世纪文学和市场联姻的"时代奇迹"。在"80后"文学的发展过程中，春树、韩寒、郭敬明、李傻傻和张悦然等"80后"写手中的佼佼者是大众传媒追捧的明星，"韩寒退学""韩白之争""郭敬明抄袭事件""中国作家富豪榜""韩寒压倒苏轼""'80后'作家集体加入作协""蒋方舟破格入清华"等关于"80后"作家的新闻频频登上大众传媒的显要位置。初出茅庐的"80后"作家不仅在中国红极一时，甚至开始具有了国际性的影响。

2004 年 2 月 2 日，《时代》周刊（亚洲版）将 20 岁的春树作为封面人物，同时还介绍了 21 岁的韩寒，并将这两位作家称为中国"80后"的代表。2005 年 6 月 25 日，《时代》周刊（亚洲版）在题为"中国的崛起"的专题报道中，将"80 后"作家李傻傻称为"中国最年轻的畅销书作家"；2008 年 5 月 4 日，《纽约时报》非常罕见地用整版篇幅以"China's pop fiction（译注：中国流行小说家）"为题隆重介绍了"80 后"作家郭敬明，并将他评为"中国最成功的作家"。

"80 后"写作之所以走红，是因为大众传播媒介将他们推向了社会的中心。大众传播媒介将"80 后"写作分割为一个个饶有趣味的事件，极力以"80 后"作家为中心制造两代人甚至两个时代重大社会冲突的话题，如《时代》周刊非常罕见地因春树的"另类"形象而让其登上封面，从而让"80 后"写作而非"80 后""写作"成为社会议程，这样，"80 后"写作进入公众视野的是狂妄的韩寒而非《三重门》，是暴富的郭敬明或抄袭的郭敬明而非《幻城》或《梦里花落知多少》，是被清华降分录取的蒋方舟而非《青春前期》。简言之，"80 后"作家们以独特的媒体形象征服了这个时代，让自己而不是作品占据大众传播媒介的中心；"80 后"们对"80 后"文学的热爱甚至痴迷不是源于文学本身，而是披上了光环的偶像，著名的"80 后"武侠小说作家对此有清晰的认识：

> 很多人把"80 后"定格在一群朋客小孩身上，实际上是不公正的，1980 年出生的人已经 26 周岁了。他们不再是孩子，而即将是社会的栋梁。
>
> 颓废、叛逆只是"80 后"的一部分特质，但绝不是完整的特质。其实我觉得他们未必能完全代表"80 后"。我们也有很多向上的东西，比如追逐梦想，表现自我，个人奋斗……前段时间我参加了搜狐主办的"80 后"青年作家走遍全国的公益活动，接触了很多"80 后"的作家，我觉得大部分的人都并非如媒体渲染的那

样，其实"80后"也可以很乖，也可以关注公益……但在媒体眼中，前者似乎更能吸引大家的眼球，所以一度夸张地去书写这个特质，让大家对"80后"的印象停留在一群《时代周刊》上的朋克小孩上。我个人认为，反而现在的某个选秀节目推崇的宗旨，更符合这一代人的心态，类似于追逐梦想，做我自己。①

随着韩寒、郭敬明踏上"星路"，"80后"写作被景观化。撇开这个重要的话语背景去单纯考察"80后"写作，去审视他们作品的美学价值和思想意义，无疑是缘木求鱼，张柠指出：

在一个"泛传播时代"，一个消费符号过剩的时代，我们无法也不可能面对一个单纯的、自足的"作品"，而是面对一件"产品"。我们得考虑到它的生产和流通机制，这就是对文学的文化批评。面对一个在市场中流通的作家，我们不一定要去评价他有多大的文学才能（这一部分功能被书商和市场取代了），而要分析其中的消费机制和社会病症。我们要看他为什么会起来、读者为什么会喜欢他（交换价值），而不是孤立地分析它的所谓美学意义（使用价值）。②

"80后"作家的明星化是"80后"文学景观的标志，蕴含着"80后"身份认同的重要意义。"哲学家用身份认同这个术语来概括个体的特殊性——例如自我所具有的、不随时间和环境的变化而改变的'本质'。"③对个体而言，确证自身的特殊性、获得同一的社会角色是社会化的关键。过去，人们通过在家庭、学校、社会扮演的角色来构建自

① 步非烟：《我曾被老师定性为祸乱人心的"问题文学少女"》，2007 年 3 月 30 日，http://blog.sina.com.cn/s/blog _ 4bc7844d01000af2.html，2014 年 12 月 6 日。

② 张柠：《"80后"写作：偶像与实力之争》，《南风窗》2004 年第 11 期。

③ ［美］道格拉斯·凯尔纳：《媒体奇观——当代美国社会文化透视》，史安斌译，清华大学出版社 2003 年版，第 130 页。

己的身份，随着大众媒体对社会生活全方位的入侵，媒体文化在主体身份建构的过程中发挥了越来越重要的作用："在媒体时代，人们则通过与名人的认同构建自己的身份，从媒体文化中获得自己的性别和社会角色模型、言行举止的模仿对象以及奋斗目标。"①

在中国传统思想中，"三十而立"是一种重要的心理意识和社会规范，即只有成为成年人，才具有个体的独立性，才享有话语权。"80后"是中国的"独生一代"，是备受宠爱的一代，但也是长期被压制的一代。在社会生活中，他们只是"孩子""学生"，只能按照前代人为他们设置的空间去成长，他们只是成人意愿的执行者，而非自身道路的设计者。所以，他们的理想只能是上大学，他们的思想只能有单纯的颜色，他们的青春必须是"花季"，他们只能喜欢《红楼梦》而不是《哈利·波特》。"80后"拥有几乎一切想要的东西，唯独没有独特自我的生存空间。

市场深知"80后"需要什么，大众传媒将《北京娃娃》和春树的"残酷"、《三重门》和韩寒的叛逆、《幻城》和郭敬明的忧郁打包出售给"80后"们，后者毫不犹豫地用手中的人民币和鼠标参与了这场由传媒主导的文学明星生产过程，并最终将春树、韩寒、郭敬明等树立为体现20世纪80年代出生的一代人的力量的偶像。上海人民出版社青春读物编辑室主任邵敏在谈到韩寒时说："他的作品热销更多地源于本人的受关注。自从'七门功课挂红灯，照亮我的前程'后，他或写或编或拼或画的东西无论好坏、是否青春都能有不错的销路。韩寒成了一种符号，一种年轻人的代言人的符号。从他身上，我们看到的是一代人对他的一种响应、一种认同。这是韩寒的作品畅销的一个最重要的基础。"②"80后"们在偶像崇拜中完成了自我的身份认同，他们将偶像的言行举止视作自己意愿的表达，将偶像的生活方式视作自己理想的生活方式，甚至将偶像本身视作理想的自我形象。

---

① ［美］道格拉斯·凯尔纳：《媒体奇观——当代美国社会文化透视》，史安斌译，清华大学出版社2003年版，第131页。

② 梦游：《"80后"作家成名之路》，现代出版社2006年版，第54页。

"作为一个表面生活的专家，明星是那些补偿他们自己真实生活的碎片化和生产专门化的人们所认同的表面化生活的证明物"①，"80后"作家的明星化满足了"80后"的身份认同需要，但偶像崇拜是个性的敌人，与自我独特性的追求背道而驰，因此，"80后"在参与和观看"80后"文学景观的表演中只能获得"集体的自我"——"80后"，而不可能获得真正的自我——独一无二的自我。被媒体誉为"青春文学掌门人"的郭敬明在其《梦里花落知多少》被判剽窃庄羽的《圈里圈外》后，理直气壮地表示"绝不道歉"，他的"粉丝"（主要是"80后"）选择了无条件地支持偶像，在互联网上发起了一场轰轰烈烈的保卫偶像"反击战"，并公然宣称，"不管怎么说，就算他是抄袭的，我也一样喜欢他，他代表的是一种文化，一种思想，一种见解"②。"粉丝"们并非不知道抄袭是不道德的，与真正优秀的文化、思想、见解完全背道而驰，可他们已经沉迷于大众传媒制造的偶像影像之中无法自拔，忘记了自己本真的社会存在。"80后"文学景观阻止了"80后"真正自我的确立，它是不愿醒来的"80后"的监护人，在昏睡中，真实的社会和生活变成了幻影，"80后"自我独特性的追求消失得无影无踪，正如德波所说："费尔巴哈判断的他那个时代的'符号胜于物体，副本胜于原本，幻想胜于现实'的事实，被这个景观的世纪彻底证实。"③

中国文学的景观化并非始于"80后"写作。"文革"期间，革命样板戏在政治力量的强制推行下，成为近十年时间里中国人唯一可以接触到的文艺作品，文学成了政治的表象，看革命样板戏不仅是精神生活，更是政治任务，演戏/看戏成为其时中国最盛大和荒诞的政治仪式。荒诞的政治制造了荒诞的革命样板戏景观，文学只是统治者"关于其自身统治秩序的不间断的演讲，是永不停止的自我赞美的独白，

---

① [法]居伊·德波：《景观社会》，王昭凤译，南京大学出版社2006年版，第22页。

② 张贺：《"郭敬明抄袭案"：迷失在"小四的游乐场"》，《人民日报》2006年6月12日。

③ [法]居伊·德波：《景观社会》，王昭凤译，南京大学出版社2006年版，第130页。

是其自身生活所有方面集权管理阶段的自画像"①。

改革开放后，随着经济取代政治成为社会中心，一直与政治同行的文学失去了政治的直接支持，逐渐开始边缘化。文学的边缘化并不意味着文学景观化历史的终结。"在当今社会的具体现实面前，应该用多元化和异质的概念解析各种看似互相矛盾的奇观，将奇观本身看作一个各种话语冲突的场域。"② 在消费社会中，景观现象是大众传播媒介聚焦某一话题的产物，当文学被政治放逐以后，经济、娱乐以及政治等话语与文学的艺术特质、经典性等构成新的冲突，成为媒体制造新文学景观的基础。20 世纪 90 年代，《废都》成为文学景观的代表：文学之外——贾平凹的"名人身份""天价版权""当代《金瓶梅》""当代《红楼梦》"的标签、被禁，以及文学之内——密集的"性语"、更加暧昧的"□□□□（此处作者删去××字）"纠缠在一起，共同构成了《废都》作为景观的符号，评论家谢有顺说："《废都》可以说是媒体时代的经典个案，在这部作品的传播过程中，媒体、出版社、批评家、盗版商、流言，这几方面奇怪地混合在一起，制造了一个盛大的神话事件。"③

通常，文学话语如审美、艺术、经典性和文学的政治化、经济化、娱乐化等非文学因素总会构成冲突，这些冲突是文学景观化的基础。"80后"文学是第二媒介时代的产物，它与传统文学体制的激烈冲突是"80后"文学景观的基本面貌。"80后"作家和传统文学体制下生成的前代作家都用引人注目的方式表达自己的观点和不满，想方设法吸引媒体的注意，以期达到维护自己文化权力的目的，大众媒体则对这种冲突起到了推波助澜的作用，它们不仅报道"80后"作家和前辈们的代际冲突，而且将这种冲突扩大化，成为社会冲突议程。"媒体设置了两种截然不同的立场，并且设置了各自立场的代言人——他们往往采取一面倒的极端性

---

① ［法］居伊·德波：《景观社会》，王昭凤译，南京大学出版社 2006 年版，第 7 页。

② ［美］道格拉斯·凯尔纳：《媒体奇观——当代美国社会文化透视》，史安斌译，清华大学出版社 2003 年版，第 14 页。

③ 谢有顺：《回忆〈废都〉》，《南方都市报》2003 年 12 月 23 日。

立场。"[1] 这样一来，冲突双方并不能展开真正关于文学的对话，人们看到的只是他们在媒体上的互相攻击，是一个四分五裂的社会。

"80后"文学景观延续了《废都》所开启的消费社会文学的景观化路线，只是，在新的媒介环境下，它是"80后"们自导自演的新神话。"80后"文学景观与以前的文学景观有很大的不同。无论是政治力量主导下的革命样板戏文学景观，还是媒体制造的"《废都》故事"，构成话语冲突的场域都是单向的、封闭的，只有文化权力的掌握者和媒介权力的拥有者有话语权，如作家、评论家、记者、编辑，他们是文学景观的导演和演员，绝大多数人尤其是读者只是景观的静默背景，只能充当盛大的文学景观的观众，却不能参与景观的生产过程，更不能制造景观。这种文学景观与第一媒介时代的文学一样，带有鲜明的精英主义色彩和集权主义意识形态烙印。互联网的出现打破了这个话语冲突场域的封闭性和单向性。互联网是一个自由开放的信息平台，人们拥有了互联网就意味着拥有了公开表演的舞台。这样，在文学景观化的过程中，观众不再是单纯的看客，他们成了景观的生产者和制造者。也就是说，在第二媒介时代，景观生产已经去精英化了，每个人都有机会参与景观的制造，人人都是观众，人人都是导演和演员，景观成了草根享受话语权力盛宴的产物，是一场全民参与的假面狂欢舞会。在无数假面舞者的共同推动下，"80后"文学在大众传媒中完成了自己的景观化历史。

第二节 代际冲突与"80后"文学景观

"80后"文学景观是以代际冲突的面孔出现的。哈罗德·布鲁姆专门研究了代际关系对整个文学格局的影响，他指出，"对于一名重

---

① ［美］道格拉斯·凯尔纳：《媒体奇观——当代美国社会文化透视》，史安斌译，清华大学出版社 2003 年版，第 134 页。

要作家，文化上的后来者地位从来都是无法接受的"[1]，后代作家面对前代作家的影响，会在进入文学王国时产生压抑感，从而成为"影响的焦虑症患者"："影响的焦虑却牢牢地扎根于一切文学想象的基础。竞争——争夺审美制高点的比赛——在古希腊文学里是非常明显的。在不同的文化中竞争的形式有所差异，但那似乎只是程度的不同，并没有本质性变化。"[2]

作为后代作家，也就是后来者，他们的"地位根本不是什么历史身份，而是属于文学坐标上的这么一个位置"[3]。但想要获得一个专属于自己的"位置"，后代作家必须竭力避免前代作家的影响，通过"误读"等方式，通过自己的创造，才有可能成功。

事实上，在现实生活中，这种"影响的焦虑"并不仅仅局限于文学领域，也不仅仅是一种单向度的焦虑。面对前代的"占位优势"，后代始终会有压抑感，会产生"弑父"的欲望；而面对后代的挑战，前代会有威胁感，"杀子"之欲也会油然而生。"弑父/杀子"的本质是新/旧、自由/保守、先进/落后二元意识形态的冲突，二者谁占主导地位因不同的文化环境而异。中国有崇古敬祖的传统，"杀子"文化历史悠久，前代因掌握话语权常以权威的面孔驯顺后代，对后代的历史出场设置各种障碍，极力地拖延了其接管权力的时间。在这样的文化环境中，后代只能处于被动的地位，他们只能以沉默来作为反抗的形式。鲁迅先生对中国的"杀子"文化传统有深刻的论述，称其为"生物界的怪现象"：

> 可惜有一种人，从幼到壮，居然也毫不为奇地过去了；从壮到老，便有点儿古怪；从老到死，却更异想天开，要占尽了少年

---

① ［美］哈罗德·布鲁姆：《影响的焦虑》，徐文博译，江苏教育出版社2006年版，第16页。

② 同上。

③ 同上。

的道路，吸尽了少年的空气。

少年在这时候，只能先行萎黄，且待将来老了，神经血管一切变质以后，再来活动。所以社会上的状态，先是"少年老成"；直待弯腰曲背时期，才更加"逸兴遄飞"，似乎从此以后，才上了做人的路。①

中国有数千年的农业社会历史，直到改革开放后，中国才迅速走上工业化道路。农业社会发展缓慢，社会变动小，前代人与后代人生活方式大体相同，文化传承稳定而连续，不存在社会文化心理的断裂。张春兴指出："传统农业社会中，人类文化是连续的，其人际关系是少变的，其生活方式是定型的。此外，在行为规范、道德标准、价值判断以至宗教信仰等方面，几乎都是代代相传，历久不变。因此，往昔的新生代，其成长过程多是在跟随父母的脚步中长大，不可能产生所谓'代沟'（generation gap）。"②

"80后"出生于改革开放之后，他们经历了中国从贫穷、封闭、专制、落后向富裕、开放、多元、发达的伟大历史，目睹了中国日新月异的变化，享受了日益丰富的社会物质文化生活。因此，他们的记忆中没有饥饿，没有恐惧，完全不同的物质生活方式和精神文化背景导致了"80后"与前代人社会文化心理的断裂，从而产生了深深的代沟。"现今都市工业化，社会多元化，而文化又失却连续性，父子两代，甚至兄弟之间，其所处环境，可能完全不同。如此，新生代成长过程中，在生活和知识上，就难免出现父母不能教子女，兄姊不能教弟妹的情形。"③

心理学研究表明，青春期最大的危机是混乱的角色与自我认同的

---

① 鲁迅：《热风·四十九》，鲁迅先生纪念委员会：《鲁迅全集》（第 2 卷），人民文学出版社 1973 年版，第 59 页。

② 《现代心理学——现代人研究自身问题的科学》，上海人民出版社 1994 年版，第 382 页。

③ 同上书，第 382—383 页。

同一性之间的矛盾，即确证自我身份的危机。"80后"写作的代表人物小饭这样分析自己："表面上的繁忙和伪装的快节奏，多重的身份。我是学生、读者、实习的编辑、纸醉金迷者、棋牌手、球员……甚至是不听话的儿子，孝顺的孙子。"他把自己的这些角色列为创作的首要敌人①。"80后"生活在现代民主在中国生根发芽的时代，自由思想像水银泻地一般渗透进他们的灵魂，他们渴望发出自己的声音，渴望表明自己是一个独特的存在。第一媒介时代，前代人依靠代际差异的先在优势垄断了话语权，理所当然成了"教师"，他们仅仅将后代看作必须教导的"孩子""学生"，从来没有给他们发言和展示的机会。当父辈们以孩子角色看待"80后"时，"80后"们却时刻寻找着发出"我已经长大"的声音的机会，时刻寻找着展现和确认自我独特性的舞台。幸运抑或不幸的是，他们恰逢其时，遭遇了互联网。

　　"80后"出生于改革开放之后，他们普遍接受过长时间的学校教育，有较好的知识素养，同时他们又是"电视一代"，比前代人更容易接受新事物、新思想，也更渴望表达自己的欲望。20世纪90年代中期互联网的发展为"80后"提供了表达和反抗的机会。"80后"的成长与中国互联网的发展同步，与前代人相比，他们对网络的了解更为深刻，运用更为熟练。可以说，"80后"是第二媒介时代的第一代主人。互联网是青年人的天下，在20世纪90年代，"70后"是中国网民的主力军②，但是随着"80后"长大，他们逐渐成为21世纪第一个十年中国规模最大、最活跃的一代网民，如表2-1所示（说明：2008年以前，中国互联网信息中心统计的网民年龄分布数据不

---

① 我的小饭：《创作的一十八个敌人》，http：//03423ban. blog. sohu. com/4398043. html，2014年10月12日。

② 据中国互联网信息中心（CNNIC）的统计，年龄在21—35岁的青年人占中国网民的比例分别为，1997年78.5%，1998年上半年79.2%，下半年68.4%，1999年上半年67%。中国互联网络信息中心（CNNIC）：《第一次中国互联网络发展状况统计报告（1997年10月）》《第二次中国互联网络发展状况统计报告（1998年7月）》《第三次中国互联网络发展状况统计报告（1999年1月）》《第四次中国互联网络发展状况统计报告》（1999年7月），ht-tp：//www. cnnic. net. cn/hlwfzyj/hlwxzbg/index _ 4. htm，2014年11月20日。

能完全准确对应"80后",但通过年龄分布推断,可知表中加黑部分数据主要为"80后"网民,2008年以后数据,为"80后"网民准确数据):

表 2 - 1　　　　　　　　中国网民年龄分布统计表①

时间 ＼ 年龄比例	18 岁以下	18—24 岁	25—30 岁	31—35 岁	36—40 岁	41—50 岁	51—60 岁
2000.7	1.65	**46.77**	29.18	10.03	5.59	5.07	1.30
2001.1	14.93	**41.18**	18.84	8.89	7.12	5.72	2.06
2001.7	15.1	**36.8**	16.1	11.8	8.3	8.0	2.7
2002.1	15.3	**36.2**	16.3	12.1	8.2	7.6	3.2
2002.7	16.3	**37.2**	16.9	11.6	7.2	6.8	3.1
2003.1	17.6	**37.3**	17.0	10.2	7.4	6.8	2.8
2003.7	17.1	**39.1**	17.2	10.3	7.4	6.0	2.1
2004.1	18.8	**34.1**	17.2	12.1	7.6	6.4	3.0
2004.7	17.3	**36.8**	16.4	11.5	7.3	6.7	3.3
2005.1	16.4	**35.3**	17.7	11.4	7.6	7.6	2.9
2005.7	15.8	**37.7**	**17.4**	10.4	7.3	7.4	3.0
2006.1	16.6	**35.1**	**19.3**	11.6	7.1	6.8	2.7
2006.7	14.9	**38.9**	**18.4**	10.1	7.5	7.0	2.4
2007.1	17.2	**35.2**	**19.7**	10.4	8.2	6.2	2.2
2007.7	17.7	**33.5**	**19.4**	10.1	8.4	7.2	2.7

时间 ＼ 年龄比例	10 岁以下	10—19 岁	20—29 岁	30—39 岁	40—49 岁	50—59 岁	60 岁以上
2008.1	19.1	31.8	**18.1**	11.0	8.4	7.5	4.2
2008.7	19.6	30.3	**18.7**	11.0	8.7	7.8	3.9
2009.1	0.4	35.2	**31.5**	17.6	9.6	4.2	1.5
2009.7	0.9	33.0	**29.8**	20.7	9.9	4.0	1.7

---

① 数据来源:中国互联网络信息中心(CNNIC)发布的第 5 次至第 27 次互联网络发展状况调查统计报告,http://www.cnnic.net.cn/hlwfzyj/hlwxzbg/index_4.htm,2014 年 11 月 20 日。

续表

时间 年龄 比例	10岁以下	10—19岁	20—29岁	30—39岁	40—49岁	50—59岁	60岁以上
2010.1	1.1	31.8	28.6	21.5	10.7	4.5	1.9
2010.7	1.1	29.9	28.1	22.8	11.3	4.9	2.0
2011.1	1.1	27.3	29.8	23.4	12.6	3.9	1.9

从表2-1统计数据中我们可以看出,从21世纪开始,"80后"已经成为中国网民中最大的群体,直到2008年,"90后"网民长大,数量开始超过"80后",但"80后"网民依然占据了全部网民的1/3左右。

互联网深刻地影响了"80后"的社会化进程,网络自由精神已经成了他们血液的一部分。当"80后"的手指在键盘上轻盈地飞舞时,当他们沉浸于赛博空间的虚拟生存时,他们俨然成了第二媒介时代先进文化的代表,而仅仅将互联网看成电子游戏,成天为"80后"上网提心吊胆的前代人则成了第一媒介时代落后思想的顽固堡垒。有了互联网,年轻的"80后"不再是沉默的羔羊了,他们肆无忌惮地发出了自己反叛的声音,这个声音对习惯了统治话语权的前代人来说显得突兀、激烈乃至偏激,从而激化了代际冲突。

"80后"写作的崛起无疑为在电视、互联网等大众传媒夹缝中苦苦求生的文学注入了活力,但"80后"写作显然不是传统文学机制的产物。事实上,已经逐渐适应了边缘化位置的文坛根本没有想到这些乳臭未干的小孩子能在文学世界闹出这么大动静。看着他们张扬的个性表演,看着他们持续领跑文学市场,看着那些同样大的孩子对他们作品的痴迷和追捧,那些长期占据文坛重要地位的老将们迷惑了,但在他们的迷惑中,"80后"作家们已经渐行渐近,日益获得大名,成了文坛再也不能忽视的存在。当然,这些文坛老将的迷惑并不意味着他们不对来势凶猛的"80后"写作发言,相反,他们经常以权威的面孔在各种大众传媒包括互联网上发表对"80后"写作的看法,表现得很热闹，很跟得上时代。可惜，他们中的大多数人对"80后"写作实在陌生得很，只有用印象或想象的"未成年""不成熟""模仿性很强""商业化""泡沫"等贬斥语言来表现自己的精英面孔。被称为"'80后'五虎将"之一的蒋峰曾说："前一阵子，甚至有评论家打电话问我：我要写一篇'80后'的评论文章，但我实在没看过你们的作品，你能不能告诉我，你们的写作究竟好在哪里，什么地方不好。"① 韩寒说："对付专家，有一个最好的绝招儿，就是在专家评论的时候，比如专家评论《三重门》，或者评论我的时候，他们说得正头头是道的时候，你只要插进去说，《三重门》里面林雨翔的女朋友是谁？专家肯定会愣掉。……因为他们很多都没有看过此东西。"② 著名文学评论家、被同行称为"'80后'文学保姆"③ 的白烨在接受媒体关于所谓"天才作家"蔡小飞自杀事件的采访时，硬是将这个不过是对写作文有兴趣的中学生列入了"'80后'第二梯队"，并说他从这一事件里看到了"80后""或多或少，形式各异的思想焦虑问题"。难怪韩寒说中国文学评论家的特点和长项就是"不知别人所云、自己不知所云、不知所云还特能云"④。

主流文坛或"专家"们对"80后"写作的评说大多建立在印象、想象而非对其作品的认真阅读基础上，他们在各种新闻媒体上对"80后"闹哄哄的热评、"辣评"背后是高傲的拒绝，这意味着在那些主流作家、主流评论家眼中，这些市场追捧的小孩子们的文学操练根本不值得重视和研究，所以，白烨才会有"'80后'似乎进入了市场，还没有进入文坛"的判断。这种高傲的拒绝姿态显示了主流文坛对新的冲击的漠视，青年评论家吴俊认为："如日东升的'80后'文坛和文学，不仅在挑战而且也在讽刺当今的批评家们。文学批评不只是有点儿滞后，简直已有迟暮和腐朽之态了——20世纪80年代以来，批评还从未有

① 蔡达：《80后作家要求抛弃80后概念?》，《南方都市报》2004年7月23日。

② 韩寒：《韩寒作客新浪网与网友聊天实录三重门》，《小作家选刊》2002年第11期。

③ 解玺璋：《白烨是"80后"文学的保姆》，《新京报》2006年3月14日。

④ 夏榆、张英：《傲慢与偏见——清点"韩白之争"》，《南方周末》2006年4月6日第D25—D27版。

过如此迟暮之态。这大概是真正预示了历史性的文学'换代'的开始。"①

凯尔纳指出，"当代媒体文化奇观本身构成了一个推行霸权和抵抗霸权共存的话语场"②，这是媒体文化奇观的本质，"推行"/"抵抗"具有戏剧冲突结构，更具有吸引眼球的价值。在湖南卫视《零点锋云》节目的访谈中，王蒙认为"80后"作品"没有昨天"，令他很担忧。他认为"80后"作家在躲避历史，他们写的生活场景，任何国家的年轻人都能写出来，看不出来是中国特有的。张悦然则认为老作家的作品和历史靠得太紧，很难看到人格独立的作品③。王蒙和张悦然的交锋表征了这场集中在文学场域的代际冲突的本质，即前代人文学价值诉求和"80后"以文学方式确立自我独特性的诉求之间的冲突。更有意味的是，大众媒体大肆炒作这种冲突，"张悦然 PK 王蒙""韩寒 PK 白烨"等惯用的新闻标题一方面放大了"80后"与前代人的代际冲突，另一方面又使这场冲突披上了浓厚的娱乐外衣。代际冲突中的文学事件演变为媒介事件，凸显了"PK"（Play Killer）的本来意蕴，一方面是你死我活的杀气（Killer），另一方面是嘻嘻哈哈的游戏（Play），一切意义都在娱乐的媒介中消失得无影无踪，只剩下众声喧哗的媒体文化景观。

第三节　个案透视:"韩白之争"

王蒙和张悦然的交锋只是"80后"写作景观中一个很小的片断，真正能体现"80后"写作景观本质的是"韩白之争"。

---

①　吴俊：《"80后"的挑战，或批评的迟暮》，《南方文坛》2004年第5期。

②　[美]道格拉斯·凯尔纳：《媒体奇观——当代美国社会文化透视》，史安斌译，清华大学出版社2003年版，第14页。

③　许青红：《做客〈零点锋云〉对话张悦然，王蒙：80后作品缺中国特色然》，《京华时报》2008年7月27日第14版。

2004 年 2 月 24 日，白烨在新浪 Blog 上贴出原发于《长城》杂志 2005 年第 6 期的《80 后的现状与未来》一文。该文评价韩寒的作品"越来越和文学没有关系"，认为"80 后"从整体上说还不是文学写作，充其量只能算是文学的"票友"写作。"80 后"作者和他们的作品，进入了市场，尚未进入文坛。白烨没有想到自以为长者式的规劝会引起韩寒爆炸式的反抗，并进一步扩散，成为社会的焦点话题。

同年 3 月 2 日，韩寒作出回应，在新浪 Blog 上贴出《文坛是个屁，谁都别装逼》，认为"文学和电影，都是谁都能做的，没有任何门槛"，"每个写博客的人，都算进入了文坛。文坛算个屁，茅盾文学奖算个屁，纯文学期刊算个屁"。文中一句话迅速在网上流行："什么坛到最后也都是祭坛，什么圈最后也都是花圈。"因为韩寒的点名文章，大批网民拥进白烨的博客一睹究竟，白烨博客点击率急升。两人的文章被网友们转贴到各大论坛，大众传播媒介也跟进报道和炒作，"韩白之争"开始成为社会关注的焦点。3 月 4 日，白烨贴出《我的声明——回应韩寒》，表示了对网络道德的担忧；随后，韩寒贴出《有些人，话糙理不糙；有些人，话不糙人糙》一文，称中国文学评论家的特点和长项就是"不知别人所云、自己不知所云、不知所云还特能云"。3 月 5 日，白烨发表声明，宣布将关闭博客。他表示：自己不了解也不适应博客，也对在网上"被人骂，还非得要骂人"很不了解，而"靠这种方式去交流文学或学术，也往往是一厢情愿"。3 月 8 日，白烨接受记者访问，表示"'80 后'现在最大的问题不在于文学的造诣上，而是在做人的道德水准上"。3 月 9 日，韩寒连发《辞旧迎新》（上、中、下）三篇博客，列举了白烨以往的"斑斑劣迹"：《9·11 生死婚礼》一书的"百万美元版税骗局"、对美女作家的"高度评价"、春天文学奖遭质疑、白烨对"子虚乌有的蔡小飞"所做的评价，等等，由此，论争的事件的焦点转向"文学批评的操守"。3 月 10 日，白烨在博客上贴出《白烨关闭博客告别辞》，表示自己不合适博客，称事情发生的这几天，他觉得很受伤，以后虽然还会继续关注这个群体，但可能不会像以前那么热心了，白烨成为新浪 Blog 第一个关闭博客的名人。3 月 11 日，白烨在"最后回应"中指责韩寒"用这种语言本身，说明了他的学养、修养的亏欠"，"实在不能作为就是'纯文学'的证明"，提出"要建立网络道德规范"。

"韩白之争"不只是韩寒、白烨二人的口水战，随着事件的发展和升级，更多的人加入了这场论争。3 月 7 日，曾引发 20 世纪 90 年代文学"断裂"之争的著名作家韩东在网上发文公开支持韩寒，表示了对所谓纯文学、严肃文学、主流文学、正统文学及正统批评家的不屑，随后评论家解玺璋发表博文《白烨：文学的保姆》指责"80 后"作家以怨报德，作家陆天明发帖《"韩白之争"背后的若干问题》，指责韩寒有红卫兵恶俗之风，作家王晓玉、评论家李敬泽在接受采访时也站在了白烨这边。3 月 14 日，韩寒贴出《对世界说，什么是光明磊落》，对陆天明和解玺璋进行回应："这是关于文学评论家是否干净和所谓主流文学的文坛有多迂腐观点的争论，不是长辈教训晚辈。别把中国文学搞得跟敬老院似的。"3 月 15 日，韩寒贴出《文学群殴学术造假大结局，主要代表讲话》，对陆天明、王晓玉、解玺璋、李敬泽集体回应，并抨击"文坛"和"圈子"。随后，陆天明之子陆川加入，发文声援父亲。3 月 23 日，音乐人高晓松在博客上发文，力挺陆川，在博客上说明准备就韩寒在小说里引用自己的歌词的侵权行为起诉韩寒。同日，韩寒贴出《我支持高晓松一路凯歌》，表示支持高晓松告自己。3 月 26 日，高晓松宣布结束争论，关闭自己的新浪 Blog；3 月 27 日，陆川的新浪 Blog 也关闭消失；3 月 29 日，韩寒在博客上宣布，"热闹完了，打个哈欠，各回各家，各找各妈"。至此，"韩白之争"基本结束。①

第一媒介时代，文学和文化活动都具有精英化特征。从创作主体

---

① 关于"韩白之争"的过程，《南方周末》做过详细报道，参见夏榆、张英《傲慢与偏见——清点"韩白之争"》，《南方周末》2006 年 4 月 6 日第 D25—D27 版。

看，作家、评论家通过垄断数量有限的大众传播媒介垄断了文学话语场域，他们不仅包揽了创作和评论的权力，而且拥有对后来进入者的裁决权，因此，文学只是少数精神贵族的专利。从作品看，内容指向上的启蒙情结、批判意识、社会责任感将文学置于现实生活之上，作家们都试图将被现实遮蔽的真理进行形象化展示，如寻根文学；形式指向上的技巧试验，将文学变成了语言迷宫和叙事圈套，通过展示语言的魅力显示作家智力的优越性，如先锋文学。文学的精英化是集权主义意识形态在文学领域的具体体现，作家成了真理的代言人和语言奥秘的掌握者，读者只能匍匐在作家脚下听从训导。对那些危及集权格局的市场化文学作品和影视剧，作家和评论家则统统冠以"通俗"的帽子，打入下等之列，将其流行归因于读者、观众欣赏品味的低下，从而更加突出自己高高在上的精神贵族地位。互联网出现以后，只有极少数人可以垄断的文化话语场域开始对所有人开放，精英们的高贵面纱被无情撕破，当他们"祛魅"后，一个众声喧哗的文化时代来临：

> 网络造成的最戏剧性的去精英化效果，就是"作家""文人"这个身份、符号和职业大面积通胀和贬值，这是对于由浪漫主义所创造，并在 20 世纪 80 年代的中国占据主流地位的关于作家、艺术家神话的一个极大冲击。由于媒介手段的普及，今天的文学大门几乎向所有人开放，作家不再是什么神秘的、具有特殊才能的精英群体。于是文学被"祛魅"了，作家被"祛魅"了。笼罩在"作家"这个名称上的神秘光环消失了，作家也非职业化了。在少数作家"倒下"的同时，成千上万的"写手"站了起来。①

从"作家"到"写手"的转变彻底地改变了第一媒介时代文学的

---

① 陶东风：《新时期文学三十年：作家"倒下去"，千万"写手"站起来》，《中华读书报》2008 年 10 月 8 日第 11 版。

精英化特征，在第二媒介时代，网络提供的媒介让每个人都有机会展示创作才能，由于没有了第一媒介时代发表作品的焦虑，文学创作和评论没有了范型，写手们完全可以按照自己的意愿进行涂鸦式的文学创作，而读者也可以用多种方式对作品进行即时、互动的评论，不用考虑什么文学理论条条框框的约束，"人人是作家，人人是评论家"的朴素愿望成了现实。成千上万写手的出现击碎了文学的光环，天马行空式的写作和评论似乎又回到了文学诞生时的状况，人们发现，原来文学不过就是一种文字游戏而已，文学不是真理的启示，写作和阅读都只是消闲、娱乐或赚钱的途径，这里没有精神导师，也没有信徒，集权主义意识形态成了历史的遗迹。

对把持第一媒介时代垄断文学话语场域的精英们来说，互联网不过是一种新的文字载体而已，对文学不会产生革命性的冲击。显然，他们对互联网的认识与麦克卢汉"媒介即信息"的观点相去甚远，问题在于，他们错了，他们没有认识到互联网正在颠覆他们给文学所下的定义，正在塑造新的文学话语场域。文学精英们身处第一媒介时代向第二媒介时代转型时期，却对巨变视而不见，就像美国作家华盛顿·欧文笔下睡过了一个时代的瑞普·凡·温克尔一样。他们对第二媒介时代的文学现实异常陌生却又无动于衷，他们没有想到，当他们按"圈内"游戏规则创作和评论时，一个新的文学游戏场已经逐渐成型，并成了"80后"文学创作者的主要舞台；当他们为文学的命运忧心忡忡并按照精英主义观点论争"文学是否死亡"时，一大批"80后"已经写出了特色各异的作品并开发出了一个规模庞大的青少年文学阅读市场；当他们为生存而苦苦挣扎时，"80后"写手们却成了文学市场宠儿，成功占据了文学市场的半壁江山①。

---

① 北京开卷图书市场研究所图书市场份额调查结果显示，以"80后"为主体的青春文学图书，约占据整个文学图书市场的10%，这个数目与中国现当代作家作品在图书市场上所占的份额一样。参见白烨、张萍《崛起之后关于"80后"的答问》，《南方文坛》2004年第6期。

白烨是文学精英圈中最早关注、支持和拥护"80后"写作的少数几个评论家之一，并由此在圈内被称为"'80后'文学的保姆"。显然，白烨并没有完全在第二媒介时代来临之时蒙头大睡，他不仅关注"80后"写作，而且利用第二媒介时代的标志性产物——博客发表了自己的观点。问题在于，他只看到了"80后"文学的父亲——市场①，却没有看到"80后"文学的母亲——互联网。"80后"文学真正流淌的是市场和互联网共同供给的自由主义的血液，是人民币赋予的消费自由权力和互联网赋予的言论自由权力从根本上颠覆了第一媒介时代以集权主义为特征的传统文学体制。

白烨眼中的主流文坛——以文学期刊、文学批评、文学评选、文学组织和文学活动联袂构成的文学领域是建立在第一媒介时代的精英主义思想基础之上的，是文学精英们自己营造的"圈子"；"80后"写作绕开了白烨们的"文坛"，主要依靠书商或网络渠道生产发行，并与大众传媒"勾肩搭背"，眉来眼去。这是一片市场培育的文化消费沃土，消费者在"我的地盘我做主"的心理满足中为"80后"写手打造了一个金光灿灿的文学宝座，而这恰恰是反精英主义的第二媒介时代的文学景观。

白烨对韩寒颇具长者之风的劝导折射出了精英主义者对正在颠覆其垄断地位的文学市场和"80后"写作的不安和拒斥，韩寒等"80后"作家恶语相向，"粗口"背后是获取文化权力后的自信和张扬。"韩白之争"是新的媒介环境下文学场域内新旧权力斗争的演绎，它的本质是集权/自由两种意识形态的冲突，这场斗争最终以白烨停止论争结束，意味着自由、多元的历史洪流势不可当，第一媒介时代精英主义文学观念在第二媒介时代将成为历史的遗迹，当然，这未必是好事。

---

① 白烨认为，"80后"崛起的原因有三点："新概念"作文大赛推出了一批批的写手、市场的推动，以及"80后"写手的作品适应了广大学生读者的需要。参见白烨《"80后"的现状与未来》，《当代文学研究资料与信息》2005年第3期。

"韩白之争"在互联网上引起了轰动效应，事件的高度戏剧性引起了大众传播媒介的追捧，在大众传播媒介的撺掇下，一场本身并不严肃地讨论从学术层面的老子（白烨、陶东风等精英）教训儿子（"80后"写手和全体"80后"）演变为真实版的儿子（陆川）帮老子（陆天明）打架的闹剧，娱乐明星（高晓松）的加入更增加了事件的娱乐性，那些冠以"韩白之战"标题的新闻让这场文学讨论无端生出了一些战争的蘑菇云，加上网络看客们的起哄，文学论证变成了娱乐喜剧或闹剧，文学事件变成了娱乐事件。正如韩寒所说："一开始，这是严肃的文学讨论，没人承认，觉得只是娱乐事件，一个个滑稽可笑；到后来，变成娱乐事件，他们又不够娱乐，一个个道貌岸然。"①

　　显然，在这场大闹天宫式的大戏中，韩寒更加深谙个中奥秘。他很自觉地将自己定位为这场表演的观众和演员："我就像看明星真人秀一样观赏他们表演，并做些点评，他们表演得不好的时候，就做些示范。干的就是柯以敏的活儿，但不同的是，他们比超女表演得差，我又比柯以敏表现得好。"② 韩寒以草根的姿态、草根的语言进行了精彩的表演。相反，白烨没看透事情的本质，身在戏中的他却没有认识到自己演员的身份，不能很好地"入戏"，所以，他输了。对此，作家、编剧石康对此有精彩的点评："韩寒太有意思啦，一帮大人在例行公事般地把他妖魔化的同时，没想到反被他给妖魔化了……当评论家把他推上秀场时，他反手也把评论家拉上了秀场，悲惨的是，评论家们完全没有走秀的经验，因此，表演相当拘谨，是不太合格的戏搭子。"③

　　在网络时代，已经没有孤独的演员和沉默的观众了，只要够娱乐，每个人都会参与到表演之中，恰好，"韩白之争"足够娱乐，于是，这

---

　　① 夏榆、张英：《傲慢与偏见——清点"韩白之争"》，《南方周末》2006 年 4 月 6 日第 D25—D27 版。
　　② 同上。
　　③ 同上。

场表演就成了白烨们、韩寒们以及我们分不清面孔的无数参与者共同自导自演的喜剧。"韩白之争"作为"80后"文学景观中最重要的媒介事件揭示了景观的本质："呈现的东西都是好的，好的东西才呈现出来"①，这是一场与价值、真理无关的娱乐表演，表演本身就是目标，文学已经幻化为表象。

白烨在一篇反思"韩白之争"的文章中写道：

> 文坛一直在谈论媒体时代的文学生产，如果说以前只是空谈和务虚，那么2006年发生的这一切，已给人们带来了确定无疑的信息，那就是这样的一个媒体时代已经真正降临，并开始对我们的文学、文化的生产与运作，发生着前所未有的巨大影响。由平面媒体尤其是大众报纸别有所图的事件追踪和连续报道，日益显现出他们正在以他们的角度和立场导引广大受众和影响当下文坛。②

在消费社会，文学被边缘化是历史的必然，文学要成为社会的焦点，必须加入大众传播媒介生产的序列，被大众传播媒介娱乐化。"80后"和文学互为媒介，"80后"通过写作确立了自己在第二媒介时代的身份，文学通过"80后"重新回到社会中心，同时，它们又都是大众传播媒介的资源，和"两会"、恐怖分子制造的爆炸事件、明星们制造的绯闻一样，是大众传播媒介中天天上演的诸多新闻事件之一。"80后"写手们特立独行的言行、在文学市场的轰动效应以及内外不停地"口水战"等独具新闻价值，让沉寂已久的文学重新获得大众传播媒介的青睐，变得热闹不断，成为第二媒介时代的文学景观。"80后"写作是文学中的娱乐事件，娱乐中的文学事件，是文学在新的媒介环境下

---

① 〔法〕居伊·德波：《景观社会》，王昭风译，南京大学出版社2006年版，第5页。
② 白烨：《遭遇"媒体时代"——三谈"新世纪文学"》，《文艺争鸣》2007年第2期。

事件化、娱乐化的结果，因此，与其说它是文学现象，不如说它是娱乐现象。在娱乐至上的媒介时代，一切事物的本质已经幻化为表象，"80后"写作因文学而景观化，但本质上与文学没有太大的关系，虽然我们否认"80后"写作的重要意义，但不排除"80后"写手成为大师的可能。

第三章

"80后"文学:概念及其意义关联

第一节 "80后"出场

进入 21 世纪,中国文学界最引人注目的现象无疑是 "80后" 写作的横空出世,一批 20 世纪 80 年代出生的青少年在文学杂志上频频露面,在文学出版市场独领风骚,并成为网络文学创作的主力军。从作家的出生代际看,"80后" 写手的数量之多,影响力之大是中国文坛从来没有过的。他们自信的反抗姿态、恣肆的语言、天马行空的想象为暮气沉沉的中国文坛带来了一股清风,他们的作品改变了中国文学阅读的格局,在文学市场上甚至与现当代作家平分秋色,不相上下,所有这些都将已经倾斜的文学场推向了更加危险的境地。

"80后" 这个术语首先是生于 20 世纪 80 年代的一代人自己命名的产物,据被称为 "'80后' 五才子" 之一的恭小兵介绍,"80后" 这个概念最早是由一个网名为 "中国斗志" 的湖南男孩提出的,他借用这个名词,写下了后来引起广泛关注的网文《总结:关于 "80后"》,在文中,作者用调侃的笔调梳理了文学上 "70后" 概念的产生和发展过程,并进行了辛辣的评价:

在过去的几年里，也就是那么几个 70 年代出生的美女作家，充分利用了陈卫首创的"70 后"，然后借助魏心宏的专栏，在文学界掀起了阵阵轩波……

从来没有过的，一个文学概念终于成为一个时尚名词，于是举国上下，妇孺皆知。一夜之间昙花怒放，一个时代就那样被她们粗暴地界定了——生于 70 年代，"70 后"，而她们俨然是"生于 70 年代"的形象代言人。"70 后"就这样成为一代人的代名词。先是从文学界叫起，然后用于各行各业——网络、艺术、新闻媒体……总之，"70 后"已经成了一个褒贬不一的词语。

剔除掉"70 后"里面一些花里胡哨的表象，我们现在还能看到什么？他们的日常生活，更老几代人的生老病死，人情世故，集团与集团之间的利益冲突，个体和个体之间微妙的情感联系……相比他们，难道"70 后"就能成为典型或者例外吗？倘若不是，何必大张旗鼓地宣扬？

只不过是因为年轻而已。时代暂时被他们掌握在自己的手里，于是趁着所剩不多的青春年华，他们要跳一跳，就像耐不住寂寞爬行的虱子一样。

很多年已经过去，我们现在可以看得更加清晰："70 后"已经被人们渐渐忘却，所有的人都已经厌烦于谈及"70 后"。像个丑闻，被人说烂了，说臭了，叫人恶心。而且，70 年代人也渐渐衰老了，他们中最早出名的那拨女人，现在至少已经年过三十。

恭小兵断然地将"70 后"踩在脚下后，在文章末尾，骄傲地宣称"80 后"的出场，一幕"长江后浪推前浪，前浪死在沙滩上"的代际冲突大戏跃然纸上：

更年轻的"80 年代"正在茁壮成长。我不知道未来的我们，会不会造就更新颖更激烈的热点——毋庸置疑，我国的文坛是需要热点的。它就像是一注兴奋剂，可以使得一具毫无生机的木乃伊也能在某个时间段内变得活力四射，充满幻想。

卡夫卡、萨特、康德、尼采、叔本华，各种各样的新思潮也终于迫不及待地向我们汹涌而来，童年、初恋、青春、成长、革命、闹剧、丑闻、旧思想的衰亡……仿佛转眼之间已经又是一个新年代。那么好，开始说自己，说说我们自己这代人——我们生于80年代！①

从恭小兵的话语中我们可以看到，他肆无忌惮地贬斥了"70后"这一命名以及命名背后指涉的作家，但对同样情形的"80后"这一命名却毫无反思，原因何在呢？"命名则意味着权力和暴力"②，"80后"这一命名不仅仅显示了20世纪80年代出生的一代人的存在，更重要的是，它宣示了20世纪80年代出生的一代文化权力（文学权力）的获得，作为"80后"一员的恭小兵自然不愿意放弃这来之不易的权力，自然不会进行权力的自我阉割。

研究评论界对"80后"的命名各执一词（这一点将在下一节详细论述），与之相似，"80后"写手们对这一命名的态度也迥然不同。

一方面，研究者们无论是所谓"偶像派"还是所谓"实力派"，都不约而同地反对这个命名。2004年7月8日，在上海作协召开的"80年代后青年文学创作研讨会"上，"80后"代表作家蒋峰、小饭、陶磊及其他众多"80后"写作者集体表示要和韩寒、郭敬明等先期走红的"80后"作家划清界限，并表示反对"80后"这一概念。被视为"80后"创作实力派第一人的李傻傻直言："对'80后'这个概念我比较反感，本来我们想出这个说法是因为大家年龄差不多，在网上玩比较有

---

① 恭小兵：《总结：关于"80后"》，http://bbs.tianya.cn/post-210-2-1.shtml，2003年7月11日，2013年11月2日。

② 管勇：《命名与对话——关于文学"80后"的反思》，《当代作家评论》2011年6月下半月刊。

亲近感。现在它被用于一个文学概念，因为不少我们这个年龄段写东西的，卖得还不错，它导致好像谁赚到钱谁就代表'80后'。我觉得该灭一灭这个说法。"[1] 韩寒也明确表示"非常讨厌以年代划分作者"[2]。郭敬明认为："'80后'其实并没有一个整体定型的风格。我和春树的风格是完全不同的。春树的东西和那些农村出来的孩子写出的东西肯定会有不同。我个人认为'80后'这个概念本身就是不成立的。"他还认为，20世纪80年代出生的人的写作各不相同，本来就不能互相代表[3]。春树也表达了类似的观点："我讨厌当什么'80后'的代言人，因为我并不了解他们，当然也无法代表他们。"[4]

与此同时，不为媒体和大众所关注的"80后"诗人对"80后"这个命名则较为认可，如2002年10月4日开始的"扬子鳄论争"中，"80后"诗人们集中讨论了"80后"命名的合理性。主要发言人丁成认为并非单纯为命名而命名，而是为了命名下的负载。诗人刘春基本上认可"80后"，但认为命名往往会附带上"文学史情结"，显得过于急功近利。阿翔认为"80后"主要是缺乏群体的出场。啊松啊松则反对阿翔的看法，认为"缺乏群体出场"这一说法根本不成立，"80后"已成规模，群体的存在和出场已经无可置疑，只是相对隐蔽，主要的缺陷就是缺乏从理论、作品和成就上普遍而系统地给予论证。[5]

为什么"80后"写手们对"80后"命名有如此截然不同的态度呢？江冰一语道破真谛：

"道不同不相为谋"？还是有人占了便宜，有人占不到便宜？

---

① 术术：《李傻傻：我要灭了"80后"》，2004年7月28日，http://ent.sina.com.cn/2004-07-28/1725457616.html，2014年12月16日。

② 韩寒：《文坛是个屁，谁都别装逼》，《青春男女生（许愿草）》2006年第6期。

③ 黄兆晖、廖文芳：《80后文学：未成年，还是被遮蔽？》，《南方都市报》2004年3月9日。

④ 同上。

⑤ 啊松啊松：《80后，游戏的开始与结束》，丁成：《80后诗歌档案：一代人的墓志铭和冲锋哨》，中国海洋大学出版社2008年版，第221页。

面对"80后"大群写手,"80后"的命名显然产生了不同的理解。"过河拆桥""升级换代",抑或是"公共汽车心理":我得上,拼命往上挤,挤进了,人太多,其他人别上!或者更进一步,这车太挤,我得换辆新车!人上一百,形形色色。真是林子大了,什么样的鸟都有,值得庆幸的是"80后"如今有了不同前辈的更大的选择空间。①

20世纪80年代出生的一代用"80后"为自己命名,显示了他们清晰的代际界限意识,而对这一集体性命名的反对和认可,也暴露了他们身份确认的焦虑。"80后"这个模糊的代际称谓作为话语策略充满了矛盾性和张力,一方面,他们希望在集体中确证自己,另一方面,这个集体称谓又与他们所追求的个性张扬互不相容,这就造成了"80后"这个命名的戏剧性。当"80后"与前代人斗争时,他们抱成一团,"80后"就是他们集体力量和意识的符号,例如:他们用《我们,我们——80后的盛宴》这样的书名来宣告自己的到来;当他们内部进行斗争时,这个名词又成了他们蔑视的垃圾。这种充满戏剧性的场面自然成了大众媒体的绝佳素材,大众传媒将"80后"标签贴到每一个"80后"写手尤其是那些走红的写手身上,然后让他们背着这个标签进行表演。在"80后"这一命名发展壮大的每个阶段,我们都可以看到大众传媒的活跃身影。

正是看到了"80后"这一术语的媒体出身及其强大生命力,步非烟的观点显得理性而中肯:

> "80后"这个名字当初加在我们头上的时候,是很霸权的,只要是生于80年代的,都属于其中一员,而后又被媒体塑造为颓废的一代。所以,后来有很多作家急着撇清关系。其实,我觉得与

---

① 江冰:《试论80后文学命名的意义》,《文艺评论》2004年第6期。

其撇清，不如为之正名。"80后"是整整一代人，可以说受教育程度、自我意识空前之高，而且，他们目前正在走向主流。而"80后"作家正诞生自这群人中，他们的魅力就在于个性突出，每一个"80后"作家都是不同的风景。试图用任何一个词去概括他们都是违背"80后"精神的。①

最早引起媒体关注的是韩寒，并由"韩寒现象"引发了关于教育体制的讨论。众多媒体的争相报道、评论，使韩寒从一个名不见经传的高中生，一跃成为妇孺皆知的明星。第二次宣传报道高潮是由一家拥有国际背景的媒体引发的，2004年2月2日，春树登上美国《时代周刊》亚洲版杂志封面，使国内的评论界再也不能小觑他们。媒介的推波助澜使青春写作的"星星之火"终于燃成"燎原之势"，"80后"的迅速崛起与集体登场也就顺理成章了。

媒体对这一群体似乎特别眷顾，对青少年写作的一举一动都进行了全程报道。春树亮相《时代周刊》点燃了"谁能代表'80后'"的讨论，《南方都市报》在2004年3月9日题为"80后文学：未成年，还是被遮蔽"的报道中，对这场争论进行了梳理，首次明确提出"80后"写手们"偶像派"与"实力派"的划分，分别列出两派的名单，并重点介绍了"实力派"的几位写作者。2004年6月，《羊城晚报》推出"80后"作家人气排行榜。十位上榜的"80后"作家依次是李傻傻、郭敬明、张悦然、韩寒、春树、孙睿、小饭、蒋峰、颜歌、易术。"偶像派"五人全体入选意味着消费者对偶像的追捧热情依然很高，而榜首被"实力派"占据，说明"实力派"也在市场各股势力推动下发展壮大起来了。2004年7月19日，中央电视台《读书时间》栏目以"80后"文集《我们，我们》的出版发行为背景，邀请评论家白烨、作家

---

① 步非烟：《我曾被老师定性为惑乱人心的"问题文学少女"》，2007年3月30日，http://blog.sina.com.cn/s/blog_4bc7844d01000af2.html，2014年12月6日。

莫言以及"80后"作家春树、李傻傻、彭扬、张悦然等进行两代文学人之间的对话，制作了一期名为"恰同学少年——关注'80后'的一代"的专题节目。2004年9月8日，中央电视台《读书时间》栏目播出"80后"专题节目《聆听80后一代的声音》，李傻傻、春树、张悦然、彭扬应邀做客直播间。

伴随着大众传播媒介长大的"80后"一代最终在大众传播媒介的协助下用集体的声音宣告了自己的到来，也完成了充满矛盾的自我确认过程。在媒介时代，在消费社会，具有强大消费实力的"80后"一代与前代人的代际冲突自然会成为大众传播媒介的焦点话题，只是，这一次，代际冲突的焦点发生在了文学领域。随着被贴上"80后"标签的春树、韩寒、郭敬明、张悦然、李傻傻以及众多网络写手在媒介社会产生的景观效应，这一代在矛盾中完成了自己的命名仪式，"80后"这个名词进入了公众的视野，成为第二媒介时代媒介文学景观的标志性符号。因此，我们可以这样说，"80后"命名的冲突乃至整个"80后"文学浪潮，与其说是文学现象，不如说是媒介现象；与其说是文学事件，不如说是媒介事件。

第二节 "80后"文学的意义关联

"80后"是代际划分的产物，是对1980—1989年这一时间段内出生的人的集体性命名。根据《中国统计年鉴》数据，从1980年至1989年的10年中，中国约有2.04亿人出生，排除中途"夭折"的，"80后"也有2亿人左右，其中多数生长在农村。[①] 作为20世纪80年代出生的一代的集体命名，现在，"80后"这个称谓已经被社会广泛使用，

---

① 汤涌：《"80后"——请别误读这2亿青年》，《中国青年报》2006年4月3日。

成为一个流行词汇，再来讨论"80后"这个概念似乎有刻舟求剑的嫌疑。但在严格的学术仪式上，任何一个命名必须满足这些条件：存在对应的特定对象，并且命名本身毫不含糊地具有指代功能，即命名要么指出了对象某一独一无二或标志性特征，如"意象派""垮掉的一代"等，要么必须具有某种约定俗成的指涉内涵，如"乡土作家群""东北作家群"等①。仅仅以出生代际为特征的"80后"这个术语显然不能完全满足这些命名的条件，此起彼伏的"谁能代表'80后'""我不是'80后'"的声音一直在质疑"80后"命名的合理性，学术界对这个命名也众说纷纭，争论不休。因此，厘清"80后"这个概念的内涵对正确认识"80后"写作现象具有重要意义。

2004年是"80后"这个概念约定俗成的分水岭。这一年，先有《时代》周刊亚洲版将春树与韩寒称为中国"80后"代表这一明确命名，紧接着，以"80后"为名的《重金属——80后实力派五虎将精品集》《我们，我们——80后的盛宴》这两本意在集中地展示了"80后"创作最高水平的书出版，加上各类媒介以"80后"为标题的新闻和评论的密集轰炸，如《80后文学：未成年，还是被遮蔽?》（《南方都市报》2004年3月9日）、《"五虎将"改写80后文学?》（《南方都市报》2004年5月12日）、《"80后"作家创作实力排行榜》（《羊城晚报》2004年6月9日）、《"80后写作"悄然崛起》[《人民日报》（海外版）2004年8月18日]、《聆听80后一代的声音》（中央电视台《读书时间》2004年9月8日），"80后"一词逐渐走入千家万户。

2004年7月8日，上海作协召开的"80后青年文学创作研讨会"和2004年11月22日北京语言大学举行的"走近'80后'研讨会"意味着"80后"写作现象开始被文学研究者大面积关注，正式成为主流文学界研究评论的选题。从对"80后"写作认真思考和讨论之初，学术界关于"80后"这个命名的论争就是热点话题。

---

① 丁帆、许志英：《中国新时期小说主潮》，人民文学出版社2002年版，第612页。

本书在 2014 年 12 月 6 日从中国知网的中国学术文献网络出版总库和中国重要报纸全文数据库搜索以 "80 后" 为题名的文章，统计了文章数量以及内容以文学为主的文章所占比例，结果见表 3-1。

表 3-1　　　　　　　　　　"80 后" 题名文章统计表

项目 数据 年份	期刊	文学类	报纸	文学类
2003	1	1	0	0
2004	22	13	24	10
2005	60	25	33	12
2006	139	37	61	10
2007	347	60	217	25
2008	676	60	267	13
2009	714	70	200	9
2010	1082	58	447	23
2011	1107	53	338	12
2012	1114	57	224	7
2013	1172	64	204	8
2014	1013	54	153	18

从表 3-1 的统计结果可以看出，"80 后" 这个术语 2003 年开始在期刊使用，在 2004 年，"80 后" 术语还主要集中在文学领域，无论在学术期刊还是报纸，以 "80 后" 为主题的，多与文学有关，这也证明了 "80 后" 这一术语的文学出身。随后，"80 后" 的内涵开始拓展，文学色彩迅速淡化，逐渐成为社会学意义的术语，成为 20 世纪 80 年代出生的一代人的集体指称。2008 年以后，"80 后" 命名已被广泛使用，"80 后" 术语的文学身份消失，成为社会约定俗成的代际指称。需要指出的是，这次检索的数据并不完全，由于中国知网自身的架构设计主要是针对学术研究（中国学术文献网络出版总库将研究性期刊基本被囊括在内，而中国重要报纸全文数据库只收录了国内公开发行的 500 多种重要报纸），对 "80 后" 概念扩散发挥过重要作用的许多新闻

周刊、都市报、晚报（如《三联生活周刊》《南方都市报》《羊城晚报》等）刊载的相关文章并没被收录在内。

　　研究评论界对"80后"这个概念有两种截然不同的看法，总体而言，反对的声音占了上风。张柠认为："'80后'概念纯粹是商业结果，其有效性在于传播和记忆，符合商业社会简单快捷的原则。活在这样概念下的'80后'写作者一方面是幸运的，前辈们苦苦等待伯乐时那暗无天日的时光，在他们那里也就是一个签字仪式而已。但是，媒体扣押了今天的青年作家，就像青年作家扣押了媒体。他们互为人质，相互敲诈勒索。"①徐妍认为"80后"并不是一个整一性的精神实体，而是一个指代不清的命名，在不同的语境论述中，具有众多不同的所指。她提请大家注意，"80后"并不仅是浮出水面之上的写手，更可能是沉默的大多数②。谭五昌认为，"80后"不是文学史概念，也不是文学流派的概念，它是以写作者的出生时间来集体命名，应该警惕这个概念潜在的风险性："如果文学史总是以十年为期划分代际，那就会造成一种时间神话，这种时间神话实际上就将晚生代作家与前辈作家置于对立、断裂的状态，造成另一种意义的遮蔽，这一代人的独特性也不能凸显出来。"③申霞艳比较了"70后"和"80后"两个代际命名的差异后指出："'80后'这个命名直接来自出版领域，直奔市场而来。'70后'的命名来自刊物，目的是推出新人，商业动机不太明显；而'80后'的出现首先就是为了谋杀，为了制造符号资本，增加符号价值。它的命名从市场中来，又回到市场中去。"④

　　与此相反，也有一些研究者认为20世纪80年代出生的一代与前代在物质生活方式、精神文化生活以及社会文化心理方面有明显的断裂特征，进而肯定了这种代际命名方式。张颐武认为："虽然有人不断

---

①　蔡达：《80后作家要求抛弃80后概念？》，《南方都市报》2004年7月23日。

②　侯桂新：《"80后"与市场化写作》，《中关村》2008年1月号。

③　同上。

④　申霞艳：《中篇的衰落与文学的境遇》，《当代文坛》2007年第41期。

对于按出生年代给作家进行分类提出批评，但这种分类其实有自己充分的理由。由于中国社会的剧烈变化，代际间差异相当明显，虽然在一代人之中，每个人有不同的性格和生活状态，但大家还是可以清晰地看到代际间的差异。"① 江冰认为，"'80后'文学命名获得的第一个意义是促成了中国大陆文学界的一次青年行动，一次在极短的时间里打出共同旗帜的集体行动"，"在文学以及文化的发展历程中甚至还是必需的程序，关键仍然在于'80后'命名的含义，可以肯定地说，'80后'不是年龄段的概念，同样也不是商业化的概念"。在考察了"80后"命名的缘起后，江冰认为："《时代》周刊对'80后'的命名，其实更多的是着眼于'另类'这一社会学与文化学的意义，至于'年龄段'只是一个限定词，更多的指称在于社会学上的'代沟'与文化学上的'亚文化群落'。"因此，"第一，'80后'的'命名'可由春树、韩寒来担当，原因在于他们的作品的本质是'另类'的姿态。……第二，'80后'也不完全等于'偶像派'。……第三，所谓'实力派'完全可以同所谓'偶像派'分道扬镳。道不同不相为谋"。他认为"80后"命名具有重要的意义，"20年后，今天的这批'80后'写手，无论'偶像派'还是'实力派'，假如都没有拿出堪称经典的作品，那么，2004年关于'命名'的具有戏剧性变化的事件，仍然可以成为一种文学现象载入文学史。其意义在于从一个侧面解读了当下中国文学界的心态，并且成为从网络成长起来的青年作家群体生存状态的一个写照"②。

对理论界而言，"80后"这个术语的吊诡之处在于一方面绝大多数人都不认可这个简单的代际命名，另一方面人们却又没有更加合适的术语来概括这一新的文化现象和社会现象，只能用这个命名来进行言说。"命名的这种尴尬和捉襟见肘，在某种意义上正好反映了当下批评界的失语和混乱，如果说得严重些，甚至可以说是无能；以代际方式

① 张颐武：《"70后"和"80后"》，《北京青年报》2007年10月21日第A5版。
② 江冰：《试论80后文学命名的意义》，《文艺评论》2004年第6期。

或'新''后''晚'之类随手拈来的感性化名词来对一个非常复杂的、正在生成中的文学对象命名，这种投机取巧一方面固然可以用懒惰来解释，但另一方面则正是批评界创造力贫困的表现。"[①]

"80后"写作是中国文学史上第一个低龄写作高潮，"80后"写作复杂的背景、短暂的历史以及对"80后"写作的漠视和不了解导致了批评界对"80后"写作阐释力的贫弱。当前，"80后"已经成年，传统意义上的以低龄化为噱头的"80后"写作已经走向终点。"80后"命名是市场的产物，是大众传媒命名的结果，现有的种种迹象表明，这种命名方式将继续下去，"90后"的说法已经见诸报端，说明了这种命名方式的生命力。现在，讨论"80后"命名的合理性问题已经没有太大的意义了，真正的问题在于合理地界定和描述"80后"这一术语的内涵和外延。

学术界最早全面介入"80后"写作研究的江冰系统总结了关于"80后"的概念和内涵，他认为"80后"这个概念之所以迅速成为超出文学范畴而进入社会视野的代际标志，与下述几个原因有关：1. 现代大众媒体强有力的广泛传播，信息加速流动，流动中促成变化；2. 文化转型期的作用，市场化、全球化时代的真正到来，中国人的意识正在发生根本性的变化；3. 新媒体的广泛使用；4. 文化消费与商业炒作的作用；5. "80后"这一代人自身的文化差异特征强烈程度远远地超过了"70后""60后"，并出现某种文化断裂迹象，表现在文学中也有观念方式全新的明显趋向。他认为文学研究领域的"80后"，不是一个等同于年龄段的代际概念，与社会广泛使用的"80后"有很大的不同，它是小于社会流行概念的，并非简单地指称1980—1989年出生的一代人，而是有如下几个限定词：1. 指出生并成长于大都市的青年人，即城市里的"80后"；2. 一般指出生于中产阶层以上、相对富裕家庭的独生子女，即独生子女的"80后"；3. 具有现代消费观念，融入时尚

---

①　丁帆、许志英：《中国新时期小说主潮》，人民文学出版社2002年版，第614页。

生活的青年人，体现出都市消费文化的精神，即现代消费的"80后"；4. 乐于接受新媒体，在网络空间中自由穿行的青年人，主要指1984年至1989年出生的"80后"，因为他们的青春期与1999年开始在中国大陆普及的互联网保持完全同步，即新媒体的"80后"。江冰进一步指出，"80后文学"是一个青年亚文化概念，而不仅仅是年龄段的概念，并得出四点结论：1. "80后"文学拥有了完全不同于前辈的文化背景与文化资源，这是他们的优势也是幸运；2. 具有不同时空青年亚文化所共同体现的文化精神特征，即叛逆性；3. "80后"文学的文化精神与前辈文化和世界文化、不同国度与时代的文化具有精神延续的脉络可寻；4. 青年亚文化殊途同归，最终将支持、改造、回归社会主流文化，就文学而言，"80后"的青春写作入史无疑，代表作品也有望成为时代经典。他认为，"80后"属于新媒体时代网络文化的概念，因为，第一，网络空间保证了"80后"行使他们的文化权利；第二，网络空间成为"80后"的集结地与大本营。①

江冰的总结全面而准确，对廓清"80后"和"80后"文学的研究对象具有重要作用。本书认为，以代际命名的"80后"能够获得社会的普遍认同，以下几个方面需要重点强调。

1. "80后"和"80后"写作是中国独特的文化现象，是以互联网为基础的第二媒介时代的来临所导致的文化变革的一部分

中国特殊的国情决定了中国特殊的媒介管理体制，用新闻学的术语讲叫"党报体制"。这种体制的最重要的特征是所有大众传播媒介都属国有性质，不允许私人和社会资本进入新闻采编核心领域，大众媒介的中心任务是维护中国共产党执政的合法性和权威性，为党和国家的方针政策保驾护航。这种体制是集权主义政治观的产物，与第一媒介时代大众传媒的技术结构本质上是一样的。在这种体制下，大众传播资源集中于极少数人手中，公众只有媒介阅听权，并没有使用大众

---

① 江冰：《"80后"文学与"80后"概念》，《文艺争鸣》2008年第10期。

传播媒介的权利和自由。在文学领域，文学直接而明确的政治诉求决定了文学格局的一元化，虽然改革开放后市场的作用已经打破了这种一元化格局，但并没有真正地建立起自主的文学艺术场，政治力量始终具有强大的威慑力和影响力。

互联网对中国最大的冲击就是对集权主义形态的媒介体制的颠覆。互联网颠覆了政治配置传媒资源的权威地位，建立了"人人是作家，人人是读者"的全新大众传播秩序。"80后"是中国第一代青少年网民，与前代人相比，互联网带给他们的不只是使用大众传媒的权利，更重要的是互联网的技术结构所保障的自由精神已经内化为他们精神世界的重要力量。他们没有上代人对自由的恐惧和焦虑，他们所领导的"80后"写作是一场彻底的文化革命和社会革命。从这一点来看，《时代》周刊将"80后"比作美国"垮掉的一代"无疑是很有眼光的，因为二者同样以反抗传统文化为出发点，企图通过砸碎束缚文化的条条框框，建立自由平等的文化秩序。当然，结果可能也是一样的——"在追求文化的自由中，他们抛弃了一切，只留下最低的准则；继而他们便出卖自己了。"①

事实上，西方发达资本主义国家第一媒介时代的大众传播资源也被少数人垄断，同样具有精英主义特征。但这种垄断是市场竞争的产物，是极高的市场门槛剥夺了公众拥有大众传播媒介的权利。由于大众传媒必须依靠受众的支持才能生存，这就决定了西方文化多样化的面孔。互联网给每个人带来了使用大众传播媒介的自由和权利，其全新的技术结构使自己成为一切集权主义思想的掘墓人。互联网推动的文化变革的核心是赋予每个人自由书写的权利，是反集权主义、反权威主义、反精英主义的社会变革，是自由主义的革命。在西方文学界，这种变革早已完成。20世纪60年代，美国"垮掉的一代"在反对一切

---

① ［美］戴维斯·泰格沃德：《六十年代与现代美国的终结》，周朗、新港译，商务印书馆2002年版，第227页。

"既成体制"的叛逆行动中，完成了类似于"80后"写作这样的"文化越狱"，"数以万计的'富于创造力'的人宣称自己是艺术家、诗人，上百万业余人士踏入文化界，只有上帝知道有多少专家、迷信者、哲人，感受能力训练小组的培训者挂牌上岗了"。① 因此，虽然西方世界的青少年与前代人同样存在代际鸿沟，他们也用互联网写作，但网络书写的革命意义已经消失，也就不会出现中国的"80后"和"80后"写作这种具有重大革命意义的文化现象。

"80后"和"80后"写作是中国特有的文化现象，是中国国情与互联网遭遇的产物，与"恶搞"、博客、播客一样，仅仅是第二媒介时代中国文化变革的一部分，革命意义大于文学意义，具有后现代政治意味。

2. "80后"写作对中国文学而言是质变，而非量变，具有明显的断裂性质

从微观层面讲，"80后"作为改革开放的第一代，成长环境与前代人相比，具有非常显著的差异。他们是电视一代、消费一代、互联网一代，在他们社会化的过程中，大众传媒、消费社会、互联网和全球化等对他们产生了深远的影响，市场意识、消费意识、自由意识和全球意识等是他们最重要的集体文化心理，这与前代人的传统保守完全不同，具有明显的断裂特征。

全新的文化心理导致了全新的文学言说，"80后"写作就是这种文化心理的表现。从创作心理、表现手法、传播路径和读者阅读心理等方面来看，如游戏化的书写、写手的"明星化"、读者的偶像崇拜心理等，"80后"文学已经具有了全新的意义，与传统文学具有明显的断裂性质。

"80后"写作的意义不在"80后"写手的文学书写上，而在他们

---

① ［美］戴维斯·泰格沃德：《六十年代与现代美国的终结》，周朗、新港译，商务印书馆 2002 年版，第 227 页。

所开辟的全新的文学场对未来中国的文学乃至文化所产生的深远影响上。"80 后"写作的示范意义远远大于其文本价值，他们的文化实践导致了两个时代文化的裂变，其意义已经远远超过了 20 世纪 90 年代韩东们的"断裂"表演，"文化，以及更加不合法的通俗文化，成为历史断裂感得以显示的媒介——从而集结为一整套反文化偶像和文本。文化成了无法弥合的分裂，既有的社会结构被打破，正统的激进主义者开始感到无法适应"①。

---

① ［美］戴维斯·泰格沃德：《六十年代与现代美国的终结》，周朗、新港译，商务印书馆 2002 年版，第 312 页。

第四章

"80 后"文学的面孔

第一节 "80 后"写作的三副面孔

从"80 后"写作的精神内涵的发展演变看，我们可以大致将其分为三个阶段，分别对应叛逆的孩子、忧伤的少年阶段和游戏的书写者三副面孔。

一 叛逆的孩子

"新概念作文大赛"被普遍视为"80 后"进入写作舞台的标志性契机①。1999 年，《萌芽》杂志联合数所全国重点大学共同发起了"新概念作文大赛"②，大赛以"新思维""新表达""真体验"为口号，聘请

---

① 张尧臣：《就在眼前的"80 后"》，《南方文坛》2004 年第 6 期。
② 第一届新概念作文大赛由北京大学、复旦大学、华东师范大学、南京大学、南开大学、山东大学、厦门大学七所全国重点大学联合上海《萌芽》杂志社联合发起共同主办。第二届起，山东大学因为某种原因退出，联合发起共同主办单位另增加清华大学、北京师范大学、武汉大学。第三届起，增加中山大学。第七届起，增加浙江大学、中国人民大学，山东大学再度加入。

国内一流作家、编辑和人文学者担任评委。大赛组织者承诺获奖作品除在《萌芽》杂志刊登外，还将有专家点评，结集出版，获奖的或入围的应届高中毕业生将进入七所著名高校重点关注范围。①

"新概念作文大赛"是典型的文化搭台、市场唱戏，其策划源于主办方对青少年文学市场的预期，其成功则源于文学市场对"80 后"一代的热情拥抱，大赛的设计者、《萌芽》杂志主编赵长天说：

> 年轻人其实天生具有文学的热情，他们有想象力，有表达的欲望，他们需要文学写作。所以'新概念作文'问世，正好符合年轻人的需求。同时，因为"80 后"是一个比较特殊的群体，是第一代的独生子女，是改革开放以后成长起来的。他们的生长环境，和前辈很不一样，所以他们和前辈的代沟也就比较明显。成年人写作的文学作品，比较难以打动他们。所以，当同龄人的作品出来，立刻就受到极大的欢迎。②

第一届大赛空前成功，随着作文大赛的声名远播，《萌芽》水涨船高，2001 年发行量突破 10 万份，2004 年年底，发行量已达 50 多万份③。"新概念作文"不仅挽救了一本杂志，还捧红一堆新人，韩寒、郭敬明横空出世，一批获奖者也如约进入名牌大学④。这对于整日围绕高考的学生、老师和家长而言，无异于一针强心剂，让他们看到了一条高考甚至"成名"的终南捷径，从而引发了"新概念"的十年辉煌。从 1999 年到 2008 年，参加"新概念作文大赛"的稿件从每年 4000 多

---

　　① 《"新概念作文大赛"倡议书》，《萌芽》1999 年第 1 期。

　　② 文丽：《专访赵长天：九岁的"新概念"老了吗?》，《中华读书报》2007 年 8 月 8 日第 13 版。

　　③ 黄静芬：《赵长天：真实的更有生命力》，《厦门日报》2008 年 12 月 28 日第 12 版。

　　④ 仅 1999 年第一届、2000 年第二届的新概念作文大赛中，就有 21 名一等奖获得者被各知名高校破格免试录取，参见张振胜《萌芽中的"新概念作家群"向何处去》，《中华读书报》2004 年 10 月 27 日第 3 版。

篇，增加到 7 万多篇，比赛范围延伸到了香港和澳门两个特别行政区，《萌芽》获得了对纯文学杂志而言几乎就是天文数字的发行量。"新概念"因此获得了"语文奥林匹克"的称谓，大批"80 后"因参赛走上了文学创作的道路。

真正让"新概念"获得极大吸引力的是主办者新颖的策划，即"反思应试教育"与"获奖者入名校"承诺的奇妙组合。高考指挥棒下的应试教育是中国社会的痼疾，是每个青少年不得不面对的痛苦经历，这种痛苦甚至沉淀为无意识，时刻折磨着他们。"80 后"写手王小天说："我参加过两次高考。在以后的日子里，高考这个词汇完全是我心灵深处的一个暗影，直到现在，我也经常在梦里被莫名其妙的高考现场惊醒，满头大汗。"① 这种心理并非偶然，可以说，在"80 后"的心灵史中，考试尤其高考刻下了最深的一笔。"新概念"反思应试教育的口号不仅吸引了深受应试教育折磨的"80 后"关注，更重要的是这种反思所激发的叛逆思想成了"80 后"写作的精神旨归。他们开始以自身经历为背景，将高考对青少年身心的摧残和伤害用愤怒的笔调书写出来。

2000 年，"新概念"第一届一等奖得主韩寒的《三重门》出版，至 2003 年新版时共销售 100 万册，创造了新世纪文学市场的奇迹。《三重门》讲述了一个中学生叛逆、反抗、辍学的故事。主人公林雨翔，天资聪慧，却在中学阶段就严重偏科，文科远强于理科，在老师马德保的影响下，将精力投向文学写作，其间，喜欢上一个叫 Susan 的女孩，并为此有了"少年维特式"的烦恼。林雨翔为和 Susan 同上一所高中费尽气力，浪费了父母数千元补习费却终因基础太差没有效果。后来，在父母的"努力"下，花数万元以体育特长生身份跌跌撞撞地进入市南三中，不料，Susan 却以三分之差没被录取。林雨翔进入高中后学习

① 王小天：《星空下的流浪者》，田湉文化工作室主编：《80 后心灵史》，长江文艺出版社 2006 年版，第 12 页。

每况愈下，数门功课高挂"红灯笼"，前途黯淡。Susan 为激励林雨翔，实现二人"清华园见"的梦想，告诉林宇翔，自己是为了他才甘愿放弃十分的题目，放弃了唾手可得的市南三中的录取通知书，但此时林雨翔却面临着被处分和被同学揍的困境。

《三重门》写得并不圆熟，甚至有些稚嫩，小说故事情节有牵强的意味（如 Susan 没有考中重点中学的情节安排），作者引以为傲的语言也有对钱钟书、李敖的明显模仿，但这些并不妨碍青少年对《三重门》的热捧。《三重门》的热销建立在全民反思应试教育的大背景下，《三重门》通过少年林雨翔的眼睛，全景呈现了正值青春期的中学生成长过程中所面临的亲子关系、师生关系、同学关系的种种矛盾和问题，准确而细微地描写了青少年特有的敏感、困惑，淋漓尽致地暴露了应试教育对青少年心灵的戕害，喊出了青少年的心声。总体而言，《三重门》所表现出的青少年迷惘情绪要大于叛逆的声音，但韩寒本人"六门功课挂红灯"进而退学创作《三重门》的行为让《三重门》披上了浓厚的叛逆面纱，也确立了"80后"写作的出场形象——叛逆。

"80后"不仅面对高考的折磨，对他们而言，现有的条条框框无不束缚着渴望自由的心灵乃至肉体。2002 年 5 月，春树的《北京娃娃》出版。这部自传体小说以主人公从 14 岁到 17 岁坎坷的情感经历和令人心痛的生活历程为主线，描写了"80后"一代在理想、情感、社会、家庭、欲望、成人世界之间奔突、呼告甚至绝望的历程，作者并没有试图控诉或者揭发什么，她只是在坦承自己曾经的一切，并随时用激烈和昂扬的情绪将这一切撕裂，露出一个又一个血淋淋的伤口。《北京娃娃》彻底地打碎了成年人心中"阳光少年"的想象，书中的主人公似乎生活在无边的黑暗之中，没有任何亮色，尤其是她对性的随便、开放，甚至疯狂，让成年人不寒而栗。"《北京娃娃》让人们开始注意到了春树这样一个青春作家的存在，甚至有人开始了对中国教育的反思——是什么原因可以令一个女孩'堕落'到如此地步？先是从高中退学，继而开始听着颓废的音乐，肆无忌惮地挥霍着青春和身体。"① 春树用《北京娃娃》中的"残酷青春"将青少年的叛逆演绎到极致甚至荒诞的地步，她也因此和韩寒、曾经的黑客满舟、摇滚青年李扬登上了《时代》周刊，并成为封面人物。美国人称他们为"新激进分子"，并认为"在这个国家，年轻叛逆者的数目正在如此迅速地扩张，就像美国垮掉的一代和嬉皮。他们已经有了他们自己的名称：另类。这个词曾经是贬义的，意指品格低劣的流氓。而在今年最新修订的《新华词典》——中国最权威的词典中——对另类的解释则是一种特别的生活方式，不再有贬低的含义"②。

教育体制问题在中国已经被讨论了许多年，但现实却是素质教育口号喊得震天响，应试教育却愈演愈烈。韩寒、春树用辍学表示了与应试教育的决裂，这种叛逆的行为与他们的作品一起构成了"80后"写作的第一道风景线。以叛逆为精神内涵的"80后"写作第一波的作者大多数是高中生，作品多用第一人称，注重对日常生活的描写和概括，写实主义色彩浓厚，有明显的自我投射的痕迹，类似于自传，有些就像是日记。第一次获得发言机会的"80后"们"说"的欲望远大于对"怎么说"的追求，作品多缺乏精雕细刻，线条粗犷，在叙事手法上，多采用线性方式，不讲究故事的戏剧性和矛盾冲突，有点儿像流水账，节奏略显拖沓；最值得注意的是他们的语言特征，其语言简洁明快，很少细致蔓延的修饰，幽默式的讽刺中不乏卖弄的嫌疑，但往往具有一针见血的效果，这一点在韩寒的作品中表现得非常明显。

"80后"的叛逆有其必然性，是青少年青春期特有的心理现象，当他们在青春期有了发言的机会后，自然会出现"我手写我口"的叛逆

---

① 小庄、龙曦：《2004 年度中国 10 大漩涡人物——春树：北京宝贝不喜欢被定义》，新浪新世纪周刊，2004 年 11 月 29 日，http：//news. sina. com. cn/s/2004-11-29/16015068300. shtml，2014 年 12 月 4 日。

② 转引自李菁、苗炜《少年杀女的文字春梦》，《三联生活周刊》2004 年第 25 期。

之作，但叛逆归叛逆，现实却没有什么改变，绝大多数"80后"依然要生活在他们声讨的各种体制之下，对现实无奈、无助，正如《三重门》中最后一段对林雨翔心理的描写：

> 听到远方的汽笛，突然萌发出走的想法，又担心在路上饿死，纵然自己胃小命大，又走到哪里去。学校的处分单该要发下来了，走还是不走呢？也许放开这纷纷扰扰自在一些，但不能放开——比如手攀住一块凸石，脚下是深渊，明知爬不上去，手又痛得流血，不知道该放不该放，一张落寞的脸消融在夕阳里。

"韩寒式"的叛逆最终面临四顾茫然的境地，"春树式"的叛逆更是极端，中国的"80后"不是美国"垮掉的一代"，他们叛逆，但并不能接受所谓"朋克"式的极端反抗，如用随意的性关系显示主体的自由存在。"80后"写作一开始就是市场化的，喜新厌旧的读者不可能总盯着"叛逆"，老拿叛逆说事，至多是"韩寒第二"或"春树第二"，求新求异的"80后"写手也显然不屑于坠入前人的老套。2002年胡坚的《愤青时代》是"80后"写作叛逆阶段的最后余波。在《愤青时代》中，胡坚将对现实的叛逆转向以戏仿和解构的方式思考"年轻"（"走向年轻"——《宠儿》、"正在年轻"——《RPG杨家将》、"曾经年轻"——《乱世岳飞》），用玩世不恭和调侃消解了叛逆的激情。胡坚消解叛逆的直接动因是他想用这本书敲开北大的门，深层原因在于韩寒式、春树式的少年叛逆已经将"80后"写作的"叛逆"资源消耗光了，"80后"写作需要寻找新的出路。胡坚凭借此书顺利步入武汉大学，"叛逆的孩子"自觉归顺传统体制，这不仅意味着"叛逆"的虚无，而且意味着以"叛逆"为精神内涵的第一波"80后"写作主潮的结束。从这个意义上讲，《时代》周刊在2004年将春树、韩寒的"叛逆""另类"标签贴到整个"80后"身上，就有点儿刻舟求剑的味道了，因为到那时候，"80后"们可能依然"另类"，但已经从对"叛逆"

的发泄走向对"忧伤"的细致品味了。

二 忧伤的少年

2003 年 1 月，曾连续获得第三届、第四届"新概念作文大赛"一等奖的郭敬明出版了小说《幻城》，当年累计销售 84 万册，在文艺类畅销书中排名第二。《幻城》本是 2003 年 10 月刊登在《萌芽》杂志的一篇短篇奇幻小说，在萌芽论坛上产生了巨大反响后，作者郭敬明因此产生了将其改编为长篇的想法，他主动联系春风文艺出版社编辑时祥选，后经过两人磋商，决定将短篇《幻城》修改成长篇出版。①

韩寒在《三重门》出版以前，凭借"新概念作文大赛"的新闻效应和自己的叛逆行为（如六门功课高挂写小说、拒绝复旦大学旁听资格继而辍学等）受到大众传媒的广泛关注，这些都为《三重门》的热销奠定了基础。郭敬明虽然也曾获得"新概念作文大赛"一等奖，但那个时候，媒体已经对"新概念作文大赛"失去了兴趣，再加上他是一个好孩子，没有什么出格的行为举止，因此，在《幻城》出版之前，郭敬明几乎不为人所知，这一点可从他在《幻城》前出版的《爱与痛的边缘》市场遇冷的遭遇看出来。《幻城》的成功让刚满 20 岁的郭敬明获得了"青春文学新掌门人"的称号，让他成为新的文学偶像，成为畅销图书的商标。自《幻城》后，郭敬明的所有作品包括《爱与痛的边缘》都获得了很好的市场业绩，他主编的《岛》《最小说》发行量达几十万册。在电子媒介时代，郭敬明创造了一个梦幻般的文学神话，《纽约时报》为此把他称为"中国最成功的作家"。那么，"郭敬明神话"到底是怎样炼成的呢？一切，都必须从《幻城》开始。

---

① 关力：《沈阳合作者谈小四的文学启蒙：那些年郭敬明被我们唤作"小绿稿纸"》，《沈阳晚报》2013 年 7 月 3 日第 B8 版。

《幻城》的宣传语是这样写的：

> "很多年以后，我站在竖立着一块炼泅石的海岸，面朝大海，面朝我的王国，面朝臣服于我的子民，面朝凡世起伏的喧嚣，面朝天空的霰雪鸟，泪流满面。"

> 这是一本奇特的书。一边是火族，一边是冰族，一边是火焰之城，一边是幻雪帝国。作品属于纯粹的虚构，作品来自幻想。而这种幻想是轻灵的，浪漫的，狂放不羁的。它的场景与故事不在地上，而是在天上。作品的构思，更像是一种天马行空的遨游。天穹苍茫，思维的精灵在无极世界游走，所到之处，风光无限。

这段宣传语非常准确地概括了《幻城》两个最重要的特点："泪流满面"的忧伤之情和唯美的奇幻世界。《幻城》以主人公"我"——卡索为主线，描写了发生在"我"身边的一段关于亲情的奇幻故事。卡索和弟弟樱空释是幻雪帝国的王子，因冰族和火族的战争到凡间避难，感情日笃。卡索非常向往自由，并常在樱空释前表露这一愿望，他邂逅并爱上了幻雪帝国最年轻、最伟大的巫师梨落，与其同回幻雪帝国。梨落因血统不纯而不能成为卡索之妻，从此消失。卡索必须继承王位，樱空释为达成哥哥自由的愿望采取了极端的手段——强奸了即将成为卡索王妃的岚裳，岚裳羞愧而死，卡索为报杀妻之仇杀死樱空释，后知道樱空释所做的一切都是为了自己时而心痛不已，终日生活在忧伤之中。卡索得知幻雪神山中有一种叫隐莲的东西可叫人起死回生，率众进山寻宝，历经艰险，战胜东南西北四大护法，终于得到隐莲。几百年后，梨落、岚裳复活，一起成为卡索妻子，但卡索最爱的弟弟樱空释却始终没有出现。重新崛起的火族与冰族展开圣战，卡索所率冰族战败，当他自杀的那一刻，他看到火族的王就是自己的弟弟樱空释。

作为郭敬明的成名作，《幻城》仅用16万字就营造了一个唯美的奇幻世界，充分展示了郭敬明天才的想象力和出众的叙事能力。和风靡一时的《魔戒》《哈利·波特》一样，《幻城》显得大气磅礴，纵横恣肆，情节充满悬疑，扣人心弦，加上大量的巫术、幻术，令人眼花缭乱。毋庸置疑，《幻城》的写作明显受到了玄幻电影、小说和电脑游戏的影响，故事情节对日本漫画《圣传》的模仿痕迹也非常明显，但《幻城》的成功不是对来自异域的奇幻艺术品的简单模仿。《幻城》的奇幻世界中心不再是阴谋，不再是人类的正义，不再是和平，而是无法摆脱的孤独，是人类永远追求的自由，是血浓于水的亲情和纯洁无瑕的爱情，是另一个乌托邦世界：

> 一位巫师"因触犯禁忌被囚禁"在冰海旁边的"黑色而孤独地矗立炼狱石"的离岸上，并用整个冰海"白色的浪涛，翻涌的泡沫"来惩罚他，于是成为《幻城》的主题之一：孤独。一次他告诉霰雪鸟，如果他成为幻雪帝国的皇子，宁愿不做国王，也要自由，于是成为《幻城》的主题之二：自由。接着，霰雪鸟用生命撞开了捆绑在炼狱石上的巫师，于是成为《幻城》的主题之三：关爱。在小说中，巫师化成幻雪帝国的皇子卡索，那只霰雪鸟化为卡索的弟弟二皇子樱空释，也就开始了这本轰轰烈烈奇美无比的小说，也就是《幻城》的主题之四：理想世界。①

《幻城》的成功引起了社会各界广泛的关注，中央电视台在做郭敬明专题访谈节目时的宣传词写道："为什么我们认为无病呻吟的文字会让他们如痴如醉？为什么我们看来平淡无奇的故事会令他们泪流满面？70万册的年销量让我们不能无视它的存在。"站在成人世界，我们很难理解"80后"为什么被《幻城》这样的肤浅之物感动得泪流满面，难道我们的"80后"永远只是童话的俘虏吗？

---

① 王美华：《"80后"作家档案（四）——郭敬明》，《作文世界》（初中版）2008年第5期。

显然，郭敬明没有"韩寒式"的叛逆，他没有对现实扔出投枪或匕首，或者说他根本没有投枪和匕首，他有的，只是忧伤，纯粹的忧伤。《幻城》表现的是与生俱来的孤独，是笼罩在自由、亲情、爱情之上无处不在的忧伤，这是青春期的"80 后"读者最需要的"心灵鸡汤"：

　　　　心灵的脆弱、无助，精神的匮乏，信仰的缺失都造就了这些读者的"忧伤"。而此时出现了郭敬明，恰好填补了脆弱、无助的心灵，匮乏的精神，成为这些年轻人的信仰和追求。郭敬明的作品至少能够给他们最后的支撑和感情的宣泄之处，他们看郭敬明的作品，仿佛是在聆听自己内心深处的忧伤。①

　　忧伤是人类基本情感之一，表现忧伤的文学作品从古至今都存在，远的不说，村上春树、安妮宝贝、韩寒等人的作品中都有忧伤之情，但他们都没有能够让忧伤成为自己独有的标志。郭敬明通过《幻城》创造了"郭氏忧伤"，树立了自己"忧伤王子"的独特形象。

　　首先，"郭氏忧伤"的独特之处在于郭敬明把忧伤当成了人类的宿命，当成了人类精神的本质。《幻城》出现了大量"随拔而起"的忧伤，全书随处可见"泪流满面"的词句，而且整个故事都始终笼罩在一种忧伤的气氛之中，一切悲喜都不能冲淡无所不在的忧伤氤氲，忧伤仿佛是一个自足体，没有任何征兆，没有任何背景，随处可见却没有前因后果。

　　其次，郭敬明笔下呈现的是一个纯洁无瑕的完美世界，对完美的追求使作品笼罩在了忧伤的氤氲中。有学者在评论《幻城》时说道："《幻城》是一部充满阳光的青春作品，是一个古老而又现代的童话故事，是一个寻找的故事，作品中没有复杂的恶势力，人物关系单纯宁

---

　　① 诸子：《穿越郭敬明：独一代的想象森林》，上海人民出版社 2004 年版，第 15 页。

『80后』写作现象研究

静，只能出自八十年代的独生子女之手。"① 那么，如何让小说"充满阳光"却又戴上忧伤氤氲的面纱呢？奥秘在于郭敬明笔下的忧伤与世俗的功利无关，与颓废的人生无关，而只与亲情、友情相连，"作品中人与人间的关系体现出来的单纯、善良，人物的生活都是为了他人，作者对于完美的追求到了令人伤感的程度"②。郭敬明小说的忧伤没有给读者带来烦躁、焦虑，它带给读者的，只是细雨般的愁思而不是黑云压顶的绝望，从而使忧伤纯洁化、童话化。

最后，"郭氏忧伤"总是与唯美华丽的词句相伴出现，如："在黑色的风吹起的日子，在看到霰雪鸟破空悲鸣的日子，在红莲绽放樱花伤逝的日子里，在你抬头低头的笑容间，在千年万年的时光裂缝与罅隙中，我总是泪流满面。因为我总是意犹未尽地想起你。这是最残酷也是最温柔的囚禁吗？"（《幻城》）"我是一个在感到寂寞的时候就会仰望天空的小孩，望着那个大太阳，望着那个大月亮，望到脖子酸痛，望到眼中噙满泪水。"（《爱与痛的边缘》）这种笔法已经成了郭敬明的招牌语言，唯美的语言就像一层薄薄的皮肤一样，呵护着忧伤的内核，让它不受风吹雨淋，同时也让它不至于长出锐利的尖角。在唯美的语言世界里，读者可以品味忧伤却不至于痛苦，忧而不伤，郁而不结，就像小资们流行喝苦咖啡一样，味觉的苦并不带来痛苦的心理体验，相反，成为他们独特品位的象征，成为他们区别于"非小资"的象征符号。同样，忧郁对正处于青春期，不识愁滋味却强说愁的"80后"来说，是他们用以标示自身独特存在的象征符号。这样，在梦幻般的呓语中，忧伤本身成了可供品味和欣赏的宝贝，成了抚摸自己身体的羽毛，顾影自怜中，"80后"找到了自己的位置。

同样以忧伤笔调获得成功的是张悦然，和郭敬明一样，张悦然也是"新概念作文大赛"一等奖得主，第一部作品《葵花走失在1890》

① 诸子：《穿越郭敬明：独一代的想象森林》，上海人民出版社2004年版，第60页。
② 同上。

也反应平平。张悦然成名于2004年与春风文艺出版社联手打造的《樱桃之远》，这本小说成功地将张悦然推向了"玉女"的宝座，与郭敬明一起成为"80后"写手中的"金童玉女"。

《樱桃之远》是张悦然的长篇小说处女作，小说围绕着两个生活在完全不同的地方却奇怪地心灵相通、触感相同的女孩杜宛宛、段小沐从小到大的经历展开，讲述了他们由敌为友，面对友谊、爱情、生存和死亡的心路历程。从主题看，《樱桃之远》和《幻城》一样，都强调了人与人之间的爱，人与自然的和谐，从笔调看，二者都忧伤四溢。但张悦然和郭敬明有明显的不同，"郭氏忧伤"是郭敬明的招牌菜，最大的特点是纯洁、干净，没有世俗气息，而张悦然笔下的忧伤却有着更加复杂的现实内涵。《樱桃之远》散发出的是一种迷惘加忧伤的混合气味，主人公面临成长的困惑和迷惘，她们需要友谊，需要爱情，却总处在奉献与索取的极端，如段小沐圣女般的善良，小杰子魔鬼般的邪恶，杜宛宛狮子般的暴戾，纪言绵羊般的温顺，在对友谊、爱情的追求中，她们都遍体鳞伤。成长的迷惘让他们时刻处于"心虚而彷徨"的境地，忧伤随之而来。我们可以看出，"张氏忧伤"不是拔地而起的，而是扎根于现实，贴地而行。张悦然的语言也不像郭敬明那样唯美而苍白，而显得凝重而"踏实"。她善于将情绪凝固到具体意象上，使其变得浑浊、黏稠。如在《樱桃之远》中写杜宛宛绘画的风格时说，"线条总是粗而壮硕，它们带着颤抖的病态，毁坏了画面的纯净"，"只能画水彩画或者油画，用厚厚的颜色盖住那些心虚而彷徨的线条"，"画总是大块大块淤积的颜色，一副不知所云的样子"。作者将"颤抖的病态""心虚而彷徨""不知所云"这些动态的词语与静态的线条、画面的相连，将绘画者微妙的心理传神地表现出来，这种奇特的想象打破了人们惯常的心理期待，一动一静，产生了强烈的"陌生化"效果。

张悦然的小说获得了众多文坛前辈的高度赞誉，莫言在为《樱桃之远》所做的序言中说："她的思考，总使我感到超出了她的年龄，涉及了人类生存的许多基本问题，而这些问题，尽管先贤圣哲也不可能给出一个标准答案，但思想的触角，只要伸展到这个层次，文学，也就贴近了本质。"这种"超出年龄的思考"是"张氏忧伤"的特色，给张悦然的小说抹上了"思想深刻"的颜色。对主流文坛而言，他们终于从张悦然身上看到了希望看到的东西，更准确地说，是他们自以为看到了希望看到的东西，因而对张悦然的创作赞赏有加，张悦然也成为走红的"80后"写手中最早得到主流文坛首肯的作家。

张悦然不是真正的"玉女"，她想要文学，也想要市场，"张氏忧伤"是她既想迎合市场又想迎合文坛的产物。以孩子的思路介入成人世界，只能是貌似深刻实则肤浅，在《樱桃之远》中借助宗教力量来实现儿童世界善恶的和解，就显得非常突兀而诡异，失去了真实的力量，青年评论家邵燕君直言其弊："作为'忧伤作家'，校园经验对于张悦然来说，是'别人的地盘'；而囿于'玉女'的身份，对女性经验的深入挖掘，又是她不敢触及的。而抽离了这两种基本经验，写作只能是空中楼阁。冰清玉洁、空灵飘逸的'忧伤玉女'虽然老少咸宜、百口皆调，却必然苍白虚弱、脆弱不堪。"[①] 对"80后"而言，复杂、貌似思想深刻的"张氏忧伤"显然没有单纯、超凡脱俗的"郭氏忧伤"那样的杀伤力，所以，张悦然的作品发行量很少超过 20 万册。这种情形更加增强了主流文坛对张悦然的信心，因为在他们看来，市场永远是纯文学的敌人。

"'忧伤写作'的兴起本身就是对'阳光写作'和'叛逆写作'的整合和转化，转化的方式恰恰是回避它们所直面的校园生活，遁入奇境奇思。'忧伤作家'最走红，说明'忧伤'最符合这个青春消费群体的普遍口味。"[②] 以"忧伤"为主要精神内涵的"80后"写作第二波依然属于青春文学范畴，郭敬明、张悦然等不再执着声讨束缚自己的现

①　邵燕君：《由"玉女忧伤"到"生冷怪酷"——从张悦然的"发展"看文坛对"80后"的"引导"》，《南方文坛》2005 年第 3 期。

②　同上。

实生活中的条条框框，而是将叛逆的力量转化为对忧伤的痴迷，转向了对正在成长的身体和心理的仔细品味和抚摸。其实，纯粹的"郭氏忧伤"只存在于《幻城》这样的童话中，一旦笔触延伸到现实生活，忧伤就再也不能像水晶那样澄澈了。在《悲伤逆流成河》中，郭敬明通过中学生的经历描写了现实生活中成长的烦恼与忧伤，忧伤虽然依旧，可已经贴地而行了，与痛苦、焦虑、迷惘组成了成长道路上的迷雾森林。张悦然则沿着自己的路子继续前行，但将笔触延伸到她不熟悉的成人世界，最终从"玉女忧伤"走向了"生冷怪僻"。

三　游戏的网络写手

2004 年，《小兵传奇》成为网络搜索引擎 Google 和百度公布的年度十大中文搜索关键词第一名，而且是榜上唯一与文学有关的关键词。继痞子蔡的《第一次的亲密接触》后，网络文学终于在 2004 年再一次大放异彩。不过，这一次，网络文学不再是划过天空的彗星，不再是第一媒介时代纸质文学的中介物或电子稿，而是第二媒介时代文学景观的主角。

《小兵传奇》（作者玄雨，真名黄宇，生于 1980 年）是"80 后"写手作为网络"原住民"给网络世界涂抹上的第一道亮丽的文学色彩，在韩寒、郭敬明、张悦然等向第一媒介时代的纸质文学领域发起冲击的同时，更多的"80 后"写手选择了网络，他们以游戏者的面孔出现，呈现给世界的是全新的文学景观。

"80 后"写手以互联网为创作舞台标志着"80 后"写作乃至 21 世纪文学的巨大转型。在此之前，春树、郭敬明、张悦然、孙睿等"80 后"写手虽然也曾经在互联网上发表作品，并获得了一定的名气，但真正成就他们大名的是传统出版平台，是纸质出版的作品在市场上的热销让他们成了明星作家。从这个意义上讲，他们是传统文学体制内的幸运儿。"80 后"网络写作的潮流则完全建立在互联网基础之上，它代表的是一种全新的文学生产机制。

在中国，网络文学的发展只有十余年时间，这十年又以 2003 年为界分为两个阶段。

1997 年 12 月，美籍华人朱威廉创办个人文学主页"榕树下"，他以"文学是大众的文学"为口号，倡导"生活·感受·随想"理念，开始了"网上《收获》"的梦想之路，"榕树下"也成为第一个中文原创网络文学基地。"榕树下"吸引了一大批文学爱好者，著名作家陈村也加盟其中，他认为"围绕网络，总会有一群人结成不同的圈子和团体，默默坚持他们的信仰和趣味，写出不同于以往、风情各异的文学作品来"①。1998 年，我国台湾青年痞子蔡的原创网络小说《第一次的亲密接触》红遍天下，直接推动了国内网络文学的发展。随着网络文学影响力的逐渐扩大，红袖添香、幻剑书盟等原创文学网站纷纷成立，各大门户网站也纷纷开设文学频道，如天涯、新浪、腾讯、网易、西祠胡同和西陆等，并举行了一系列原创网络文学大赛。

网络文学的低门槛让许多人实现了文学梦，作品数量迅速增多，但质量良莠不齐。大浪淘沙，读者用鼠标淘汰了绝大多数粗制滥造之作，宁财神、李寻欢、安妮宝贝、今何在、慕容雪村等网络写手脱颖而出，《告别薇安》《成都，今夜请将我遗忘》《悟空传》也成为早期网络文学中的经典作品。

在 2003 年以前，知名的网络写手多是"70 后"一代，"80 后"写手的注意力还集中在"新概念作文大赛"上，即使有"试水"网络文学写作的，也多是韩寒、郭敬明的门徒，创作上没什么新意，也没写出有影响的作品。这一时期，网络文学都走免费阅读的路线──作者免费上传作品，读者免费阅读。对写手而言，最功利化的想法就是通过网络获得足够的名气后，找出版社出版作品，赚名声的同时赚点钱，

---

① 张英：《"我的希望落空了"：老网友陈村目睹网络文学十年怪现状》，《南方周末》2008 年 10 月 9 日第 D27 版。

这几乎是这一时期网络文学发展的固定模式。当然,大多数网络写手似乎并没有什么功利心,他们只希望通过网络为自己的文字找到知音,这构成了网络文学得以持续发展下去的基石和土壤。

网络文学的发展,仅仅有这些基石和土壤是不够的。网络文学发展的硬件(各类文学网站和以文学为主的论坛等)的建设、维护乃至发展壮大都需要大量的资金,读者免费阅读,网站又没有足够的广告收入,必然导致其步履维艰甚至消亡。网络文学的软件——写手们,如果作品不能纸质出版,他们就没有任何收入,但是,像痞子蔡、今何在、慕容雪村等能够靠网络成名然后出版作品赚钱的写手毕竟是极少数,而绝大多数痴心于文学创作的作者都不能从网络写作中获取面包和牛奶,于是,热情过后,对创作也就没了兴趣。

2002年年底,一本名叫"中华再起"的网络小说突然红遍大江南北,其作者"中华杨"趁机建立了明杨读书网,并从第二卷开始试行千字两分的收费阅读方式。虽然明杨读书网很快就衰落了,但其开启的付费阅读模式对网络文学的发展产生了深远的影响。2003年年初,成立于2002年的起点中文网正式实行阅读收费制度——包月15元,不包月每千字2分的政策,并获得了成功。2004年,国内最大的在线游戏运营商盛大网络收购起点,并与网络文学界著名的原创作者血红、烟雨江南、蓝晶、赤虎、流浪的蛤蟆、碧落黄泉等签订了百万元稿酬的协议,引起网络文学界的轰动。2008年7月,盛大旗下的起点中文网、晋江原创网和红袖添香网共同组建的盛大文学公司正式在香港注册成立。盛大对文学网站的收购重组彻底地改变了文学网站的版图,宣告了诸强并起的青铜时代的结束。

起点中文网推行的付费阅读方式使网络文学摆脱了依附传统出版体制、只充当纸质书籍中介环节的尴尬境地,为网络文学的发展开辟了广阔的发展空间,开启了中国网络文学发展的全新历史阶段,陈村对此有高度评价:

　　在商业网站介入以后，网络文学马上商业化，文学价值的判断标准由艺术变成了商业，衡量一位网络作家成就的尺度变成了点击率和能否转化为纸质出版，是否畅销，版税是否高。成名的网络作家马上放弃网络，向传统的文学杂志和图书出版投诚，不在网络上首发作品。后来的起点网从奇幻起，局部改变了这一现象，这是了不起的创举，是中国人在互联网上难得的发明。①

　　起点中文网就像阿里巴巴一样，打开了一个巨大的藏宝洞，它推行的付费阅读模式终结了网络文学的免费时代，建立了有别于传统文学市场的全新网络文学市场。对文学网站而言，付费阅读使它们拥有了稳定的资金收益，如 2013 年，中国网络文学市场收入规模达 46.3 亿元，其中，盛大文学的年收入达到了 11 亿元至 12 亿元，17K 小说网的收入过亿元②。这样，它们可以不断改善硬件设施，加大推广投入，为网络写手和读者提供更加良好的服务。对网络写手而言，互联网不再仅仅是业余时间自娱自乐的后花园，而是一个可以给他们带来实实在在经济收益的摇钱树。通过与网站收益分成，他们不依靠纸质出版就可以获得经济收益甚至成为财富新贵，如在 2013 年第八届中国作家富豪榜品牌子榜单——"网络作家富豪榜"上榜的 20 位作家中，前六位收入都超过了 1000 万元，第 20 位也达到 180 万元。

　　起点中文网创造了全新的网络文学生产机制，从此以后，互联网就是一个真正意义的文学出版平台，不仅可以发表文学作品，而且可以付给作者报酬。起点以后，几乎所有重要的文学网站都开始推行付费阅读模式，而此时，连续举办多年的"新概念作文大赛"已经再也引不起媒体的关注，也就失去了"造星"的功能，"80后"写手自然将

---

① 张英：《"我的希望落空了"：老网友陈村目睹网络文学十年怪现状》，《南方周末》2008 年 10 月 9 日第 D27 版。

② 肖家鑫：《网络文学成资本宠儿 2013 年市场收入规模达 46.3 亿元》，《人民日报》2014 年 2 月 21 日第 12 版。

目光放在了互联网上。他们中的佼佼者很快发现，新的网络文学生产机制可以给他们带来丰厚的物质收益，于是，一批"80后"网络文学职业写手产生了。例如，1987年出生的朱洪志，笔名"我吃西红柿"，因网络小说《寸芒》《星辰变》《盘龙》的成功迅速成为起点的"白金作家"，年收入超过百万元，他因此从苏州大学退学，专心从事网络小说创作。

"80后"是网络文学生产的主力军，他们给中国的网络文学打上了浓厚的游戏色彩，同时，付费阅读模式作为一种结构性的统治力量，对"80后"的网络文学生产发挥着越来越重要的作用。"80后"网络文学创作具有明显的游戏特征，具体而言，主要表现为以下几个方面。

首先，彻底游戏化的创作心态。没有了纸质书写的束缚，没有了发表的焦虑，互联网给予网络文学创作者最彻底的自由。这种自由与"80后"自由无羁的心灵毫无滞碍地融合在一起，他们的文学创作没有任何历史的重负和现实规则的约束。

在"80后"笔下，历史仅仅是个人表演的舞台，现实是随意翻转的魔方，套用一句时髦的话就是"没有什么不可能"。人物可以任意穿行于任何时空中——从古代到现代到未来，从地球到宇宙，从仙界到鬼蜮；可以任意改变所有规则——肉身可以变成仙体，电脑程序可以幻化为真人。例如，在《小兵传奇》中，高中毕业的唐龙天赋异禀，各种机缘下很快从一名小兵成长为元帅，率领机器人组成的军队征战宇宙，打败各种邪恶势力，最终成为宇宙的统治者。一直辅佐唐龙的无所不知的电脑程序进化为聪明美貌的真人和唐龙谈情说爱，并且分身出一个模样相同却古灵精怪、爱吃醋的妹妹。

更加值得注意的是"80后"网络文学中道德价值和标准的消失。他们笔下的主人公就是世界的主宰，既有超人的魅力，又有非凡的能力，可以为所欲为。《坏蛋是怎样炼成的》（作者六道，真名谢景龙，生于1980年）演绎了中学生谢文东如何成为黑社会老大并最终一统江湖、成为地球的地下统治者的故事。小说中，作者大力美化暴力，极力宣扬以暴易暴哲学的合理性，用激赏的态度将一个黑社会头子打造得魅力四射，并将黑社会美化为理想的社会形态。这种彻底颠覆现实世界法律和道德准则的做法是"80后"写手最典型的白日梦，是彻底游戏化形态下"YY"（网络文学流行语，"意淫"一词汉语拼音首字母缩写）情结的产物。中国首个"类型文学概念读本"《流行阅》的创刊卷《幻世》刊载的《YY 无罪，做梦有理》一文中的一段话最能说明"80后"网络文学创作心态的彻底游戏化：

> 或许很多所谓的批评家对 YY 往往不屑一顾，可又如何呢？食色，性也，名利，欲也。赚不了钱，难道连 YY 一下"等咱赚了钱，买两辆宝马，开一辆撞一辆"的权力都没了？这念头现实太过沉重，在小说里短暂梦一场、小憩一下，梦醒后再该上班的上班，该卖菜的卖菜去，只要不走火入魔在现实中梦游，又关卿底事？①

其次，文字爆炸。与第一媒介时代的纸质文学创作过程相比，网络文学的创作速度超乎所有人想象。从字数看，获第六届茅盾文学奖的《无字》（共 80 余万字）应该是纸质小说中的鸿篇巨制了；从数量看，据中国作家协会统计，从 2001 年开始，中国每年有超过 1000 部长篇小说出版，这个数量已经被视为长篇小说作为"时代第一文体"的象征②。但是在网络小说面前，这样的数字小到了几乎可以忽略不计的程度。

一位起点中文网的注册写手这样教导新人：字数不够 100 万的文章肯定是"太监文"（形容文章突然停止不再更新），100 万到 200 万字

---

① 转引自邵燕君《传统文学生产机制的危机和新型机制的生成》，《文艺争鸣》2009 年第 12 期。

② 晏杰雄：《新世纪长篇小说文体研究》，博士学位论文，兰州大学，第 6 页。

算短篇,200 万到 350 万字算是中篇,超过 400 万字的才有资格称为长篇①。根据本书统计,截至 2014 年 12 月,仅起点中文网原创书库就有原创小说 1230000 部以上,其中字数在 30 万—50 万的有 970 余部,50 万—100 万的有 500 多部,100 万—200 万的 5000 余部,200 万字以上的超过 2000 部。仅仅从数字我们就可以看出网络文学强大的生产力,也可以看出网络文学创作的随意性。由于数量庞大,加上网络写手的匿名性特征,我们无法知道这些作品中有多少是"80 后"所写,但数量肯定不少,这里仅以著名的"80 后"网络写手"唐家三少"为例。

唐家三少原名张威,职业网络写手,起点中文网白金作家,年薪过百万元,2004 年 2 月开始创作网络小说,现在已有《光之子》《狂神》《善良的死神》《唯我独仙》《空速星痕》《冰火魔厨》《生肖守护神》《琴帝》《斗罗大地》《酒神(阴阳冕)》《天珠变》《神印王座》《绝世唐门》13 部超长篇"巨制"。唐家三少在 2012 年以 5 年 3300 万元的收入荣登第七届中国作家富豪榜子榜"中国网络作家富豪榜"首富宝座,并获得"中国作家富豪榜·网络作家之王"称号,2014 年入选福布斯中国名人榜,成为榜单上仅有的三名作家之一,更是唯一的一名网络文学作家。

连续 100 个月"不断更"的唐家三少到底创造了什么样的奇迹呢?起点中文网 2014 年 12 月 5 日的数据见表 4-1(按作品先后顺序排列)。

表 4-1　　　　　　　　唐家三少作品统计表

年份　数据　项目	总字数	总点击
《光之子》	773847	13045676
《狂神》	1559391	22742935

---

① 温爽:《"请你体验每小时几千字的创作速度"——网络文学盈利模式催生"舒马赫"》,《中国青年报》2010 年 1 月 7 日。

续表

数据 \ 项目 \ 年份	总字数	总点击
《善良的死神》	1779613	23085452
《唯我独仙》	1925452	16559545
《空速星痕》	1798545	15332885
《冰火魔厨》	2156309	17309536
《生肖守护神》	3047091	18609454
《琴帝》	3270454	28823170
《斗罗大地》	3031114	62380386
《酒神》	2821629	35059002
《天珠变》	2687552	30199871
《神印王座》	2642273	24075727
《绝世唐门》	5228241	28995820

从表 4-1 中我们可以看出，唐家三少的作品字数总体上越来越长，十三部作品中，只有最先创作的《光之子》少于 100 万字，从《冰火魔厨》后，每部作品都超过了 200 万字。总共 3000 多万字，3 亿多点击人次，从事写作 10 年的唐家三少创造的这些数字无疑会令所有第一媒介时代的作家汗颜。唐家三少有丰富的想象力，可以仅凭看电视时听到"雌雄大盗"四个字就灵感迸发，编出一部 180 万字的《善良的死神》；为了让读者看得舒服，他也会认真为设计故事的背景知识查看一些书籍。但对他来说，这些文学创作的基础并不是最重要的，最重要的是坚持——坚持每天写九千到一万字，坚持每天更新。①

所有的网络文学"大神"都是唐家三少这样的"网络舒马赫""打字抽筋手"，对他们而言，创作最大的难题不是灵感的匮乏，而是体力的不支。之所以这样高产，之所以这样卖命，就是为了金钱，唐家三

---

① 何潇：《张威："我们这种作家，就是个温饱"》，《人民日报》（海外版）2009 年 6 月 10 日第 7 版。

少说得坦白："还是趁着年轻，把一辈子的钱挣出来。"[①] 可以说，付费阅读模式分成已经成为网络文学生产最具决定性的统治力量，在市场的魔力下，自由的网络文学很快选择了新主子——金钱。当网络文学创作被金钱彻底招安后，网络写手完全被打字的快感湮没，网络所赋予的创作自由最终成了文学甚至文字的刽子手。

最后，电子游戏式的文学作品。迄今为止，网络文学写作造成的最大结果就是类型小说的繁荣乃至泛滥。起点中文网将小说分成玄幻·奇幻、武侠·仙侠、都市·言情、历史·军事、游戏·竞技、科幻·灵异、美文·同人等类型，这种划分方式流行于当前各大文学网站，是网络文学地图最重要的路标。类型小说并非新事物，传统的武侠小说、言情小说、恐怖小说、推理小说等就是类型小说，这种以题材作为标准的划分方式同时隐含着类型小说与严肃文学天然的高下之别的含义。虽然类型小说中也出现了一些大师级的作家和极高水准的创作，如金庸的武侠小说，但小说的类型化（模式化）从根本上背离了严肃文学的独创性价值取向。

类型小说是文学市场化的产物。对绝大多数普通读者而言，他们希望看到英雄人物的快意恩仇，才子佳人浪漫唯美的爱情，类型小说满足了读者的这些愿望。在第一媒介时代，类型小说的"类型化"是有限度的，虽然有模式化特点，但不同作者之间，同一作者不同作品之间，都有明显不同，也就是说，传统的类型小说创作是认真严肃的。网络文学的类型化已经突破了底线，全然没有了认真的态度，剩下的只有打字的快感，粗制滥造成为常态。

一方面，模仿之风盛行，凡是走红的网络文学作品大多有孪生姐妹，有《第一次的亲密接触》，"第二次""第三次""第N次"就会接踵而至，有《悟空传》，就有《八戒传》《沙僧传》。

---

① 何潇：《张威："我们这种作家，就是个温饱"》，《人民日报》（海外版）2009 年 6 月 10 日第 7 版。

另一方面，在单个作品中，简单重复已经成了网络写手的不二法宝。网络文学付费阅读都以字数为标准，网络写手为了赚更多的钱，极力拉长作品。随便一个小说，用来"拉"读者的免费阅读部分都要超过30万字，剩下的部分还很长，长到无法用一部小说来容纳，因此，我们常会看到《××1》《××2》《××3》这样的文学景观。问题在于，这么长的字数用什么内容来填充呢？只有重复，通过变换时间、地点，再稍微换几个人，一个同样的故事讲上几十遍就可以成就一个超长篇。约210万字的《小兵传奇》无非重复了几十次唐龙带兵打仗的故事，所不同者不过是地点从小的星球逐渐变成大的星球，敌人一个比一个强，唐龙越来越强大，身边的美女越来越多；《坏蛋是怎样炼成的》的500多万字也是靠不停地重复谢文东带领"兄弟们"与其他的黑社会团伙火拼的故事"胖"起来的。在这些超长篇小说中，故事主人公的性格从一开始就已经成型，此后的故事只是类似于电子游戏中不断重复的"打怪升级"过程。它呈现的不是人类的心灵，不是命运的寓言，而是一个高度电子游戏化的技术世界。被商业挟持后的"80后"网络文学只是一个文字形式的电子游戏，无数类似的"文字电游"构成了现在网络文学的主体。

网络文学第一个十年的发展使原本对其抱有很高期望值的文坛精英主义者感到"希望落空了"[①]。商业裹挟下的网络文学一骑绝尘，不仅没有带来《红楼梦》这样的伟大作品，而且连网络赋予的自由游戏精神也被金钱绑架。但是，网络文学发展仅仅十几年，网络自由精神孕育的"80后"写作才刚刚起步。从自由权力的获得到自由之境，人类需要漫长的历史跋涉。网络文学、"80后"写作的第一个十年，即使留下的全是泥沙，那也是自由文学空间成长必须付出的代价。事实上，网络文学的第一个十年已经留下了很多惊喜，《第一次的亲密接触》

---

① 张英：《"我的希望落空了"：老网友陈村目睹网络文学十年怪现状》，《南方周末》2008年10月9日第D27版。

《悟空传》《明朝那些事儿》《诛仙》这些风靡一时、风格各异的佳作已经显示了网络文学巨大的创造力和海纳百川的包容性。更重要的是，网络文学的发展、壮大培养了大批作家和读者，这对于被影视冲击得几乎没有生存空间的文学本身而言，重要性不言而喻。因此，我们不要苛责"80后"文学的幼稚、粗糙，我们不要苛责网络文学的游戏、注水，我们应该对"80后"文学充满信心，我们应该对网络文学满怀希望，因为它们才刚刚起步，因为它们充满活力和创造力，因为它们代表了中国文学未来的希望，正如《人民日报》一篇文章所言：

> 网络文学发展十年来，形式越来越丰富，手法越来越多样化，说明网络文学正处于变化、成长期。类型化也不是坏事情，我们的传统纸媒文学正好缺乏这个领域。类型化其实是大众文学的重要特征，而大众文学是精英文学不可缺少的文化背景。我以为，我们要充分相信网络作家的自我修补能力，相信他们当中的一部分人，在未来能担当起中国文学的大任。给他们时间吧！[1]

第二节 "80后"的艺术观

在市场的促动下，在互联网的帮助下，"80后"写手们在 21 世纪上演了一幕幕文学大戏，改变了当代中国的文学乃至文化格局。但是，"80后"的艺术探求并不局限于文学领域，而是迈入了绘画、影视、音乐和舞蹈等艺术领域。"80后"生活在中国社会急剧转型时期，在多种

---

[1] 张建：《网络文学渐成阵势重组当代文学新格局》，《人民日报》2009 年 7 月 23 日第20 版。

文化和思想的熏陶下，形成了迥异于前代人的艺术观和艺术手法。张悦然说："到了我们这一代人，一些传统的东西的确丧失了。就如我们都在用普通话创作，方言在我们这代人的创作中已经很少见了。这是没办法的事情，和我们生活的时代、周围的变化有关。另外，还可能和我们的年龄、阅历有关，但我不认为，这是一成不变的，也不会成为我们永久的缺失。"①

以郎朗、李云迪为代表的音乐，以高瑀、夏理斌为代表的绘画，以姬诚、张江南为代表的电影，一大批"80后"用具有鲜明代际色彩的艺术实践在中国 21 世纪艺术道路上留下了自己特有的足迹，"80后"的艺术实践从整体上明显迥异于"70后""60后"等前代艺术家，具有鲜明的"80后"色彩。

一 艺术视野的国际化

文化上的"80后"的内涵小于社会学流行概念中的"80后"，它是城市的、独生子女的、具有现代消费观念的、新媒体的"80后"②，换句话说，这里的"80后"不是 20 世纪 80 年代出生的一代，而仅仅是 20 世纪 80 年代出生的一代中的富裕群体，他们充分享受了改革开放所带来的现代化物质成果和精神文化。随着改革开放的深化和中国在世界经济中的崛起，随着全球化的发展，中国文化与世界文化的互动交流成为时代主潮。"80后"成长于国际化大背景下，他们的生活中充斥的是麦当劳、牛仔裤、咖啡、酒吧、迪士尼、网吧、MP$_3$、数码相机等西方的或国际化的消费事物，他们拥有的是汽车、手机等现代化的交通和通信工具，他们中有很多人是国外漂流（留学）回来，说的是英语、法语、德语，他们用西方学来的技术和管理方法来改变和管理着中国，他们在国外度

---

① 陈香：《张悦然：80 后文化标本们面临挑战》，《中华读书报》2007 年 7 月 18 日第 12 版。
② 江冰：《80 后文学与 80 后概念》，《文艺争鸣》2008 年第 10 期。

假、旅游甚至生活，不断地往返于世界各地，毫不夸张地说，"80后"的社会背景已经充分国际化了。这种生活背景培养了他们国际化的艺术视野。

对"60后""70后"艺术家而言，国际化仅仅意味着世界舞台向中国艺术敞开，我们因此看到了以艾敬为代表的音乐，以陈丹青为代表的绘画，以陈凯歌、张艺谋为代表的电影向国际市场进军的表演，但是，他们的骨子里是弱国公民，其艺术实践本能地强调中国元素。例如：张艺谋的电影长期被国内某些后殖民主义理论家指责为"表现中国的丑陋和落后"。到"80后"一代，特别是2000年之后，中国的大国形象已经崛起，"80后"已经有了相当的强国公民自信。同时，中国与世界的交流日益广泛、密切甚至日常化，对"80后"来说，国际化已经不仅仅是国际市场或国际舞台，而且成为他们生活和创作的大背景，于是，我们可以看到，在他们的艺术实践中，带有国际色彩的符号、思想比比皆是。如，李宇春创作的歌词《下个路口见》中，充斥着国际化的符号——"东京下雨，淋湿巴黎""伦敦叹息，倾听悉尼""我偏爱弗朗明哥的热情，我倾心维也纳古典钢琴"，在整首歌曲中，我们看到的是一颗自由的、与世界一体化的心灵。在"80后"艺术家中风头极尽的"百万级艺术家"高瑀的名作"熊猫"系列中，作者表现了穿着蓝色"超人"斗篷的熊猫、腹部中空、内脏毕露的"标本"熊猫、时尚的熊猫小妹，中国的"熊猫"和村上隆卡通风格的国际化艺术元素混搭在一起，"熊猫"符号特有的中国文化意味被抽空，成为没有国籍的艺术符号。

二　艺术观念的后现代化

后现代主义是在20世纪50年代产生于欧美各国的一种继现代主义之后的社会思潮，解构现代、物质主义、反精英主义等是这一思潮的主要特点，这恰恰是"80后"艺术家们的最大特征之一。

2009年10月以来，一部号称国内首部全"80后"制作的电影

《重庆美女》在国内上演，因其全"80后"的制作（由杨紫婷执导，于娜、袁成杰、戚薇、罗家英、姜超等主演）被圈内圈外"嫌弃"，备遭鄙夷，被批"不靠谱"。对于这样一些批评，作为该电影出品方之一的星光UP传媒执行总经理王可对此回应："在刚刚起步的中国电影产业中，我们'80后'还算年轻，但不表示我们缺乏专业性，我们只是相对新锐而已。"① 这里的"新锐"可以理解为通俗的"恶搞"，事实上，这部电影就是一部"搞笑版国产007"。影片围绕一张"疯狂的秘方"展开，许多经典谍战片断在剧中一一上演，充满黑色幽默意味，更黑色幽默的是，网友用贾君鹏、曾轶可、寂寞一哥、脑残的"喝啥一呦"等"恶搞"元素兴致勃勃恶搞起这部电影的海报和剧照，"并宣称用'80后'的精神力挺该部电影，用尽时下最为流行的网络语言改造海报，全民参与，全民娱乐"②。《重庆美女》的"恶搞"和"被恶搞"表现了"80后"后现代艺术权力观的本质——在自由宣泄的艺术游戏中，解构权威，获取话语权。

20世纪80年代以来，艺术的解构色彩更多地给了"理想的一代"——"60后"（甚至有一些"50后"）的先锋艺术家，但这种解构充其量还是现代意义上的，解构也只是形式上的，先锋小说便是如此。到了"愤青的一代"——"70后"那儿，就基本上变成后现代的解构了，从形式进入内容，他们对传统的一切充满了愤怒，如下半身诗歌团体中至今让人难以接受的诗歌。到了"80后"这儿，传统与现代之间的强烈对峙由于前两代人的紧张反而变得松弛，解构的艺术变革潜力被话语欲望遮蔽，成为日常化的行为艺术。比如，在韩寒的笔下，任何已经成为现代传统的事件都可能成为他解构的对象，他不需要像"70后"那样声嘶力竭，只需要轻轻一"搞"就可以了。2006年他对

---

① 《80后操盘〈重庆美女〉回应质疑：咱不缺专业性》，2009年9月29日，http：//ent.sina.com.cn/m/c/2009-09-29/10432717654.shtml，2010年2月5日。

② 《〈重庆美女〉海报被恶搞很雷人，网友力挺80后》，2009年10月10日，http：//yule.sohu.com/20091010/n267266695.shtml，2010年2月5日。

评论家白烨的怒骂和对当代诗坛的恶搞，2008 年对巴金、老舍等的炮轰，2009 年对上海等地一些现象的批评似乎都是随意的、日常的，没有长篇大论，只需要一篇简短而轻松的博客而已，人们甚至赞誉他为"当代鲁迅"。解构或者批评成为"80 后"对待社会的一种方式，也是"80 后"后现代性与"70 后"后现代性的区别之一。

一个并不出名的、网名叫"叁叁"的"80 后"在其博客上的宣言也许能代表整个"80 后"的心声：

> "80 后"的产生并不是没有根源的，改革开放让他们看到了外面的世界，而此时在西方国家大肆盛行的后现代主义思潮迎面扑来……可以说，他们是在社会的后现代主义思潮的袭击下产生的，是这个时代的产物。在后现代的影响下，他们讨厌千篇一律，不墨守成规、勇于创新……他们肆无忌惮，天不怕地不怕，相对于"70 后""60 后"，甚至"50 后"，他们是解放的一代……亲爱的"80 后"们，有了 TC 大家该不会再有顾虑，义无反顾地将后现代进行到底，因为我们有了助推力。虽然咱们现在没有登上历史的舞台，但请瞧好，"80 后"最终会是时代的弄潮儿。①

这篇普通的宣言表明"80 后"的后现代化不再是对中国传统的简单解构，而是整个世界后现代化的一部分了。

三 艺术价值观的多元化

在中国，除了诸子百家时期和"五四"时期，大概再也没有 2000 年以来如此多元、纷繁、芜杂。有人说，这是信仰危机；也有人说，

---

① 叁叁：《当 80 后遭遇后现代》，2008 年 6 月 23 日，http://blog.sina.com.cn/s/blog_489395d10100a0v3.html，2010 年 2 月 4 日。

这是价值混乱；还有人说，这是末世景象。但这是"80后"开始艺术创作的起点。没有标准、没有领袖大概是"80后"艺术创作的最大特征，它同时表现为"80后"的多元化艺术价值观。

对"60后"和"70后"作家们来说，他们目睹了改革开放后武侠、言情等通俗艺术的大红大紫，他们中的许多人都看过甚至痴迷过金庸的武侠小说和琼瑶的言情剧，但在骨子里，他们根本看不起这些流行的通俗玩意儿，没有几人愿意去写那样的作品。他们的心中有一个经典构成的铁尺，有一道鸿沟使他们不愿意去越过。但是，到"80后"那里，现代艺术价值观中精英/大众、经典/通俗的紧张的二元对立格局消失了，"存在的就是合理的"已经不是套话，而是他们艺术多元价值观的真实反映，例如，韩寒可以认为："除了说明书和新华社通稿，别的大致上都能称为文学。凭什么有些人要负责评判这个是文学而那个不是？"① 于是，我们会看到"80后"武侠作家步飞烟，玄幻小说作家唐家三少、爱吃西红柿。同样，我们还可以看到像韩寒、李傻傻等这样一步步向精英立场转变的作家。我们还会看到像郭敬明那样既当明星又当作家的"80后"作家，这在"60后"和"70后"身上简直不可想象。除了这些响当当的"80后"之外，打开网络，我们会看到匍匐在网上的难以计数的"80后"作家，他们一个个怀着赚钱的愿望或成名的梦想，夜夜码字。他们有的写自己短暂的青春，有的写纯粹的幻想；有的写现代，有的则写古代；有的写中国，有的则写西方文化乃至整个人类；有的走传统的期刊成名的道路，有的则直接走市场化道路。

"80后"多元化的艺术价值观的形成与"80后"艺术舞台的多元化密切相关。过去，代表精英主义意识形态的各类艺术传播媒介、评奖活动以及艺术评论是主要的艺术场域，现在，随着市场力量的壮大、

---

① 夏榆、张英：《傲慢与偏见——清点"韩白之争"》，《南方周末》2006年4月6日第D25—D27版。

大众传播媒介尤其是互联网的发展以及创作技术手段的进步，创作的门槛越来越低，"80后"拥有了广泛而自由的艺术空间，"80后"导演曹静（作品《愤怒的水壶》）指出，DV的普及"给了人们一种说话的方式，不再是写小说，有影像，我也有用影像说话的权利了"①。在人人是演员、人人是观众的互联网上，在此起彼伏的市场化艺术展览中，在几乎每天上演的选秀活动中，不同价值理念的艺术产品都有向大众展示的机会，多元化的艺术实践得以找到各自的安身立命之所。

四　艺术方式的消费化

大众文化在中国当代的兴起是在20世纪90年代中后期，此时正值"80后"的青春时期。他们自然地接受了这样一种消费性的文化，自然也过起了这样一种大众化、消费化的生活。这种大众化、消费化的观念也便深刻地表现在他们的艺术创作上。

首先，他们对艺术经验的摄取大多来自消费。"80后"是消费的一代，在消费社会中，一切阅读都是消费化、时尚化的。生活在一个图像爆炸的时代，"80后"枕头边放着的不再是经典读物，而是《读者》《青年文摘》《时尚》等速食的时尚文化读本，他们对《红楼梦》《唐·吉诃德》的阅读不是来自图书，而是电视剧、动画片或者彩绘本。这种艺术经验让"80后"的艺术观染上了浓厚的消费色彩，他们只在乎空间范围内眼球的数量，不在乎时间维度上无限的延伸，不再追求艺术永恒的意义和价值。在他们自由游戏的艺术空间中，留给历史的除了几个大众传媒制造的偶像外，剩下的就是肆无忌惮、痛快淋漓发泄后的杯盘狼藉、碎屑满地。

其次，他们的创作动机多为利益驱动。这与前几代人形成巨大的

---

① 《新生代导演自称不是80后，皆欣赏第六代导演》，2007年12月12日，http：//ent. sina. com. cn/m/2007-12-12/ba1832043. shtml，2010年2月4日。

反差。"80后"生活在一个充满"成名"诱惑的时代，抱着奶瓶看电视长大的他们看惯了"丑小鸭变天鹅"的人生传奇，深知"成名"在消费社会的价值：

> 我明白少年成名对于每个人来说，将意味着什么。快感、虚荣心、生平简历，甚至你的私人生活饮食起居都将见诸报端。名字会像明星一样璀璨而夺目。韩寒、胡坚、春树，还有很多我们的同龄人都在迅速崛起。然后无数高中生大学生开始翘课，开始对网络进行着可怕的狂轰滥炸，很多人疯狂写作，据说有人已经眼球血管爆裂，也有人竟然写脱了发，写白了少年头。时代就是这么的热火朝天和急功近利，容不得我们安静下来认真思考。①

在"80后"看来，艺术创作若不能成名和带来利益，艺术便将黯然失色，他们都有一个一夜成名、一夜暴富的梦想，他们的前面始终有韩寒和郭敬明等"暴发户"为他们扛旗，却没有像鲁迅、王国维、海子那样的艺术殉道者。

最后，他们连自己也消费了，最典型的例子莫过于"自戕"的成名方式。车模兽兽的故事至今扑朔迷离，但一个基本的事实是，她通过艳照的方式让自己成名。这是一个将自我作为消费品的极端案例，但类似的现象并不罕见。很多"80后"影星常常会（甚至故意）有一些绯闻出现，甚至连作家郭敬明也会通过发布自己半裸的照片或制造一些特立独行的活动来推销自己，因为他们想通过这样"自戕"的方式使自己拥有更大的名气，从而赚取更多的金钱。在他们那里，自我成了可以随意消费的产品，主体的精神、尊严荡然无存。"80后"的自我消费过程真正实践了庸俗唯物主义的"真理"——首先解决吃喝住

---

① 恭小兵：《总结：关于"80后"》，http://bbs.tianya.cn/post-210-2-1.shtml，2003年7月11日，2010年2月3日。

穿等经济基础，然后再去考虑艺术等上层建筑。英国著名历史学家汤因比认为，偶像崇拜是"一种对人类最高精神才能的滥用，其结果是将上帝那'令人难以形容的杰作'变成'令人望而生厌的荒唐之物'"①。为了变成偶像而消费自我的那些"80后"明星已经不仅仅是"令人望而生厌的荒唐之物"了，而是马克思眼中商品经济社会中被物化和异化的可怕的异形、傀儡。

市场化、消费化是"80后"面对艺术的一种功利性追求，是需要警诫的。韩寒近年来的精英化转变正是其自觉抵制艺术功利化、消费化的表现，他因此被视为中国公共知识分子的代表。追求更高的艺术标准，恰当地处理了艺术与市场的关系是"80后"艺术观和创作实践必须解决的问题，是"80后"艺术超越青春标杆，真正成为21世纪中国艺术中流砥柱的关键所在。

---

① ［英］阿德诺·汤因比：《历史研究（插图本）》，刘北成、郭小凌译，上海人民出版社2005年版，第148页。

第五章

第二媒介时代的文学生产

在大众媒体的强力造势下，"80后"写作构成了一道令人瞠目结舌的文学景观。在哀叹精英文学江河日下的同时，主流文学界对正在走红的"80后"写作保持了沉默。"80后"写作的走红似乎恰恰验证了批评家们关于消费社会文学市场化、消费化命运的预言，但简单用市场或者消费主义来解释"80后"写作是远远不够的。大众传播媒介尤其是互联网不仅介入了"80后"文学的传播，使"80后"写作成为景观文化现象，而且从深层次介入了"80后"文学生产的核心领域，彻底地颠覆了传统文学生产秩序。因此，深入解析"80后"文学生产的深层次背景是我们认识"80后"写作的关键所在。

第一节 "80后"写作：游戏的文学

一 后现代主义文化的游戏本质

对于消费主义、高科技媒体兴起带来的社会变迁，一些理论家称为"后现代转向"，这个概念意味着新的具有独特组织原则的社会形态的产生，意味着与现代性的断裂。现代性与传统社会对立，具有革新、新奇和不断变动的特点。理性是现代性话语的中心，被视为真理、知识的源泉，以及建立进步、公正、民主的社会秩序的基础。美学上的现代性焦点在于反对工业化和理性化的异化尺度，试图通过改造文化，在艺术中寻求创造性的自我表现①。波德里亚、利奥塔、哈维等将后现代解释为计算机和媒体技术、新的知识形式以及社会经济制度的变化等生产的一种社会形式。詹明信把后现代看作起源于二战以后的资本主义的第三大阶段，即晚期资本主义的文化逻辑。

美学上的后现代性特征是："艺术与日常生活之间的界限被消解了，高雅文化与大众文化之间层次分明的差异消弭了；人们沉溺于折中主义与符码混合之繁杂风格之中；赝品、东拼西凑的大杂烩、反讽、戏谑充斥于市，对文化表面的'无深度'感到欢欣鼓舞；艺术生产者的原创性特征衰微了；还有仅存的一个假设：艺术不过是重复。"② 艺术在后现代社会发生的最大变化是消费主义大潮下的电子传媒将"现实转化为影像"，导致符号意义消失③，这从根本上冲垮了第一媒介时代到处林立的用以确证主体/客体独特性的各种界碑，后现代主义艺术的拼贴、戏仿、无深度和重复等特点都源于此。波德里亚发挥了麦克卢汉的"内爆"概念，对这一过程进行了深入解析。他认为，现代大众传媒制造了一个"超真实"的符号世界，各种符号四处散播，渗透社会领域，面对符号无休无止的狂轰滥炸，大众不堪其扰，只能用沉默来对抗，于是符号的意义消失了，如同被黑洞吞噬了一样，"社会也因此消失了，各个阶层之间、各种意识形态之间、各种文化形式之间以及媒体的符号制造术与真实本身之间的各种界限均告内爆"④。

必须指出的是，后现代文化的出现是对文化现状、文化体制乃至

---

① ［美］道格拉斯·凯尔纳、［美］斯蒂文·贝斯特：《后现代理论：批判性的质疑》，张志斌译，中央编译出版社 2004 年版，第 3 页。

② ［英］迈克·费瑟斯通：《消费文化与后现代主义》，刘精明译，译林出版社 2000 年版，第 11 页。

③ ［美］詹明信：《晚期资本主义的文化逻辑》，张旭东编，陈清侨等译，生活·读书·新知三联书店 1997 年版，第 419 页。

④ ［美］道格拉斯·凯尔纳、［美］斯蒂文·贝斯特：《后现代理论：批判性的质疑》，张志斌译，中央编译出版社 2004 年版，第 157 页。

国家体制建构和解构的反映,各种"界限"的消失并不意味着后现代与现代的二元对立,也不代表对现代主义以及其他文化思想的彻底否定。如果将后现代与现代作为对立的两极,或将其视为对社会的真理性认知,就从根本上违背了后现代文化的精神。

> 后现代的反本质、反绝对乃至反主体,其出发点乃在于反话语霸权,并非要取消异质话语,相反,为异质话语保留生存权,正是利奥塔得和德里达的重要使命。可以这样认为,后现代是一场话语造反,旨在推翻话语等级秩序,创造一个平等、公正的多元话语语境。本质主义将世界割裂为现象本质的对立,认为现象不过是本质的体现和延伸,本质是先在的,这样就从价值学上抑贬了现象,将之视为感性、经验,是本质的附庸;绝对主义更糟糕,它先预设了世界的绝对本体,将之视为神圣价值之源,而炮制出一个价值等级序列;主体论亦然,它将主体设定为观照世界的中心,而将客体降为与主体不平等的观照对象。①

后现代文化的价值指向是反权威、反霸权、反绝对,它反对现代主义二元对立的等级话语秩序,试图通过抹去用以表示文化间不平等地位的界限来创造一个多元、平等、对话的文化环境。因此,后现代主义的本质是游戏,是绝对自由追求下的符号游戏,它不像传统文化一样苦心孤诣,苦苦寻求公认的价值或永恒的意义,而是以一种玩世不恭的态度追求现世的享乐;它不是超脱的精神历险,而是沉浸的感官刺激。在玩世不恭的享乐和感官刺激中,集权主义的文化专制高墙纷纷瓦解,大众第一次拥有了自己想要的文化。这是后现代主义的价值所在,也是"80后"写作的意义所在。

后现代主义理论在中国的命运和作为中国后现代文化代表的"80

---

① 王世城:《走出迷雾:从"后现代"到"现代"》,《文艺争鸣》1999年第3期。

后"写作有诸多相似之处。从"80后"这个概念的"真伪"之辩到"80后"这个代际称谓出现在党的红头文件〔如 2009 年甘肃省委组织部的文件《关于做好培养选拔 80 后优秀年轻干部工作的实施意见》（甘组通字〔2009〕97 号）〕，从"新概念作文大赛"选出的作文新秀，到马原眼中复制 1984 年、1985 年文学辉煌历史的"20 年后的又一群好汉"[①]，到白烨眼中"超出了人们的想象，甚至是期待的"，"当代文坛日益崛起的一个新的群体"[②]，再到引发"韩白之争"的"横扫市场，未入文坛"的断语，"80后"写手和"80后"写作负载的教育革命、文学革命、社会革命的意义始终不能撑起足够让主流文坛认可的文学空间。"后现代主义是青春的，同时又是颓废的；它才华横溢，同时又是邪恶的；它专注于分析，同时又具有浪漫色彩；它既是昔日黄花，同时又是当下时髦。"[③]青春、才华、浪漫、时髦，这些属于青春的色彩与金钱一道，将游戏的"80后"写作推向了娱乐的大众传媒怀抱，构建起了 21 世纪中国文学景观摇曳多姿的风景线。

看到"80后"写作这朵自由生长的野生文学之花疯狂蔓延，看到无数的"80后""90后"为"80后"写手疯狂呐喊，习惯了文化权力格局的中心地位，当惯了导师而又习惯自喻为"苗圃""园丁"的文学精英们不可能无动于衷。只是，在第二媒介时代，他们已经失去了决定文学命运的裁决权。因此，他们只能低下头颅，轻声细语地劝说："文学是成人的游戏，你们还是小孩子，玩点别的吧！"[④] 或者说："你

---

① 马原：《20 年后又是一群好汉》，马原主编：《重金属：80 后实力派五虎将精品集》（序一），东方出版中心 2004 年版，第 4 页。

② 白烨：《新的群体新的气息》，何睿、刘一寒主编：《我们，我们——80 后的盛宴》（序），中国文联出版社 2004 年版。

③ 〔英〕阿兰·罗德威：《展望后现代主义》，汤永宽译，〔美〕戴维·洛奇：《二十世纪文学评论》（下），上海译文出版社 1993 年版，第 515—516 页。

④ 李敬泽认为："文学本来是成人的事业，是'老狐狸'们的事业——现在大家对神童们大惊小怪也正说明这其实是不太正常的现象。让我们讲点常识吧，让我们告诉孩子们，有些事他们不必急着做，正如他们不必急着搞政治，他们其实也不必急着搞文学，如果搞了，当然也没什么不好，但我们就别大惊小怪地告诉他们，他们做了多么了不起的事，除非我们自己也根本不读书，根本不知道什么是文学。"李敬泽：《给"80后"浇盆凉水》，《南方周末》2005 年 9 月 15 日文化版。

们虽然赚到钱了，但还没有进入我们的圈子，不要太得意了。"主流文坛高举精神、真理的理想主义旗帜，以现代甚至前现代语境下的经典标准衡量后现代语境下"80后"写作，"长者之风"般地谆谆劝导后挥舞着精英主义大棒。殊不知，反精英主义的游戏心态是后现代主义的基本立场，也是"80后"写作走红的基础，尤其是当那些精英主义面孔被权力、金钱等色彩涂抹得乌黑一团时，即使"80后"写作被人民币贴得金光闪闪，也显得纯洁、干净。

二 游戏与文学

游戏是一项极为古老和普遍的活动，《辞海》将游戏定义为："以直接获得快感为主要目的，且必须有主体参与互动的活动。"中国传统思想没有形成系统的关于游戏的思想，但有一些对于它的相关讨论。孔子就说过："志于道，据于德，依于仁，游于艺。"（《论语·述而》）这里的"艺"不仅指狭义的艺术，而且指广义的技艺，即所谓的"六艺"——礼、乐、射、御、书、数。这些活动要使人的身体和心灵得到训练，达到心灵手巧。"游于艺"描述的就是人身心的自由状态。与孔子一样，庄子也谈到了游，他的"逍遥游"描述了"乘天地之正而御六气之辩，以游无穷者"的形象（《庄子·逍遥游》）。但孔子是游于艺，庄子是游于道或者是游于自然，前者所说的"游"只是仁义道德的补充形态，后者却是大道大德自身。重要的是，庄子将游区分为两种：有待之游和无待之游。有待是有所依靠的，无待是无所依靠的。这样，无待之游和虚无建立了根本性的联系。它一方面是游于无穷，是对所游的有穷性的否定；另一方面是无穷之游，是对游自身的有限性的克服。因此"至人无己，神人无功，圣人无名"（《庄子·逍遥游》）。我们可以看出，孔子和庄子关于"游"的思想注重的是修身养性的功能，并非游戏本身，此后中国传统思想中关于游的理论基本上是孔子和庄子思想的发展，如对游于艺术的态度和游于山水（自然）的态度。①

西方文化传统中，"游戏"说渊源长久，对西方艺术和思想产生了深远的影响。从古希腊的赫拉克里斯、柏拉图、亚里士多德，到近代的康德、席勒、斯宾塞，再到现代心理学的皮亚杰、文化人类学的爱德华·泰勒、阐释学的伽达默尔，以及黑格尔、马克思、尼采、海德格尔等人，都从各自不同的角度注意并对游戏现象进行了研究与阐述。

柏拉图将人看作上帝游戏的产物，认为人应该将生活当作游戏，游戏和献祭、音乐、舞蹈一样，是"生活之道"②。到了近代，游戏开始与人性的自由本质联系起来，并进而由此阐释审美的起源。最早从理论上系统阐述游戏的是德国哲学家康德，他将艺术与游戏并举，认为："快适的诸艺术是单纯以享乐为它的目的。此外，属于这场合的还有一切游戏，这些游戏没有别的企图，只是叫人忘怀于时间的流逝。"③康德认为艺术和游戏带给人的是一种精神享受，而不是在艺术和游戏中主体获得什么实际利益，只要我们愉快就行，"一种由此产生的心情舒畅证明了这一点，尽管在这些游戏里无所获也没学到什么"④，由此，他认为美是"无利害的快感"，其本质特征就是无目的的合目的性或自由的合目的性，而这正是游戏的本性。席勒认为，人不会满足于自然需要，他要求有所剩余，有了剩余，他就可以游戏，当这种游戏和想象力结合在一起，"企图创造一个自由的形式，就最后一跃而成为审美

① 彭富春：《论游戏说》，《哲学研究》2003 年第 2 期。

② 柏拉图在《法律篇》里说："我认为一个人须对严肃的事物持有严肃，只有神才与最高的严肃性相配，而人是为神而设的玩具，对人而言，这已是极佳之事。这样，每个男女都应依此生活，进行最高尚的游戏，达到有别于他们当前的另一种心灵状态……他们以为战争是严肃的事情，尽管战争中既无游戏，又无可值称道的文化配得上游戏之名——而这才是我们视为非常严肃的事情。因此，一切都应尽可能地生活在和平之中。那么，生活之正道是什么呢？生活应当如同游戏，玩确定的游戏、献祭、歌唱、舞蹈，这样一个人将能慰藉众神，确立自身，反对敌人，在竞赛中获胜。"转引自［荷兰］约翰·赫伊津哈《游戏的人》，多人译，中国美术学院出版社 1996 年版，第 20—21 页。

③ 康德：《判断力批判》（上），宗白华译，商务印书馆 1964 年版，第 151 页。

④ 同上书，第 179 页。

的游戏了"①。康德和席勒的艺术游戏说都强调了主体自由对审美的决定性作用，他们的理论体现了对主体性精神的张扬，这个主体性精神揭示了在审美经验中重要的、起决定作用的不是对象，而是主体。

西方现代思想中，游戏得到了更加丰富的阐释。海德格尔认为存在和世界的本性就是游戏，维特根斯坦用游戏来描述语言，伽达默尔用游戏作为艺术作品本体论阐释的入门，他区分了游戏者的行为和游戏本身，并强调了游戏本身对于游戏者的先在性，认为"一切游戏活动都是一种被游戏的过程"，在游戏中，游戏活动本身超出游戏者而成为主宰，这种游戏观意在克服近代思想中对于游戏的主观主义解释。②

真正从文化的角度系统研究的是荷兰历史学家赫伊津哈，他在1938年出版的《游戏的人》中对文化和游戏的关系作了独特而深入的论述。赫伊津哈认为人类社会的伟大原创活动自始都渗透着游戏，"真正的纯粹的游戏是文明的主要基石之一"③，他认为"游戏是这样一种行为，它在时空的界限之内，以某种可见的秩序，按照自由接受的规则进行，并且在必需品或物质实用的范围之外。游戏的基调是狂喜与热情，并且是与那种场景相协调的神圣或喜庆式的。一种兴奋和紧张的感觉伴随着行动，随之而来的是欢乐与轻松"④。赫伊津哈指出，"游戏的最重要特征之一是它与平常生活的空间的隔离"⑤，这样，游戏中的人脱离了他们日常生活的空间和规则，具有明确"不同于平常生活"的自我意识，并从游戏中收获热烈奔放甚至神圣的情感。

由此，赫伊津哈旗帜鲜明地提出"游戏的人"的观点，认为游戏是人的基本需要，是人的本能之一，这一思想与西方思想史上"理性

---

① 席勒：《审美教育书简》（第 27 封），武蠡甫主编：《西方文论选》，上海译文出版社 1979 年版，第 487 页。

② 彭富春：《论游戏说》，《哲学研究》2003 年第 2 期。

③ ［荷兰］约翰·赫伊津哈：《游戏的人》，多人译，中国美术学院出版社 1996 年版，第 6 页。

④ 同上书，第 146 页。

⑤ 同上书，第 22 页。

的人""制造的人"鼎足而立，从而将游戏提高到西方关于人的思想的本体论高度，观点新颖深刻。

　　赫伊津哈从游戏角度出发梳理了人类文化的发展与演变历史，认为文化是以游戏的形式展现出来的："一种几乎孩子气的游戏意味以种种游戏形式表现出来，有些严肃，有些是嬉戏的，但都是基于典仪并且产生出文化，它使人类与生俱来的对节奏、和谐、替换、改变、对立和高潮等的需求得以完全丰富地展开。和这种游戏意味交织在一起的是为荣誉、尊严、优越和美丽而奋斗的精神。"[①] 这种观点打破了长期笼罩在文化面孔上的神秘而高贵的面纱，更难能可贵的是他指出人类进入工业社会以后，文明复杂化了，生产技术和社会生活被纳入更加严密的组织体系中，工业社会中，工作和生产成了整个时代的理想和偶像，科学和技术成了判断文明的唯一标准，理性主义和功利主义消灭了神秘，"然而，它们忘记了把人们从愚蠢和短视中释放出来，而人们也似乎只合适于根据自己平庸的模式来改造世界"[②]。这种思想与马克思以及西方批判学派对工业社会中人的异化的批评殊途同归。

　　游戏与文化关系密切，以自由为核心的游戏活动瓦解了现实社会的等级制度，让人们在情感的宣泄中超越了现实生活的痛苦，体验到源于生命本身的神秘和喜悦。人类在游戏活动中孕育了各种艺术，并发展出了人类独有的审美情感。当然，我们不能说文明的进化是游戏的结果，"就像说一些最初是游戏的东西演变成不再是游戏的东西，从此就被称为文化"[③]，但可以说"文化乃是以游戏的形式展现出来，从一开始它就处在游戏当中"[④]。

　　文学是游戏的产物，文学高贵的面孔下流淌的是游戏的血液。当文学是游戏时，它是自由的，当文学停止了游戏，就会沦为政治的附

　　① ［荷兰］约翰·赫伊津哈：《游戏的人》，多人译，中国美术学院出版社 1996 年版，第 81 页。

　　② 同上书，第 215 页。

　　③ 同上书，第 49 页。

　　④ 同上。

庸或市场的消费品，只能贩卖些鸡零狗碎的形象或思想。文学的责任或义务，首先是自由，思想的自由，言说的自由，接受的自由，自由的文学才能开放出多样的文学之花，自由的文学才能抵制貌似公正、客观的精英主义者对大众的文化权力的无情剥夺，自由的文学之花才能保护人类的基本价值——自由。

三 "80后"文学游戏场的建立

传统中国社会建立在严格而稳定的等级秩序基础之上，在以道德伦理为中心的社会化过程中，日常生活被纳入各种烦琐而严密的规范之中，衣、食、住、行、性被各种条条框框所约束。随着个体的成熟，各种伦理规范最终内化为内在需求，社会性的文化诉求逐渐进入人们意识深层，沉淀为一种集体无意识，成为生物性本能，真正的生物性本能则在重重束缚下窒息而死。弗洛伊德说文学作品是"作家的白日梦"，是各种被压抑本能的变形呈现，但我们从中国传统文学中，很少看到被压抑的本能，很少看到张扬的生命活力。似乎只有在酒精的麻醉下，文人士大夫才能真正找回失去的童真，李白才能吟出"举杯邀明月，对影成三人"这样灵动的佳句，王羲之才能写出《兰亭序》这样生机盎然的书法神作。

游戏是自由精神的体现，游戏是世俗生活的所在，从本质上讲，游戏的意义在于打破束缚人性的各种枷锁，宣泄生命本能。步非烟说："在做孩子的时候，写孩子的文字，做少年的时候，写少年的文字，等成长水到渠成，再去写老成枯淡的文字。年少时，就应该意气飞扬。最不愿看到少年老成的小夫子。"① 问题在于，在传统社会，文学背负了"载道"的重担，只能是"志之所至"的地方，文学创作不是自由

---

① 步非烟：《我曾被老师定性为"问题文学少女"》，2007 年 7 月 30 日，http：//blog. sina. com. cn/s/blog _ 4bc7844d01000af2. html，2014 年 12 月 6 日。

嬉戏的精神享受，而是人们驯顺本能的自我教育过程。这样，失去游戏精神的中国文学过早进入了自己的成年期，庄重严肃有余却缺乏童真的意趣和生命的冲动，正如赫伊津哈所说："随着一种文明变得更加复杂、更加斑驳多彩和负载过重，古老的文化土壤渐渐为高层次的概念、思想和知识体系、教义、规则和条约所覆盖，它们却同游戏失去了联系。"[1] 从总体上讲，中国文化缺乏狂欢精神，缺乏对游戏本身的尊重。李泽厚将中国文化称为"乐感文化"，但这种"乐感"建立在精致的雅文化基础之上，与世俗生活无关，与游戏精神无关。

"在游戏里，文明的对立性和竞争性基础从一开始就显示出来，因为游戏比文明更古老、更原始。"[2] 游戏中的竞争必须是完全自由的竞争，游戏中的对立应该是没有外在力量干预的对立，只有这样，游戏才能成为高尚的游戏，成为各种文化诞生的源泉，进而解放人类的心灵。同样的道理，文化的活力是建立在自由的竞争性机制基础之上的，但是，中国社会组织的复杂化和日常生活的伦理化从根本上阻断了一个自由的游戏空间的产生。中国文化尤其是文学被上升到"经国之大事"的高度后，就已经被政治绑架，游戏的文化变成了权力的文化，通过自由竞争机制实现文化变革的道路被阻塞了，这是中国几千年来文化历史和文学历史的精神背景。当然，游戏不是文化和文学变革的唯一路径，没有游戏精神的中国文学依然有星河灿烂的杰作，但失去了游戏底蕴的支持，没有了世俗精神，文化和文学就只是文人雅士附庸风雅的赏玩之物，而不能成为反体制、反权力、反规范、反禁令的自由的力量。

能够为中国文化和文学提供新的游戏空间的首先是市场。当代文学真正与市场发生关系，是 20 世纪 80 年代以后的事情。改革开放后，随着政治理性的回归，媒介开始摆脱政治附庸的角色。新闻媒介的

---

　　① ［荷兰］约翰·赫伊津哈：《游戏的人》，多人译，中国美术学院出版社 1996 年版，第 81 页。

　　② 同上。

"事业化管理、企业化经营"体制改革的成功让党和国家的高层管理者看到了传媒业市场取向改革获得"双赢"（社会效益和经济效益）的乐观前景，因此，政府逐步减少了对传媒业的财政拨款。为了生存，传媒业开始了靠市场求生存的专业主义发展路线，文学期刊和出版社开始朝市场化方向转型。

20世纪80年代前中期，一方面，这一时期的政治空气时松时紧，动荡不定，刚经历过"文革"的中国人对政治有极高的敏感度，他们需要政治变化风向标；另一方面，大众传媒业市场化发展还在"摸着石头过河"，固有观念的束缚和人们并不富裕的生活条件决定了大众传媒较低的娱乐化程度。文学因其解读多样性的特征，降低了政治上的风险性，因而站到了政治意识形态的最前沿。那些最先表达了群众政治愿望的文学作品往往轰动一时，成为社会生活的中心话题。《伤痕》《班主任》《人生》《乔厂长上任记》《陈焕生进城》等就是那个时代最深刻的文学记忆，也是第一媒介时代精英文学最后的辉煌。从本质上讲，这依然是和革命样板戏一样的政治文学景观，只是前者靠政治力量自上而下强制推行，后者因政治诉求自下而上自觉聚焦。在这一时期，作家、文学期刊、出版社并没有感受到多少生存的压力，相反，一批出版社创办的文学期刊因文学的轰动效应应运而生，这为日后文学市场的激烈竞争埋下了伏笔①。

20世纪80年代中后期开始，文学失去了轰动效应。寻根小说、文化小说以文学的现代性为目标，主动打破了与政治的同盟。在文学圈内，它们都曾红极一时，但只是文学精英们自己的事了。失去与现实

---

① 改革开放前，我国文学期刊基本由各级作协、文联创办，并按照行政级别呈辐射状分布，著名的如国家级的《人民文学》《诗刊》《文艺报》《中国作家》等，省市级的《北京文学》《山东文艺》《山西文艺》等。改革开放以后，出版社创办了一批文学期刊，在很短的时间内就获得了巨大的成功，如《当代》（人民文学出版社1979年创办）、《十月》（1978年北京出版社创办）、《花城》（1979年花城出版社创办）等。这一时期是中国文学期刊发展的黄金期，1980年、1981年的统计数字显示，《人民文学》订数达150万份，《收获》达120万册，《当代》达55万份。邵燕君：《倾斜的文学场》，江苏人民出版社2003年版，第27页。

的直接关联，文学变成了曲高和寡的精致艺术品，与普通读者的欣赏口味越来越远。先锋文学将这种趋势推到了极致，那些沉溺于技巧试验的作品无一不在考验读者的阅读神经，除了专业的研究者，已经没有多少人愿意看这些不知所云的东西了。"对技巧的过分痴迷使作家不再关注现实，只关注叙述，文学从现实的映象转变为故事的文本。在先锋文学作品中，读者再也听不到时代的脚步声，看不到时代的影子，体会不到作家悲天悯人的现实情怀。这种蹈虚凌空、沉溺于叙事游戏的文学试验远离普通读者阅读趣味，因此导致文学期刊印数惨跌，元气大伤，改革开放后高歌猛进的文学期刊盛宴戛然落幕。"①

与此同时，电视、电影等娱乐化大众传媒开始逐渐走向大众，它们成为抚慰历经困难的中国百姓的心灵鸡汤，渴望轻松生活的人们自然远离了"看不懂"的文学，成了电视、电影的拥趸。1985 年前后以文学的现代性为诉求的各种尝试提高了当代文学的艺术水准，但也将文学的生存推向了极为危险的境地②。国家对文学期刊和出版社的"断奶"措施进一步加剧了文学的生存危机，活下去成了文坛面临的紧要任务。一些出版社为了生存开始将书号卖给一些有商业头脑的个体书商，他们自己策划选题组稿出书，或出高价买下他们认为具有市场前景的书籍的版权，组织出版和发行。这样，一统天下的官方出版机制被打破了，个体书商成了中国图书出版的"二渠道"，他们在市场上的成功刺激了正在向市场转型的出版社，后者开始加入竞争，这些变化促成了当代畅销书出版发行机制的成熟。

在 20 世纪 90 年代中国文学的剧烈变革中，现代大众传媒扮演了极为重要的角色。一方面，现代大众传媒是文学的主要竞争对手，在眼球经济中，谁吸引了更多的眼球，谁就可以获得更大的市场回报；

① 石培龙：《论新时期文学期刊的"本位回归"》，《出版发行研究》2011 年第 2 期。

② 从 1986 年到 1993 年前后，文学期刊征订数大幅滑落，曾经突破百万份的《收获》《当代》等迅速跌落到 10 万份左右。邵燕君：《倾斜的文学场》，江苏人民出版社 2003 年版，第 27 页。

另一方面,市场经济时代,大众传媒是畅销书机制形成的基础,没有大众传媒的放大作用,就没有畅销书。由此,书籍的策划、包装开始具有了与内容同等重要甚至更加重要的作用,通过策划、包装,书籍首先被大众传媒认可、宣传,然后才卖给读者。

市场经济体制改革加速了中国消费社会的形成,在日益娱乐化的大众传媒面前,习惯于精神和艺术导师角色的精英文学面临着死亡的危险,为了活下去,文学精英们不得不低下高贵的头颅,"至少九十年代中期以降,新兴的作家们——甚至连同相当多的原先锋派作家在内(恕不一一列名)——都将先锋派的立场弃若敝屣,因为市场的教训已将他们收拾得很乖,明白高高在上的日子一去不复返了,所以论起对'可读性'直接的量化指标,便是印数的追求,大抵都已争先恐后,以致有些不择手段,谁也不肯傻呵呵地在头上插着'纯文学'的认旗——这是近几年我眼中所看到的文学界的现实"①。问题在于,当人们有了更多的消闲选择时,作家们即使愿意低头,也不见得能够找到可供膜拜的读者了。文学出路似乎只有一条:向这个时代的上帝——大众传媒投怀送抱,先把自己卖给大众媒体,再卖给读者。失去了轰动效应的文学怎样才能重新成为媒体关注的焦点?文学作品怎样才能卖给大众媒介呢?改变过去不食人间烟火的清纯圣女模样,与媒介一道媚俗,无疑是现实选择。但到了这一时期,通俗本身已经不能成为文学的卖点,作家们需要寻找新的媚俗空间,于是"性"成了20世纪90年代文学新的"增长点"。由于文学作品影响面越来越小,国家审查机构对文学作品有着较高的宽容度,因此,在20世纪90年代大众传媒制造的最具奇观效应的那些文学作品中,性像"夜之花"那样诡异地绽放。我们看到了《废都》《上海宝贝》《糖》中赤裸裸的性语堆积,也看到了被认为代表了当代文学最高成就

---

① 李洁非:《也谈"可读性"和文学壁垒——兼及文学的命运》,《北京文学》2002年第7期。

的、作者数十年磨一剑、能"死后当枕头"的杰作《白鹿原》中交织的不无媚俗嫌疑的性描写①。在中国，密集的性语是不可能出现在具有强大影响力的电视、电影中的，正是在性语缺乏的背景下，那些貌似现代而骨子媚俗的文学作品才获得了媒体和读者的青睐。20世纪90年代，在作家和媒体的共谋下，性连同身体的媚俗潜力已经消耗尽了，到了21世纪，一些作家仍试图以身体作为噱头吸引大众的注意，如女作家赵凝提出"胸脯写作"，就颇有点儿刻舟求剑的味道了。事实上，"美女作家"等于"欲女作家"，"身体写作"和"性写作"本无二致，"胸脯"只是"身体"中更容易令人产生遐想的部分罢了。在文学被物化的时代，文学已经不再是"真正让我们安居的东西"，不再是"真理的一种发生方式"②，而是和美国大片、麦当劳、牛仔裤一样的时髦快餐，是流行文化不可或缺的重要一环。

市场的核心是自由竞争，对文学而言，文学市场的形成打造了一个自由的游戏空间，进入市场者只能通过竞争实现优胜劣汰。这样，一方面，读者的多样性决定了文学的多样性，各种文学尝试都可以在文学市场中进行检验，并最终向本土靠拢，实现文学的世界性和民族性的统一；另一方面，市场为文学创作者提供了经济报酬，有了物质保障，创作者才可以抵御来自外界的压力，才可能有完全自由的心灵。

经济自由是创作自由的基本保障，诗可以"穷而后工"，但同样可

---

① 陈忠实说："可读性问题是我所认真考虑过的几个最重要的问题中的一个……现实的情况是文学作品已经出现滞销的不景气现象。文学圈里包括我在内的许多人都惊呼纯文学出现危机，俗文学的冲击第一次伤了纯文学高贵尊严的脸孔，这是谁都能够感到威胁的，书籍出版没有订数的致命性威胁。在分析形成这种威胁的诸多因素和企图摆脱困境的出路时，我觉得除了商潮和俗文学冲击之外，恐怕不能不正视我们本身；我们的作品不被读者欣赏，恐怕更不能完全责怪读者档次太低，而在于我们自我欣赏从而囿于死谷。必须解决可读性问题。只有使读者对作品产生阅读兴趣并迫使他们读完，其次才可能谈及接受的问题。我当时感到的一个重大压力是，我可以有毅力、有耐心写完这部四五十万字的长篇，读者如果没有兴趣也没有耐心读完，这将是我的悲剧。"陈忠实：《关于〈白鹿原〉的答问》，《小说评论》1993年第2期。

② ［德］海德格尔：《人，诗意地安居：海德格尔语要》，郜元宝译，广西师范大学出版社2000年版，第71、86页。

以"富而后工",正如考恩所说:"金钱动机确实促使作者去写出更明白易懂的作品,但是,这种动机也常常促使高质量和文学价值的形成。提供娱乐的动机并非必然与作者探索具有思想深度、敏感和高品质的题材的能力发生冲突。"①市场有可能对作者形成新的压力从而导致品质低下,比如媚俗的冲动,可不能否认的是,只有市场才是自由的、宽容的,才能保障文化和文学的多样性,才能对抗精英主义者对文学的垄断统治,才能让作家获得真正的自由。迄今为止,当代文学最大的成就就是多样性文学格局的形成,它的基础是文学市场的成熟。没有文学市场,就没有"新写实",没有"私人写作",没有"美女"文学,没有"80后"写作。当批评家们大肆批评所谓"市场化写作""消费文学"时,当酷评家们批评当代文学中的"媚俗描写"时,他们和法兰克福学派一样,将市场看成了一种霸权意识形态,看成了艺术的敌人。他们没有看到市场的霸权是自由竞争的结果,没有看到市场同样容纳精英写作,因为任何社会都有精英写作的读者存在。他们似乎从来没有意识到是自由竞争的文学市场造就了自由书写的文学,是市场提供的物质保障让作家有了真正的自由,是自由让游戏精神重回文学,是游戏精神的回归让当代文学开出了多样性的花朵,"健康的、处于发展之中的经济支持文化创造型的社会机制,支持多种艺术观念的同时并存,使新的、令人满意的作品源源不断地涌现出来"②。他们站在精英主义角度批评"市场化写作""消费文学",却没有认识到精英文学的常态本身就是小众化的,没有意识到读者有不崇高的自由和权力,更没有意识到精英文化与大众文学从来就是不可分割的,没有"下里巴人",何谈"阳春白雪"。

"80后"写作是市场化的,从它出场到走红,市场都起到了至关重要的作用。"80后"写作从一开始就直面市场,绕开了精英主义者把持

---

① [美]泰勒·考恩:《商业文化礼赞》,严忠志译,商务印书馆 2005 年版,第 62 页。
② 同上书,第 6 页。

的文坛——以文学期刊、文学批评、文学评选、文学组织和文学活动联袂构成的文学领域，它们是市场的产物，它们流淌着真正的市场血液，市场给予它们的，除了金钱，更重要的是自由的精神。批评家们把市场看成破坏文学艺术纯正的罪魁祸首，对"80后"写作的市场化极为不满，他们没有看到市场对培养自由创作空间的重要作用。只有市场才能从根本上打破政治对文学的垄断，才能让文学重回游戏空间。第一媒介时代，本质上依靠政治权力支持的文学精英垄断了有限的媒介资源，在生存的压力下，他们也向市场靠拢，但这只是被动的市场化，是无可奈何的市场化。市场只是他们手中的牟利工具，却不能沉入他们的精神背景。他们利用市场的自由让腰包逐渐鼓起来，却一直将市场看成文学的死敌。

市场是挡不住的力量，一旦市场撕开了政治权力主宰的文学权力场的裂缝后，就会不断地扩大自己的地盘。在市场的冲击下，"人们迅速抛弃了所有的传统，整合社会思想的中心价值观念也不再有支配性，偶像失去了光环，权威失去了威严，在市场经济中解放了的'众神'迎来了狂欢的时代"[1]。当精英们的垄断权力受到市场威胁时，当他们被市场的利益诱惑时，他们换上了新的外衣，开始充当起了文学市场的领头羊。正是这些精英破坏了文学游戏的竞争规则，他们既是作家又是官员，既是评论家又是书商。集运动员与裁判员角色于一身的文学精英利用手中的大众传媒资源成功地转型为市场的精英，文学市场在他们的裁判下，艳若桃花的面孔下脓疮四伏。所以，我们看到了这样的奇怪现象，那些文学精英一边在文学市场中往怀里搂钞票，另一边却口口声声指责市场的罪恶。没有自由竞争机制就没有真正的游戏，就没有文学的未来，当精英们为文学的市场化忧心忡忡时，他们似乎从来没有思考过他们所声称的自由的思想和精神要靠什么支撑，他们

---

① 孟繁华：《众神狂欢——当代中国的文化冲突问题》，今日中国出版社1997年版，第13页。

似乎从来没有认识到，正是市场孕育了莎士比亚、大仲马、巴尔扎克、莫里哀这些文坛巨匠，也是市场孕育了鲁迅、周作人、巴金、曹禺、张爱玲这些现代文学大师。精英们一直在讨论为什么当代中国文学没有产生伟大的经典，他们看到了文学沦为政治附庸的悲剧，但当遇到能真正解放文学的市场后，他们却成了政治庇护下的集权主义文学体制的坚定拥护者，反对起解放来了。

文学市场的形成并不足以保证"80 后"获得真正的文学游戏空间，因为"社会保守主义者经常觉得最新文化产品不合口味，使人反感。那些新事物的热情爱好者往往是年轻人或者被剥夺了权利的人，缺乏相应的社会舆论和影响"①。游戏的文学要求自由的创作空间，要求自由的竞争体制，但把持了文化权力的精英主义者们不会轻易让出自己的权力，他们利用各种资源压制反抗的力量，延续自己的统治。在中国，文学精英和市场力量对文学资源尤其是与文学相关的大众传播媒介资源的争夺始终是文学权力斗争的核心，到"80 后"一代，问题戏剧性地解决了。互联网为每个人提供了几乎无穷的大众传播媒介资源，在互联网中，没有所谓的权威，甚至没有姓名，有的只是书写的自由，就像狂欢节一样，人们可以戴上面具，穿着奇装异服，在大街上狂欢游行，纵情欢乐，毫无顾忌地放纵自己的本能。评论家吴俊指出：

> "80 后"文学现象提醒我们必须看清当下的文学事实：由于互联网和文学市场化以及文化商业资本的复杂作用，传统体制以外的文学生存已经成为现实的文学生态。文学的多样性和多取向已经不再是任何一种权力集中体制所能完全有效控制了。此时此刻，各种不同的文学价值已有可能在不同的空间实现自身价值的最大化。而且，不同利益间的交换足以衍生出新的价值增长点。倒不

---

① ［美］泰勒·考恩：《商业文化礼赞》，严忠志译，商务印书馆 2005 年版，第 254—255 页。

是说有多少优秀的原创作品发表于网上，最关键的是网络空间参与了文学规则的制定和文学市场的定价。同时，网络写作不再是某些特殊人群的专利或不得已选择，而成为所有（文学）写作者共享的权利和方式。①

互联网是第二媒介时代的文学游戏场，是"80后"写作最坚实的精神依托。随着互联网的逐步发展和成熟，纸媒积累的受众资源正在流失，影响力日趋下降。文学精英们把持的文学期刊、评奖失去了光环，他们的文坛事实上已经岌岌可危了。"文坛是一群狗尿尿划了个圈子，以前还有别的狗觊觎，但现在，随着城市的扩张，新城区的出现，他们尿尿的地方早就没人去了，周围全是'拆'字。但他们还固执地在发挥余臭。"② 韩寒所说话糙理不糙，击中了精英们的软肋，正是有了互联网这个"新城区"，韩寒们不再觊觎文坛精英们的"圈子"，而在互联网的包围下，精英们固守的"圈子"显得岌岌可危，"余臭"四溢。批评家们只看到了作为媒体文化景观现象的"80后"写作，事实上，那些在市场上走红的"80后"写手只是冰山的一角，仅仅是"80后"写作很小的一部分，更多的"80后"写手正在互联网上自由地进行文学游戏，他们才是"80后"写作的主体，他们才真正体现了"80后"写作的革命力量。

总之，以自由为核心的游戏精神是文学发展最强大的动力，改革开放后逐渐成熟的文学市场打破了政治权力对文学的垄断，为游戏精神重归文学开辟了道路；互联网和狂欢节一样，具有无等级性、宣泄性、颠覆性、大众性的特质，它为每个人提供了一个真正的文学游戏空间。"80后"写作的精神背景是市场和互联网保障的游戏精神，巴赫

---

① 吴俊：《从互联网和亚文化角度看"80后"文学》，《文艺报》2009年8月25日第2版。

② 夏榆、张英：《傲慢与偏见——清点"韩白之争"》，《南方周末》2006年4月6日第D25—D27版。

金认为文学复兴本质上是狂欢的古希腊罗马精神的复兴，是意识、世界观和文学的直接狂欢化①，我们是否也可以说，以"80后"写作为起点的第二媒介时代的文学狂欢可以带来中国文学复兴的辉煌呢？

看看韩寒吧，这个成名于"新概念作文大赛"、第一个以写作成名的"80后"，这个爱赛车胜过写作、以"文坛算个屁，谁也别装逼""自己如果当选作协主席，第一秒钟就解散作协"等言辞震惊文坛的"80后"。截至2014年，他共出版了20余部作品，其中包括7部小说，5部杂文集，2部随笔集，其成名作《三重门》10年销量达到500万册②，博客点击量超过6亿人次。2009年，他赢得了中国汽车拉力锦标赛N组年度总冠军并成为中国职业赛车史上唯一一位场地赛和拉力赛的双料年度总冠军。同年，他被影响巨大的《亚洲周刊》《南方周末》评为年度人物，被认为是中国公民、公共知识分子的代表。欣赏者称他为"第二个鲁迅"③，"一个形象新颖的人道主义者"④。2010年，韩寒当选为"全国中小学生最喜爱的当代作家"，在北京大学百年讲堂正式公布的"中国首届心灵富豪榜"中入选十大人物，在美国《时代周刊》"全球最具影响力100人"评选中，以将近100万得票排名第二，超过美国总统奥巴马。2014年，韩寒首次执导并编剧的影片《后会无期》两周票房超过6亿元人民币。韩寒不仅以干净、幽默的文字赢得了读者，更重要的是他像《皇帝的新装》中那个说真话的小孩一样，以常识为据揭开了看似合理、正常的各种政策、体制、现象的不合理、不正常之处，以自己巨大的影响力参与到社会进步进程中。在博客上，韩寒屡屡曝光、关注、跟进公共事件，在上海"钓鱼"事件、杭州"七十码"、高速公路路牌腐败、强拆民居事件中，他的言论清

----

① 朱立元：《当代西方文艺理论》，华东师范大学出版社1997年版，第264页。

② 应嘉轩：《〈三重门〉再版推出十个封面》，《现代快报》2010年4月30日第24版。

③ 张洁平：《亚洲周刊2009风云人物：韩寒——青春公民VS权力》，《亚洲周刊》2010年第1期。

④ 李海鹏：《2009年度人物：韩寒者　冒犯也》，《南方周末》2009年12月31日第2版。

醒、有力，伴以巨大的舆论影响力，甚至影响着事件的最终处理结果①。时至今日，韩寒始终游离于主流文坛之外，但以他为代表，另一个"文坛"——"80后"写作、个体书商、网络文学的文坛已经成长为中国当代文学最富活力、最具影响力的文学空间。

看看今天网络文学的现状吧，当前，中国网络文学读者已达 2.74亿人，注册写手 200 多万人，市场年收入 40 多亿元，尤其重要的是，网络文学已经成为文化创意产业的源头，辐射到影视、游戏、动漫等多行业，实现了全版权开发②。民众对文学的关注程度不亚于影视及其他艺术门类，读者的广泛性已远远超越 20 世纪 80 年代文学黄金时代，网络文学正在开创当代中国文学的崭新时代。

韩寒的成功是幸运的，更是伟大的，"若不是欠缺了一点'主旋律'，没有和体制发生任何关系，在关键情节上还是体制的叛逃者，他的故事可能已经进了教科书"③。不止韩寒，所有"80后"都是幸运的、伟大的，他们幸运地遇到了伟大的互联网。韩寒没有"被主旋律"，"80后"文学没有"被主旋律"，是因为他们生活在"主旋律"已经无法一统天下的网络时代。在韩寒身上，在"80后"身上，在互联网上，我们看到了中国文学的光明前途，看到了中国年轻一代的辉煌未来。

第二节　成名想象空间的转型

一　成名："80后"写作关键词

成名似乎是每一个作家乃至每一个人的欲望。20 岁出头就名满天

---

① 张洁平：《亚洲周刊 2009 风云人物：韩寒——青春公民 VS 权力》，《亚洲周刊》2010年第 1 期。

② 针未尖：《网络文学不可唯读者"马首是瞻"》，《中国艺术报》2014 年 2 月 27 日。

③ 张洁平：《亚洲周刊 2009 风云人物：韩寒——青春公民 VS 权力》，《亚洲周刊》2010年第 1 期。

下的天才作家张爱玲说:"出名要趁早呀!来得太晚的话,快乐也不那么痛快。……个人即使等得及,时代是仓促的,已经在破坏中,还有更大的破坏要来。有一天我们的文明,不论是升华还是浮华,都要成为过去。"[①] 人生苦短,文明终将成为历史,永恒失去了的意义,张爱玲试图用"出名"的快乐来反抗人生的荒凉,"成名"的世俗主义功利价值取向中暗含对生命意义的执着追求。与张爱玲相比,"80后"写手对成名的渴望更是急切,对自己的成名状态也更加自信。韩寒从不关心其他同龄写作者,认为自己因为知名度受别人关注,并不需要关注别人,就好像"F1里面,别人都盯着舒马赫,但舒马赫从不盯着这些人"[②]。张悦然对自己的成名状态非常满意,并且认为成名并不是越早越好,而自己正处在成名最适当的年龄[③]。恭小兵形象描述了成名与"80后"写作的关系:

> 我明白少年成名对于每个人来说,将意味着什么。快感、虚荣心、生平简历,甚至你的私人生活饮食起居都将见诸报端。名字会像明星一样璀璨而夺目。韩寒、胡坚、春树,还有很多我们的同龄人都在迅速崛起。然后无数高中生大学生开始翘课,开始对网络进行着可怕的狂轰滥炸,很多人疯狂写作,据说有人已经眼球血管爆裂,也有人竟然写脱了发,写白了少年头。时代就是这么的热火朝天和急功近利,容不得我们安静下来认真思考。出名早已只是一夜之间的事情。有时候,连我们自己似乎都没弄明白,忽然第二天,自己的所谓作品就高高地盘踞在某某国家级的

---

① 张爱玲:《〈传奇〉再版序》,金宏达、于青主编:《张爱玲文集》第四卷,安徽文艺出版社1992年版,第135页。

② 小饭:《成名——韩寒郭敬明等人成名的心路历程》,2004年3月15日,http://book.sina.com.cn/longbook/1079318428_chengming/11.shtml,2014年12月4日。

③ 赵雨杉、易禹琳、张欢、黄建勇:《21岁玉女作家张悦然来长:成名要在最适当年龄》,2004年7月15日,http://news.163.com/06/1222/11/32UN610S0001126S.html,2014年12月4日。

门户网站首页之上。来得太快了，许多个日子的压抑，也似乎在那一瞬间被某只看不见的大手释放出去。紧接着，快感就没了，剩下的，只是一些无边的虚弱和无聊。[①]

"80后"是看着电视长大的，是在名人的包围中长大的，他们看惯了名人星光灿烂的生活，他们知道"成名"意味着什么，他们也熟悉娱乐时代"成名"的套路。他们用时尚的打扮和肆无忌惮的言行来展示自己的与众不同，如惯以明星装扮出场的郭敬明可以在自己的博客中"半裸"出镜，可以在被判抄袭后坚持"拒绝认错"；靠写作成名的韩寒一直以车手身份自居并引以为傲，将"文坛"暗指为"祭坛"，用"王蒙乱搞，贾平凹性交，余华写×"的粗鄙言辞批判文坛"装纯洁"，在电视访谈中公开炮轰茅盾、巴金等众多文学大师，称"这些人最差的就是文笔，自己一点儿都不能读下去，这些人的很多作品根本不应该放到语文课本里让学生背诵"[②]；1989年出生的蒋方舟的格言是"早熟的苹果好卖"，称"我找男朋友，要富贵如比哥（比尔盖茨），潇洒如马哥（周润发），浪漫如李哥（李奥纳多），健壮如伟哥（这个我就不解释了）"[③]。出位的言行、另类的举止、时尚的外表，这些已经成了大众媒体光环下"80后"写手特有的标签，并成为媒体追逐的焦点。就这样，"80后"写手迅速完成了"偶像化"过程，他们是作家中的明星，明星中的作家。

当许多怀抱文学梦想的作家不得不自费出版作品时，当曾经的"明星"王朔为了卖书不得不一次次出卖自己的隐私来吸引大众的眼球时，一些"80后"的作品却成了出版社竞逐的中心，因为这些作品可以轻而易举就卖到几十万乃至上百万册。在第二媒介时代的文学市场，

---

① 恭小兵：《总结：关于"80后"》，http：//bbs.tianya.cn/post-210-2-1.shtml，2003年7月11日，2013年11月2日。

② 蒲荔子：《老舍茅盾巴金"文笔很差"？韩寒再次成为网友炮轰目标》，《南方日报》2008年6月24日第B8版。

③ 赵莉：《蒋方舟：追逐梦想的女孩》，《楚天金报》2005年10月18日。

"80后"写手是崛起的新势力，是文学市场的弄潮儿，是名利双收的"知识英雄"。"80后"写手以"叛逆者"的先锋姿态征服了同龄人和大众传媒，与绝大多数苦心孤诣、历经磨难的文坛老将相比，"80后"写手成功得太早太容易了。那些偶像级的"80后"写手和市场情投意合，亲密无间，共荣共生。他们创造了青春文学市场的繁荣，他们的名字成了畅销的保证，他们也在一夜之间暴富，而鼓囊囊的口袋又成为增加他们名气的标签，以名获利，以利增名，二者相得益彰。如"80后"写作的标志性人物韩寒和郭敬明从第一届中国作家富豪榜（2006年）开始，连续8年入榜，郭敬明更是三次位列榜首（2007年、2008年、2011年）。凭借写作积累的人气，韩寒、郭敬明进入娱乐圈，他们执导的电影在票房市场大获成功，成为"粉丝电影"的典型（韩寒执导的《后会无期》票房超过6亿元，郭敬明执导的《小时代》系列票房超过10亿元）。不过，他们的电影卖的不是精彩的故事，不是明星演员，而是自己的名字，因为他们就是明星，他们就是偶像，他们就是票房的保证。

韩寒、郭敬明、张悦然等"80后"作家是新世纪中国文学的传奇，他们是青少年身边的英雄，他们的"成名"为更多的"80后"乃至"90后"写手展现了一个广阔的"成名想象空间"。

二　文学的成名想象空间

作家的成名可分为获得名誉、获得名气和二者兼得三种状态。获得名誉指作家的创作获得了职业读者（包括作家和专业的评论家）的普遍认可，主要通过获得权力机构颁发的象征性资源加以体现，是权力机构调控文学场域的重要手段，如成为各级人大代表或政协委员、获得专业作家待遇、加入作协乃至成为各级作协领导、获得各类纯文学大奖等，我国文坛圈内的绝大多数知名作家均属此列。获得名气是指作家的创作获得了普通读者的广泛认可，主要通过文学市场反应出来，是市场对文学资源配置的结果，"80 后"写手中的"偶像作家"多属此列。二者兼得即创作获得了职业读者和普通读者的一致认可，作家既获得了各类权力机构颁发的象征性资源又获得了市场的认可，名利双收，贾平凹、余秋雨、王安忆、池莉、张平、周梅森、余华等当前的"实力派"作家即属此列。

在中国，文学创作成为一种社会职业，是 20 世纪以后的事情。辛亥革命后，随着封建政治体制的瓦解，知识分子的科举仕进之途被废止，他们必须寻找新的生存空间，树立新的士人理想。现代报纸和期刊的发展为他们提供了以笔谋生的空间，也为他们提供了展示理想的舞台。鲁迅、郭沫若、郁达夫、张恨水等大批知识分子通过文学创作获得了很高的社会声望和丰厚的物质报酬，确立了作家作为一种职业的社会地位和成名的想象空间。对文学创作者而言，所谓"成名"，就是成为著名作家，或者是获取专业或职业的名望。这种名望包含了特定历史时期社会对作家角色的期待，以及评判作家及其成就的标准和价值观念。这里所说的"想象"，就是通过话语和实践对这些理念的表述。因此，"成名想象"是一种话语实践，即文学创作者将专业理念沉淀于文学创作实践，并通过社会实践加以实现；它是理念与实践活动、个体与同行的群体、个人与社会制度之间的一个结合点[①]。成名想象空间则是对路径和可能性的描述，指文学创作者对获得职业名望的路径和可能性的主观判断和具体实践，包括对谁（拥有权力），按照什么标准，通过什么方式，给予创作者成名的机会以及成名后会得到什么等一系列问题的判断和评估。

文学体制是文学社会化的产物，是文学实现社会价值的基础规范，它"发展形成了一种审美的符号，起到反对其他文学实践的边界功能；它宣称某种无限的有效性（这就是一种体制，它决定了在特定时期什

---

① 这里关于"成名想象"的阐述参考了陆晔等人的观点，参见陆晔、潘忠党《成名的想象——中国社会转型过程中新闻从业者的专业主义》，《新闻学研究》2002 年第 7 期。

第五章　第二媒介时代的文学生产

么才被视为文学）。这种规范的水平正是这里所限定的体制概念的核心，因为它既决定了生产者的行为模式，又规定了接受者行为模式"①。文学场域与政治场域有着类似的结构，都是权力斗争的场所，文学体制是各种权力互相斗争、互相妥协的结果。"什么被视为文学"的界定是文学体制的核心，也是文学领域中各种权力斗争的焦点，它意味着对参与者的合法性的裁定，只有拥有这种合法性，创作者才能进入文学场域，拥有"成名"的机会，正如布尔迪厄所说，"文学场涉及权力（例如，发表或拒绝出版的权力）；它也涉及资本，被确认的作者的资本，它可以通过一篇高度肯定的评论或前言，部分地转到年轻的、依然不为人知的作者的账上；再次，就像在其他场一样，人们能观察到权力关系、策略、利益，等等"②。文学领域中占统治地位的力量通过"成名"实践活动——给被认可的作家颁发象征性资源和分配物质利益等手段，向所有创作者昭示了一个"成名想象空间"——什么是当前被认可的文学实践（作为一个文学创作者，你应该怎样写才能"成名"以及成名后你可以获得什么）。通过对这个"空间"的潜在规定和暗示，既定的文学体制有效地阻拦了创作者对既有文学格局的冲击，成为保护文学场域稳定和平衡的壁垒。

主体是个人认知方式和行为方式的总和，成名想象空间是文学体制的结构性统治力量，是作家主体生成的关键。福柯认为，主体不过是某种知识和话语的结果和产物，具有历史性。阿尔都塞指出，主体是在意识形态国家机器的质询下形成的。意识形态国家机器与压抑、强制性的国家机器相对，后者包括警察、法庭等，它们通常以暴力的方式迫使人民依照标准行事。意识形态国家机器不是这种强制性的暴力机器，它指家庭、教育、语言、媒介等，意识形态机器也代表统治

① ［德］彼得·比格尔：《文学体制与现代化》，周宪译，《国外社会科学》1998 年第 4 期。

② ［法］布尔迪厄：《文化资本与社会炼金术（布尔迪厄访谈录）》，包亚明编译，上海人民出版社 1997 年版，第 80 页。

阶级的利益，但通常采用至少表面上公正的形式，它们把自己打扮成中立者，宣称平等地对待每一个个体，进而谋求社会的普遍共识，设置社会的标准。通过意识形态国家机器日复一日的反复运转，它设置的标准逐渐落实、定型和稳固，人们在潜移默化中按照这种意识形态国家机器所设置的标准思考和行动。因此，主体是由文化、由意识形态生产和造就的，意识形态构造了主体，构造了他的世界观，构造了他的自我、他的身份，甚至他的无意识。①

文学的成名想象空间是意识形态国家机器对作家"质询"的主要方式，它要求创作者将占统治地位的意识形态内化为自己世界观和价值观的有机组成部分，形成与意识形态要求相符的主体意识，创作有利于维护这种意识形态合法性和权威性的作品。

从表面看，文学成名想象空间为每个创作者提供了一个平等的竞争舞台，只要他们按照空间的规则实践，就能实现优胜劣汰，"能者"就可以成名。问题在于，这个"空间"到底有多大？当文学在"本位"时，它被视为人类心灵和情感的历险，是作家的"白日梦"，是人们怡情遣兴的高级娱乐。这时，文学体制是多元的，成名想象空间也是多样的，自由本身是"质询"作家的意识形态。在这样的成名想象空间中，没有占绝对统治的权力，没有正统的、权威的、具有统治力量的文学样式，作家的自由没有受到权力机构的威胁和限制，创作的门槛很低，艺术的探索和创新受到鼓励。但是，当文学越出"本位"被上升为政治意识形态的重要工具时，文学体制就成为政治体制的一部分，成名想象空间成为统治阶层甄别和挑选符合自己统治利益的作家的工具。在这种文学体制下，成名想象空间与作家的自由之间呈现尖锐的对抗关系，要进入这个"空间"意味着作家必须服从统治阶层的文学规范体制，形成政治意识形态需要的主体意识，通过牺牲部分自由来换取创作权力和"成名"机会，洪子诚评价我国改革开放前的文学体

---

① 参见汪民安《福柯的界线》，中国社会科学出版社 2002 年版，第 181—185 页。

制时指出，"文学批评在内的文学规范体制，它的主要功能是对作家的写作，以及作品的流通等实行经常性的监督和评断。……这种评断，又逐渐转化为作家和读者的自我评断、控制，而最终产生了敏感的、善于自我检查、自我审视，以切合文学规范的'主体'"①。

三　文学成名想象空间的嬗变

中国现代文学的产生和发展与文学的制度化过程密不可分。辛亥革命后，职业作家的出现，文学报刊的创办，现代都市发展中市民阶层的形成，现代教育带来的读者群的扩大，等等，是现代文学发生发展的主要基础，也是文学制度化的重要力量。总体而言，现代文学完成了以创作职业化、机构社团化、传播报刊化、阅读消费化、批评专业化为特征的制度化过程，在这种体制中，各种文学主张互相争鸣，各种文学社团林立，各种文学样式革新不断。现代文学体制是"自律"的，文学的领导权始终掌握在文学界，作家、编辑、批评家和读者共同决定了现代文学的面貌。以开放、多元为旨归的文学体制孕育了多样性的现代文学格局，现代文学的繁荣又使这种体制更加成熟，正如朱光潜所主张的：

> 中国的新文学还处在萌芽阶段，它还需要繁驳杂陈和不受阻碍地生长，我们主张尽力探索和尝试，我们不希望某一特殊形式和风格成为"正统"。……别人的文学路向和风格，可能同我们全不相同，但是只要他们的意向是真诚的、严肃的，我们仍应尊重他们。他们的努力方向或许不同，但是条条大路通罗马。只要我们努力向前，我们就有可能经过不同的道路，最后替中国现代文

---

① 洪子诚：《问题与方法——中国当代文学史研究讲稿》，生活·读书·新知三联书店2002年版，第192页。

学，建立起灿烂的前途。①

　　现代文学体制为创作者确立了一个纯正的文学成名想象空间，文学界按照自己确立的文学标准表彰那些优秀作家，给予其"成名"应得的奖励（包括象征性资源和物质利益两个方面）。这个"空间"吸引了大批文学青年投身到创作中，来自不同社会阶层、具有不同思想倾向、写作风格各异的作家自由论争，自由写作，促成了现代文学的持续繁荣。在这个自由、开放的"空间"的孵化下，不仅有鲁迅、郭沫若、茅盾、巴金、老舍、曹禺，还有周作人、郁达夫、沈从文、路翎、张爱玲、钱钟书以及张恨水、还珠楼主、无名氏等，都以独具风格的文学荣耀了自己，也荣耀了那个时代。

　　一个时代的文学体制决定了一个时代文学的面貌，当代文学的一体化格局与一元文学体制是相辅相成的，洪子诚指出："在'当代'，文学'一体化'这样一种文学格局的构造，从一个比较长的时间上看，最主要的，并不一定是对作家和读者所实行的思想净化运动。可能更加重要的，或者更有保证的，是相应的文学生产体制的建立。'体制'的问题，有的是可见的，有的可能是不可见的。复杂的'体制'所构成的网，使当代这种'一体化'的文学生产得到有效的保证。"② 追本溯源，当代文学的"一元"体制始于左翼文学时期，在这一时期，作家们在明确的政治目标诉求下，创作朝宣传工具的方向发展，审美的文学开始向政治的文学转变，这种转变在延安解放区得以正式完成，并成为新的文学制度的一部分。毛泽东《在延安文艺座谈会上的讲话》（以下简称《讲话》）中，明确将作家队伍定位为军队——以笔为枪的"文化的军队"。他要求作家自我改造，自觉接受党的领导，成为对敌宣传的有力武器。1943 年 10 月 19 日，《讲话》的正式文本在党报《解

① 朱光潜：《我对本刊的希望》，《文学杂志》1937 年创刊号。

② 洪子诚：《问题与方法——中国当代文学史研究讲稿》，生活·读书·新知三联书店2002 年版，第 192 页。

放日报》上全文发表，这一举动"意味着《讲话》的'经典化'，意味着党的指导性、权威性文艺政策的正式颁行。这构成了中国文艺有史以来独一无二的事件，即建立了一种实质有法律意味的国家文艺标准。我们知道，无论在任何时代，从来还不曾有过这样一个产物"①。"延安整风"通过政权的力量完成了文学体制的一元化过程，作家的创作从分散的、自主的、个人化的书写向有组织的、制度化的书写转变。《讲话》成为指导和评判文学创作的权威文件，党成为文学的最高领导。这种文学体制是"他律"的，不论是文学本体的规定（什么是文学），还是具体的文学实践，都由党的意志决定。当然，新中国成立以前，这种一元文学体制的影响仅仅局限于解放区，它只是多元现代文学体制中的一极而已。

随着新中国成立，延安时期确立的一元文学体制的影响从局部地区扩大到全国。在战争文化心理影响下，文学作为宣传工具的定位不仅没有淡化，反而被前所未有地强化，在相当长的一段时期内，文学始终处在政治斗争的风口浪尖。通过划分作家队伍、取缔私营报刊、成立作协、创办文学报刊，党在文学领域完成了体制的"组织化"过程，不可见的、多元的美学标准被越来越可见的单一的政治标准取代。文学创作者的政治地位决定了创作权的有无和组织身份的高低，进而决定了其在文学界的地位；作品的主旨与党的意识形态的吻合程度决定了作品合法性以及艺术水平的高低；文学作品的题材甚至体裁都被赋予政治意义，有利于维护党的意识形态的合法性和权威性的革命历史题材和农村题材的作品被置于优先地位，党的领导人喜爱的文学体裁也得到了特殊的褒扬、鼓励和推广（如革命样板戏）。总体而言，当代文学体制彻底地完成了从"文学本位"向"政治本位"的转变。在这种一元文学体制中，文学创作者首先考虑的是创作活动和作品的合法性问题，其次是怎样写出党需要的作品。由于政治形势变化无常，文学作品和作家的命运捉摸不定，加之"质询"作家的力量已经从意识形态国家机器转变为暴力国

---

① 李洁非：《〈讲话〉的深层研读》，《粤海风》2004 年第 1 期。

家机器，从事文学创作成了极其危险的事情。这种逼仄而多变的成名想象空间彻底失去了孵化作家的功能，最终导致了十年"文革"期间的文学呈现"一个作家八部戏"的极端荒芜局面。

改革开放初期，"立人"是文学的基本主题，作家们通过清算"文革"历史，呼唤"大写的人""理性的人"的回归。"立人"的主题和党的政治理性的重构是一致的，作家用"第二次忠诚"的姿态为自己正名和定位，文学作品传递了与党的政治意识形态相吻合的人民群众的政治情绪和愿望，并率先反映了社会生活中出现的重大问题，用"沙盘推演"的方式向读者预示了现实政治变化的种种线索，文学因此成为政治变化的风向标，占据了社会生活的中心位置。这一时期的名作都具有极高的社会关注度，传播面极广，影响巨大，文学也经历了新中国成立以来最为风光的几年，作家王蒙成为文化部部长是当时文学政治地位和社会地位的直接表征。但是，新时期文学的繁荣并没有将文学从政治的附庸地位中解放出来，文学体制与政治体制依旧保持了同构同行关系，成名想象空间仍然是"政治本位"主导，作家的成名都依赖对党的政治意识形态的成功演绎。

20世纪80年代中期后，在"文学现代化"的口号下，一批怀抱崇高文学理想的文学青年以世界文学为参照，进行了自觉的艺术探索，具有明显的反叛和革命意味，中国文学开始进入先锋时期。先锋文学分裂了一体化文学格局，以"纯艺术""先锋""现代性""世界性"为口号的激进文学青年用一场文学表演——"1986中国现代诗群体大展"宣告了自己的文学权力，完成了自己的"成名"演出。先锋文学试验对确立文学独立地位，重建"文学本位"的成名想象空间起到了积极作用。先锋文学运动是改革开放后文学政治地位边缘化的结果，当文学淡出政治权力核心圈后，政治化的文学自然失去了政治权力的大力支持，于是，当代文学开始重建新的文学场域。虽然那些"文革"后复出的大腕作家、批评家依靠政治地位掌握了作协、文学期刊、文学奖等具有官方背景的成名资源，但大众传媒的发展所提供的新空间，已经为"文学本位"的成名想象空间的构建开辟了广阔的道路。同时，必须指出，新时期文学体制内部的裂隙，也为异质的先锋文学提供了表演机会，如以西方理论为资源的"学院派批评家"的兴起、纯文学期刊和出版社编辑对形式探索的认可等。

先锋文学运动对当代文学具有重大意义，它标志着政治对文学的放逐，意味着从此以后，在不影响党的核心政治意识形态——四项基本原则合法性和权威性的前提下，文学不再充当"国之利器"，政治不再具体干预文学的运行，文学"大体是文人、文学爱好者圈内的事了，很少涉及圈外人"①。不过，这个与政治渐行渐远的文学圈子仍旧是一个政治精英和文学精英共同把持的权力场，在位者虽然不再一味强调文学的政治功能，但他们依然可以利用自己掌握的资源为被他们看中的作家加冕，从而为欲加入写作行列的新手们昭示新的成名想象空间的游戏规则。朱文说："多年来我虽然极不情愿但是实际上还是遵循了一个作家的游戏规则，写一种叫作作品的东西，然后发表、结集、引人注目，与现存的文学秩序通奸，……虽然眼下除了通奸下去好像没有其他出路，但是我希望自己能铭记其中的妥协与屈辱。"② 先锋文学运动以后，当代文学虽然还不能完全去政治化，但已经进入"后新时期"了（1992年秋，北京大学在谢冕教授主持下召开了"后新时期文学"理论研讨会，"后新时期"得以命名）。文学的格局不再是政治主导的结果，而是政治、市场、大众传媒、文学圈子互相博弈的结果，这是理解"后新时期"文学制度和成名想象空间的关键。

四　第二媒介时代和"80后"写作的成名想象空间

改革开放砸碎了每个人思想的枷锁，也砸碎了每个人身体的枷锁，

---

① 王蒙：《文学：失却轰动效应之后》，该文曾在1988年1月30日《文艺报》上发表，1988年2月12日《人民日报》转载，原文署名"阳雨"。
② 朱文：《我想说些什么》，《岭南文化时报》1998年6月30日。

人们生活富裕后，娱乐逐渐成为人们生活的重要部分。娱乐是人的基本需求，"作为一种哲学范畴的娱乐，其游戏本质恰恰蕴含了人类追求自由解放的全部含义"①。市场经济体制改革后，从 20 世纪 90 年代前期的"都市报热""晚报热""频道专业化"到 2000 年以后互联网的异军突起，中国大众传媒的数量急剧增加，竞争空前激烈。随着人们政治热情的逐渐降低，随着市场经济体制的确立，人们没有了"人生的路为什么越走越窄"的疑问和感慨，没有了"中国，我的钥匙丢了"的迷惘，市场为每个人提供了成就梦想的舞台，"时间就是金钱，效率就是生命"成为新的时代精神。工作之余，人们不需要"圣人"来指明人生方向，需要的是放松、娱乐。这样，媒体一方面要不断想方设法为人们找乐子，从肥皂剧到美国大片，从各种体育赛事到"四大天王"演唱会，从明星的绯闻到戴安娜的情史，刘惠芳、施瓦辛格、乔丹、刘德华乃至美国总统克林顿轮流按摩着人们紧张而疲惫的神经；另一方面，媒体还要为人们塑造新偶像，不断展示新的"传奇"来为人们打气。大众传播媒介是成名工具，20 世纪 90 年代以前，我国有限的大众传媒发挥的"成名"作用主要体现在放大政治意识形态褒扬的"模范""标兵""先进工作者"等的社会影响力，现在，媒体开足马力为人们打造新偶像，大起大落的史玉柱、天才的比尔·盖茨、土里土气的赵本山，他们"丑小鸭变天鹅"的传奇经历为人们的梦想增添了无穷的力量，大众传媒也在这一过程中逐渐确立了自己"造梦工厂"的地位。

在一个娱乐至上的时代，在一个读者变成上帝的消费时代，新时期已经有裂隙的文学场开始四分五裂了，传统的成名工具——作协机构、官方文学奖、文学批评渐渐失去自己的影响力，市场成为文学权力场中的重要力量，读者或者说文学的消费者可以决定给予谁名誉。市场按照自己的法则构建新的成名想象空间，莱奥·洛温塔尔指出：

---

① 桑晔：《娱乐新世纪》，《新周刊》2000 年第 3 期。

"文学中流行两种对于现存权力的截然相反态度：抵抗和屈服。"① 面对市场的威力，作家们选择了屈服，于是，精英们悲叹：

> 仅仅由于钱的缘故而不为其他任何缘故的写作和出版活动，在当下文学里占有压倒性的多数；与这一点相对应的当然就是，在动机里排除了牟利因素的文学写作已经成了极其偶然和特殊的事情。在很多作家头脑里，文学不再是艺术的一个分类，而是商业活动的某种独特形式，他们更多的不是用艺术眼光打量自己的作品，而是用商人眼光来盘算选择和着手什么样的写作计划，甚至连作品写好后，他将把它卖给谁，或将有谁来买走它这类问题也已事先考虑在内；少数尝到甜头的作家开始把自己托付给了经纪人，以便使他的文学写作更加合乎商业规范。社会的消费性欲望迫使文学向低劣粗俗作品敞开大门，这带来了急剧增长的文学刊物数量。②

从文学精英们对文学市场化的悲观论调中我们可以看出，一直以来，他们垄断了文学权力场，他们认可的文学有共同的标准或尺度，只有达到那个标准的作家和作品，才能获得名誉，他们"反对市场创造的多样性、不能控制的、无共同尺度的名誉来源"③。但是，在市场环境中，文学已经不可能保持以前精英主义垄断下的高雅面孔了，良莠不齐、泥沙俱下成了常态，大量低俗、无聊却包装精美的"不良"文学作品大行其道，媒体包装的文学新秀们可以靠着令人脸红耳热的"性"语迅速成名，走红市场，而文学经典和大师们日渐遭遇冷落，精英圈子内的作家的作品大多遭遇市场冷落，生存艰难。"劣币驱逐良币"的现象在文学领域一次又一次上演，从而更加强化了文学精英们

---

① 转引自马尔库塞等《现代美学析疑》，绿原译，文化艺术出版社1987年版，第10页。
② 李洁非：《物的挤压——我们的文学现实》，《上海文学》1993年第11期。
③ ［美］泰勒·考恩：《商业文化礼赞》，严忠志译，商务印书馆2005年版，第99页。

对市场的悲观论调。在他们看来，对金钱的追求和对艺术的追求是非此即彼的零和博弈，市场给文学带来的只是表面繁荣。

20世纪90年代，市场打破了文学精英们对文学权力的垄断格局，市场成了重要的成名力量，这意味着从此以后，作家成名没有共同的尺度了，这也带来了更加多样化的文学："一旦我们允许意见的多样和成就的多样性，市场往往会增加可以达到名誉的数量。并非所有艺术家都采用同一种类，都试图以同样方式传达寓意。市场以新的、不断变化的方式使名誉授予者——消费者和批评者——与名誉的获得者的数量相匹配。"①

韩寒、郭敬明、张悦然等"新概念作文大赛"选出的文学明星在文学市场的辉煌成就了"80后"写作的传奇。"新概念作文大赛"迎合了人们的世俗愿望，它将文学评奖与具体的好处明示出来——获奖者"不光是可以进名校，还可以立刻被社会承认，成名，都是很大的吸引力"②，这使它的影响范围远远超过了只在文人圈内"玩"的各类官方文学奖（如茅盾文学奖、鲁迅文学奖等），成为无数青少年寄托梦想的殿堂。本质上，"新概念作文大赛"是一场轰轰烈烈的文学选秀运动，是市场作为文学成名想象空间主导力量的集中展示。虽然大赛的主办者反复提及"反思语文应试教育、提倡自由写作表达"的口号，但无论是为提高《萌芽》发行量的直接动机，还是市场化的操作手段，以及获奖作者中的成名者无一例外走市场化路线，都表明这场"语文奥林匹克"只是消费时代上演的一场"文学秀"，不是文学智商的比拼，而是市场敏感的测验。波德里亚指出："在文学界，由于学院派式微而通常遭到轻视的文学奖制度（事实上，从全世界的角度看，每年为一本书加冕是很愚蠢的），因为恰好迎合了当代文化的功用性循环而又找到了令人惊讶的新生。它们原本抽象的规矩，又变得可以与目前形势

---

① ［美］泰勒·考恩：《商业文化礼赞》，严忠志译，商务印书馆2005年版，第101页。

② 文丽：《专访赵长天：九岁的"新概念"老了吗?》，《中华读书报》2007年8月8日第13版。

下的再循环，与文化模式的现实性兼容了。"①

"新概念作文大赛"的成功打动了被高考折磨的"80后"以及望子成龙的家长们，也打动了大众传媒，大赛成了社会瞩目的焦点，文学事件逐渐衍化为媒介事件。韩寒、郭敬明、张悦然等获奖作者趁势出书，将名气转化为市场号召力，掀起了"80后"写作的市场狂潮。"有了'新概念'，有了保送，便有了书商对少年作者资源的极度关注。所有追求都包含了成名的想象。'新概念'几乎成了一种'成名模式'。在同龄人还根本摸不着媒体边际时，他们的名字已经在各类报刊上灼灼闪耀。"②"新概念作文大赛"是第一个专门针对低龄作者而设的文学"秀场"，是"80后"加冕的舞台，韩寒等人的名利双收形象诠释了"知识创造财富"这一市场经济时代新的国家神话，其示范效应又使"新概念作文大赛"变成了一个魅力四射的成名机器，为无数怀抱文学梦想的青少年提供了希望，并直接促成了"80后"写作这一文化现象。

2000年以后，受"新概念作文大赛"启发，各种文学期刊和门户网站纷纷走上了"选秀"的道路，各类文学大赛空前增多，如"《当代》文学拉力赛""新浪原创文学擂台赛""腾讯网'作家杯'原创文学大赛""网易网络文学大奖赛"等。这些大赛除扩大了参赛作家范围外，大都延续了"新概念作文大赛"的老路，例如：聘请知名的作家和评论家做评委，作品结集出版等，但它们没能延续"新概念"的辉煌。缺乏新意而又密集的文学大赛彻底地破坏了读者乃至作者的口味，人们已经对这种"选秀"活动麻痹了，自然也就不能引起大众传媒的关注。"成名"是一种稀缺资源，是王冠而不是谁都可以戴的帽子，当大赛天天办，王冠满天飞的时候，王冠也就变成了帽子，失去了光环。赶集一样的文学大赛大大地破坏了文学"选秀"活动的成名效应，那些在大赛中的获胜者除了获得奖金外，并没有因获奖而获得多少社会

---

① ［法］让·波德里亚：《消费社会》，刘成富、全志钢译，南京大学出版社2001年版，第10页。

② 姜燕：《造就作家无数新概念成80后文化密码》，《新民晚报》2008年2月3日。

知名度，他们中很少有人的名气能超过韩寒、郭敬明、张悦然等人。

真正能够为"80后"写手提供更加广阔、持久的成名想象空间的是全新的网络成名机制。自由的互联网漠视一切权威，它的标准只有一个：谁拥有最多的眼球谁就是赢家，网络上的市场法则变成了第二媒介时代的超级意识形态，点击率成了决定成名的唯一标准，换而言之，读者是网络文学的唯一上帝，他们的鼠标将决定什么人戴上耀眼的王冠。1998年，痞子蔡的《第一次的亲密接触》演绎了网络写作的成功神话，2000年以后，"新概念"带动下的"80后"写手把主场从传统文坛把持的纸媒搬到了开放的网络，从最早的写着玩到现在的名利双收，网络已经成为一个全新的文学成名想象空间——只要作品有足够的点击率，网络写手就会名利双收，唐家三少的成功形象地诠释了这个新的文学成名空间的生成和威力。

网络写手兼书商路金波（网名李寻欢）指出，最早的网络作家都只是写着玩而已，从没想过出名、赚钱，但"现在网络作家的写作目的性和商业性非常强，他们的写作目的就是出名赚钱"[1]。成功策划出版了《诛仙》《明朝那些事儿》的资深出版家沈浩波将"网络成名"的原因归于"人民的力量"，认为"网络的认可是硬道理，是读者选择了你，而读者就是市场"[2]。在网络文学空间，没有所谓的权威，没有系统、严格的"把关"程序，有的只是读者的鼠标，只要点击量足够大，你就成名了，你就有钱了。这是一种全新的作家成长和评价机制，一个全新的文学成名空间。在这种机制下，痞子蔡、今何在、慕容雪村、萧鼎、血红、唐家三少、我吃西红柿……一个个网络文学"大神"应运而生，他们的名字也许在现实社会并不那么响亮，但在互联网上，他们星光灿烂，金光闪闪。当互联网成为一个巨大的文学"造星工厂"后，长期把持文坛的精英们显然不能适应这种变化，作家、评论家何

---

①　石剑峰：《网络文学：从梦想走向掘金之路》，《东方早报》2008年7月1日。

②　《渗入传统出版界，呈现低俗功利性——网络文学出版走到十字路口》，《江南时报》2007年1月11日第8版。

平指出："对于当下的那些专业批评家而言肯定不是一个技术壁垒的问题，而是专业批评家能不能正视今天的文学生产新变，迅速地抵达网络现场。很多的时候，我们的批评家们一面指责普通读者沦为'点赞手'，另一面却放不下身段去下比'点赞'更多的批评功夫。他们也看不到对中国文学最及时有效的批评已经不是在传统的文学期刊和专业批评刊物，而是在'豆瓣'的一个个小组。"① 丧失"成名"权力的恐惧使文学精英们更加漠视和反对新的文学生产秩序的生成，从而加深了"80后"和文坛的隔阂，"韩白之争""陶萧之争"都是这种现状的表征②。

以点击率为标准的网络成名空间对文学而言意味着市场的全面胜利。市场化的文学生产机制不是洪水猛兽，带给文学的不全是垃圾。事实证明，传统的文学生产机制以及成名空间已经越来越不适应时代的发展，弊端毕现无遗。近些年，针对作协的炮轰声屡屡响起，因为"作协日益严重的官僚化、衙门化……在这种官本位的等级体制下，文学日益萎缩，艺术、学术无从谈起"③；官方文学大奖——茅盾文学奖和鲁迅文学奖则更是争议不断，因为"事实上，文学只是茅盾文学奖

---

① 何平：《走向对话和协商的网络文学批评》，2014年7月17日，http：//www. chinawriter. com. cn/2014/2014-07-17/211602. html，2014年12月8日。

② 2006年6月18日，著名学者、首师大教授陶东风在新浪博客发表批评文章《中国文学已经进入装神弄鬼时代》，对正火爆的玄幻小说"开炮"。称以《诛仙》为代表的走红玄幻文学不同于传统武侠小说的最大特点是"它专擅装神弄鬼"，其所谓"幻想世界"是建立在各种胡乱杜撰的魔法、妖术和歪门邪道之上的……而"80后"玄幻写手本人价值观的混乱，导致了作品缺乏人文精神。陶东风的文章发表后，遭到玄幻作家极力反击，风头正劲的"80后"作家相继登场。《异人傲世录》作者明寐称"评价不公平、教授不厚道"，对陶东风所说的"作者本人价值观的错乱"坚决不认同。《诛仙》作者萧鼎在博客发表名为"回陶东风教授：究竟是谁在装神弄鬼？"的文章，认为他所说"玄幻文学的价值世界的混乱的、颠倒的"是"一个荒谬的判断"，"哗众取宠，窃为先生不值"。随后，刚刚以《逍遥·圣战传说》获得新浪原创文学大赛冠军的林千羽也加入"战团"，称要"争夺一下话语权"。"什么叫装神弄鬼？难道出现一些法术、宝物就是装神弄鬼了？""艺术性的夸张懂不懂？死守着传统还说文化不进步，这是腐朽。"他还称陶东风"侮辱了我们，也侮辱了自己这个'教授'的词"。参见《玄幻文学遭遇"教授门"，博客文坛再掀"口水战"》，《信息时报》2006年6月27日第A20版。

③ 李锐：《致文友公开信》，《文学自由谈》2003年第5期。

的一条明线，真正的暗线，则往往与'利益、运作、政绩'等关键词相关。一个丰满又被忽略的现实是：茅盾文学奖，不仅仅是文学的奖项——一个中行政权力、利益身影无处不在"[1]。

菲舍尔·科勒克指出："无一社会制度允许充分的艺术自由。每个社会制度都要求作家严守一定的界限……社会制度限制自由更主要的是通过以下途径：期待、希望和欢迎某一类创作，排斥、鄙视另一类创作。"[2] 纸媒时代，无论文学体制是一元的还是多元的，文学出版资源的有限性和出版的非匿名性特征决定了文学作品和读者中间必然要经过多重"把关"环节，即使一些在市场上获得极大成功的作品和文学评奖活动（如"新概念作文大赛"）也是"把关人"选择的结果。在纸媒时代，垄断文学权力的精英主义者们的把关始终是成名想象空间的关键环节，这就迫使作家揣摩他们的口味，然后写出投其所好的作品，这样作品才有机会面世，作家才有机会成名，可以说，纸媒时代的文学图景是精英主义者绘就的，而在中国，特殊的国情决定了这幅文学图景浓厚的政治色彩。

网络写作彻底地颠覆了传统文学生产机制，砸碎了文学身上的各种枷锁，"凡是有网页的人都成了出版人，在因特网创造的环境中，纸张、装订、发运和广播的成本，全都消失了。因特网拉开架势，要把把关人的门砸烂"[3]。在网络世界里，那些传统文学生产机制中的权威已经被钉在了十字架上，作品和读者之间不再有"把关人"，作者无须再考虑编辑、评论家的口味，他们直接面对读者，他们的作品直接接受读者的检验。你可以自由地写着玩，可以想怎么写就怎么写，当手指在键盘舞蹈时，也许在不经意间你就"成名"了。

---

① 宋尾、夏婧：《国家文学奖：难以承载的利益博弈——"茅奖"背后的"文坛权力场"》，《重庆日报》2011年9月2日第6版。

② 菲舍尔·科勒克：《文学社会学》，张英进、于沛：《现当代西方文艺社会学探索》，海峡文艺出版社1987年版，第38页。

③ ［美］保罗·莱文森：《数字麦克卢汉——信息化新世纪指南》，何道宽译，社会科学文献出版社2001年版，第180页。

第六章

第二媒介时代的文学经典

随着主流文坛的日益落寞，随着"80后"写作和网络文学的日渐走红，在21世纪文学的第一个十年，经典问题越来越成为文坛和学术界关注的焦点。主流文坛和学术界之所以对重振了文学雄风的"80后"写作和网络文学嗤之以鼻，是因为他们认为"80后"写作和网络文学缺乏经典意识，更不可能写出真正的经典，他们认为：

> 文学经典是文学的权威性和神圣性的最集中体现，是精英文学的大本营。"大话文艺"与"大话文化"的流行可以看作当代人特别是青年人一种非常典型的反精英文化心态的表现：世界上没有神圣，也没有权威与偶像，一切都可以戏说、颠覆、亵玩。五四时期的反经典是精英知识分子发动的，是精英文化和精英文化之间的斗争，而大众文化的反经典则是大众文化对精英文化的造反。①

毫无疑问，经典意识或经典主义是阻隔主流文坛和学术界接近"80后"文学的主要根源。那么，"经典"到底是怎么回事，为什么会形成经典主义？在新的媒介时代，传统的经典还能走多远？

---

① 陶东风：《新文学三十年：从精英化到去精英化的历程》，《语文建设》2009年第1期。

第一节　经典之争

一　经典本源

在汉语中，"经典"的本义指那些阐释天地万物道理的、被尊崇为范本的权威著作。刘勰的《文心雕龙·宗经》篇说："三极彝训，其书言经。经也者，恒久之至道，不刊之鸿论。"意思是：阐释天、地、人道理的书就是"经"，"经"是永恒不变、至高无上的道理，是不可磨灭的大道理。"典"本义是常道、法则，《尔雅·释诂》说"典，常也"，引申为作为典范、法则的重要书籍。英语中与汉语"经典"一词相对的词有两个："classic"和"canon"，前者源于拉丁文 classicus，意为"第一流的"；后者源于古希腊语，意为"权威典籍、正典"，例如：布鲁姆的名著《The West Canon（国内译名为"西方正典"）》。因此，无论在中国还是西方，"经典"都有最好、权威、范本、准则的意思，指被公认为承载了万物常理或"圣人"训诫的权威文本，文学经典则指那些以文学的形式承载了万物常理和"圣人"训诫的文学作品。

中国传统诗学观念中，文学的道德教化功能是首要的，即所谓"经夫妇，成孝敬，厚人伦，美教化，移风俗"（《诗大序》），在此基础上，再考虑其审美的功能，二者内外完美地统一——"质文"兼备，就成了经典。西方诗学最初建立在"天才""灵感"等观念基础上，如认为"一位诗人以热情并在神圣的灵感之下所作的一切诗句，当然是美的"①，"优秀的诗歌本质上不是人的而是神的，不是人的制作而是神

---

① 德谟克利特：《著作残篇》，北京大学哲学系外国哲学教研室译，伍蠡甫：《西方文论选》（上卷），上海译文出版社 1979 年版，第 4 页。

的诏语；诗人只是神的代言人，由神凭附着"①，"诗的艺术与其说是疯狂的人的事业，毋宁说是有天才的人的事业"②。这些天才的作品就是美的作品，通过对美的作品的瞻仰，可以获得"大的快乐"③，可以使"孩子的灵魂所浸渍感染的哀乐之情不与法律相抵触，不与守法的老人的感情相抵触，而是循循守法，和老人的哀乐之情相一致"④。由此可见，中西诗学观念中的经典是一致的：经典是内容与形式完美的统一，是善（高尚道德）和美（创造性的文学形式）的完美集合体，具有审美价值和道德启蒙功能，可以净化人类心灵，提升人类精神境界。

所谓经典化指作品（文本）成为经典的过程。从表面看，这个过程有点儿像约翰·弥尔顿在《论出版自由》一书中所言的"观点的公开市场"和"真理的自我修正"过程：最初，所有的作品共同呈现，然后互相交锋，公开竞争，最终，优秀的作品自然而然战胜粗制滥造之作，成为经典。但是，经典化真的实现了文学作品"优胜劣汰""良币驱逐劣币"的结果吗？如果是，经典的标准到底是什么？正是在这些问题上，在第一媒介时代向第二媒介时代过渡之际，当电子媒介的入侵动摇了传统经典体系的根基时，无论我国还是西方世界，经典的拥护者和破坏者都展开了激烈的论争。

二　经典危机

（一）西方经典之争

20世纪80年代，西方教育界和学术界围绕"经典"问题展开了旷

---

① 柏拉图：《伊安篇》，朱光潜译，伍蠡甫：《西方文论选》（上卷），上海译文出版社1979年版，第19页。

② 亚里士多德：《诗学》，罗念生译，伍蠡甫：《西方文论选》（上卷），上海译文出版社1979年版，第75页。

③ 德谟克利特：北京大学哲学系外国哲学教研室译，《著作残篇》，伍蠡甫：《西方文论选》（上卷），上海译文出版社1979年版，第5页。

④ 柏拉图：《法律篇》，蒋孔阳译，伍蠡甫：《西方文论选》（上卷），上海译文出版社1979年版，第44—45页。

日持久的激烈论争，E. 迪恩·科尔巴斯对此作了系统的总结：

> 尽管对于当前经典论争的起源和原因的探讨一直在广泛展开，但是论争自身内部的讨论却相当有限。在 20 世纪的最后二十年，这些讨论有一个特征一直非常稳定：它们的措辞越来越明显地分化为两个相互敌对的立场。一方面是保守主义批评家，他们努力为西方经典对现在和未来的重要性进行辩护，理由是经典具有永恒的伟大价值，而学习经典将会对个人和整个社会的精神与道德产生有益的启迪与熏陶。他们把那种认为另类替代性文本被不适当地忽略了的观点，看作由于外部政治压力所造成的学术标准的丧失和美学判断的崩溃的征候。另一方面，自由主义批评家认为，经典应该对社会的现实多样性和大范围的文化遗产有更多的代表性，经典应该包括以前被排除在占统治地位文化的文学史和教育体制之外的作者。他们发现，与西方经典相一致的尊敬，表现出一种精英主义，男权统治和种族中心主义，其中每一种都与民主社会的平等主义理念相对立。他们还怀疑那种认为文学的美学判断或文学作品可以在某个时刻完全远离政治利益的说法。①

这场论争缘起于先后任美国人文学科国家基金会主席的威廉·贝内特和林尼·切尼分别在 1984 年、1988 年发布的作为官方教学建议的人文学科报告，在报告中，他们认为，由于美国自由主义艺术教育导致了"人文学科知识的衰落"，所以必须"恭敬地重视"承载了西方思想的伟大传统经典，这些经典不仅在精神上有教益，"甚至它本身具有至关重要的功能"，因为它"赋予〔人文学科〕持久价值的是超越时间和环境的真理；是超越阶级、种族和性别，对我们所有人说话的真理"②。

---

① E. 迪恩·科尔巴斯：《当前的经典论争》，阎景娟、贺玉高译，陶东风：《文化研究精粹读本》，中国人民大学出版社 2006 年版，第 363 页。

② 同上书，第 364—365 页。

哈罗德·布鲁姆自称"西方传统的最后继承者"①，他像传教士那样虔诚执着地守护西方经典，堪称西方经典的守护神。1994 年，布鲁姆出版了旨在维护西方文学经典传统的《西方正典》一书，产生了巨大影响。在《西方正典》中，布鲁姆精心绘制了西方文学经典地图，这个地图的中心是莎士比亚和但丁，围绕这个中心，乔叟、塞万提斯、乔伊斯、卡夫卡、博尔赫斯、贝克特等 24 位文学大师毗邻而立，地图边上则是西方文学史上其他的 800 位著名作家。布鲁姆说："西方经典就是以莎士比亚和但丁为中心的。除了他们，我们就只有他们所吸收的东西和吸收他们的东西。重新定义'文学'是徒劳的，因为你无法获得充足的认知力量去涵盖莎士比亚和但丁，而他们就是文学。"② 与绝大多数经典的拥护者不同的是，布鲁姆坚决否认经典的道德教化功能，"文学研究无论怎样进行也拯救不了任何人，也改善不了任何社会"③，"深入研读经典不会使人变好或变坏，也不会使公民变得更有用或更有害"④。在这一点上，布鲁姆将传统经典观念中最为经典破坏者诟病的道德功利主义因素剔除出去，使经典只与审美发生联系。在布鲁姆看来，经典的价值在于它远离所有社会关怀，是一种与社会绝缘、纯粹的私人美学经验领域："西方经典的全部意义在于使人善用自己的孤独，这一孤独的最终形式是一个人和自己死亡的相遇。"⑤ 布鲁姆以弗洛伊德的精神分析理论为基础，用"影响的焦虑"构建了经典的发生学体系。在布鲁姆看来，一个作家无法避免先辈作家及其权威作品的影响，但意识深层"渴望与众不同"的心理即"影响的焦虑"使作家产生了写出具有永恒价值作品的追求。于是，优秀作家就可以"置身于自己的时空之中，获得一种必然与历史传承和影响的焦虑相结合的原创性"⑥，

---

① ［美］哈罗德·布鲁姆：《西方正典》，江宁康译，译林出版社 2005 年版，第 23 页。
② 同上书，第 412 页。
③ 同上书，第 22 页。
④ 同上书，第 21 页。
⑤ 同上。
⑥ ［美］哈罗德·布鲁姆：《西方正典》，江宁康译，译林出版社 2005 年版，第 8 页。

因此，"一切强有力的文学原创性都具有经典性"①，当新作品具有了无法同化并被读者认同的原创性后，就有了自己的影响力，在历史的长河中，那些具有持久影响力的原创性作品上升为经典。

无论是贝内特、切尼等的文化道德主义观点，还是布鲁姆的纯艺术观点，他们都赋予了经典不证自明的真理性或"神性"——经典就在那里并且永存，不管你认可不认可。梳理西方诗学史，我们会发现，这种源于拉图、亚里士多德的思想在每一个文学精英主义者那里都可以找到影子，如，圣·佩韦对"古典（经典）作家"所下的定义②，希勒格尔对"艺术家"的描述③，以及别林斯基对"现实的诗歌的特性"的"补充说明"，等等④。这些精英主义者都极力维护经典传统，宣称经典具有伟大的价值，认为作为经典的文本内部拥有足以使其成为经典的素质，阅读经典就是与高尚的心灵对话，就是对人类命运的体认。这种经典观基于一个基本假设：经典本身具有不依存任何客观社会环境的真理性、权威性，这种假设将"经典性"（善和美、内容和形式的完美统一）看作文学经典的本质属性，经典化只是经典显现自身而已，与文学以外的因素无关。他们拒绝承认社会语境——政治、经济、文

----

①　[美]哈罗德·布鲁姆：《西方正典》，江宁康译，译林出版社 2005 年版，第 18 页。

②　"一位真正的古典作家，照我意中喜欢提出来的定义，乃是一位丰富了人类精神的作家；他确实增加了人类的宝藏；使人类又向前跨进了一步；他发现了两种精神道德上的毫不含糊的真理；或者他在那似乎无不周知、无不探究的心灵里显示了某种永恒的热情；他以某种形式，即广大壮阔的、精微合理的、本身健康美丽的形式，把自己的思推、观察或创见表达出来；他用自己特有的语言风格，对一切人说话，这个风格被发现为整个世界的风格，新鲜而不创造新辞，是亦今亦古，很容易适合任何的时代。"圣·佩韦：《什么是古典作家》，陆达成译，伍蠡甫：《西方文论选》（下卷），上海译文出版社 1979 年版，第 200 页。

③　"人类依靠艺术家才作为完整的个性出现。艺术家通过当代把过去的世界和未来的世界联结起来。他们是至高无上的精神器官，整个外在的人类的生命力在这个器官中互相会合，内在的人类首先在这里表现出来。"弗利德里希·希勒格尔：《断片》，方苑译，伍蠡甫：《西方文论选》（下卷），上海译文出版社 1979 年版，第 320 页。

④　"为了充分说明我所谓现实的诗歌的特性起见，我还要补充说：永生的英雄，那诗歌灵感的不变的目标，是人，自由行动的个性化的独立存在，世界的象征，世界的终极现象、为自身而存在的有趣的谜，本人理智的决定性的问题，智的追求的最后的谜……"别林斯基：《论俄国中篇小说和果戈理君的中篇小说》，满涛译，伍蠡甫：《西方文论选》（下卷），上海译文出版社 1979 年版，第 377 页。

化体制对经典形成的影响，这种抽空经典意识形态属性的做法无疑将经典非历史化了，但是他们却无法从理论上提出一个具体的、具有说服力的衡量经典的标准，这个空白为经典破坏者（布鲁姆称他们为"憎恨学派"）提供了广阔的言说空间。

当然，在经典的维护者中，也有一些相对温和的保守主义者，他们不回避经典的意识形态属性，承认经典形成过程中政治、经济、文化因素发挥的作用。著名文学批评家克莫德认为，最初艺术家和作品的声誉是根据"纯粹意见"所做的判断会合而成的，当它们被纳入专业人员的知识体系，在体制上发挥作用时，就成了经典。因此，经典的形成必须经过社会和体制的认可，其中最关键的是以大学、学院以及其他高等教育组织为核心的学术圈的认可。克莫德认为，经典具有取之不尽、用之不竭的意义潜能，人们对经典总有新东西要说，不同时代的批评者对经典适应时代需要的阐释使经典得以长期流传，即使那些对经典作品的反批评也从另一个侧面强化了经典的地位，延长了经典的寿命。克莫德认为，以学术界为核心的经典遴选机制的保守主义倾向并无不妥，必须默认体制的权威，打破它，将导致"文学恐怖的降临"，"绝对的公正和良心的完美"不可能在打破现有体制后建立的新体制中获得。[①]

经典破坏者对经典形成过程的历史性、意识形态属性所做的分析与克莫德别无二致，但他们不认为承认体制权威是必需的。相反，他们认为，经典本质上就是精英主义的，是主动排他的，只是服务于某些特定阶层的利益，由于经典在整体上的同质化剥夺了被剥夺群体的历史以及他们社会文化的多样性，从而将社会差异同质化了。乔治·麦克费登认为，"有特权的经典的建立本身是令人反感的，它提倡精英主义、种族优越感并向体制机器低头"[②]，保罗·劳特断言，文学经典

──────────

① E. 迪恩·科尔巴斯：《当前的经典论争》，阎景娟、贺玉高译，陶东风：《文化研究精粹读本》，中国人民大学出版社 2006 年版，第 368—372 页。

② 同上书，第 373 页。

仅仅是"一种文化借以将社会权力合法化的手段"[1]，罗伯特·魏曼质问："如果不是——用后结构主义的语言——想要把多样性的空间同质化，不是想要为了有利特定的稳定化的等级制度而压制非连续性，不是想要断言某种先验的能指，某种没有经过检验的权威，如'秩序'或者明显可互用的词'经验'或者'人类本质'，经典难道还有别的目的吗？并且，这种权威不是很容易被用来作为删除、剥夺和排除的普遍化工具吗？"[2]

正是基于这种认识，经典破坏者认为经典是被制造出来的，经典化是作者和代表统治阶级利益、掌握了经典授予权的知识共同体"共谋"从而授予作品经典地位的过程，在这个过程中，作者的种族、阶级、性别等因素不仅对文学内容有根本意义，而且对作品能获得的声望具有重要作用。经典破坏者致力打破经典"伟大传统"的神话并揭露其维护的潜在社会利益，宣称"开放经典"是大势所趋，认为在自由民主成为时代主流的新时代，不同群体的历史、多元文化理应在文学中得到平等的展现。

（二）中国的经典危机

改革开放后，我国大众传播事业发展迅速，市场化、娱乐化、消费化的影视文化产品以及通俗文学在教育、消闲中发挥了越来越重要的作用，传统文学经典的影响力日益微弱。一方面，以前沉醉于文学经典的读者转向电视、电影、互联网、休闲杂志、卡拉 OK、酒吧、健身房，学生沉溺于影视、互联网不能自拔，有限的阅读时间也被英语、计算机以及各类成功教育书籍塞满，经典的读者数量持续萎缩，具有经典追求的纯文学期刊发行量急剧下降，甚至到了无以为继的困境。另一方面，传统文学经典面临广泛的质疑：一是"鲁郭茅巴老曹"经典文学大师序列很难得到现实认同，除了鲁迅外，以前被冷落的沈从

---

① E. 迪恩·科尔巴斯：《当前的经典论争》，阎景娟、贺玉高译，陶东风：《文化研究精粹读本》，中国人民大学出版社 2006 年版，第 373 页。

② 同上书，第 374 页。

文、钱钟书、张爱玲、萧红和难登大雅之堂的金庸被奉为新的经典①；二是 20 世纪 90 年代末期卫慧、九丹等女作家以露骨的性话语掀起了"身体写作"热潮，但"我的身体我做主"的先锋皮相下赫然包着横生的媚骨，远离经典的精英趣味；三是语文教育遭遇空前批判，以素质教育为口号，以删减传统经典名篇、重新选编语文教材为手段的改革在中小学语文教育领域成为热潮②；四是影视中的"经典改编潮"虽然使众多经典进入千家万户，但娱乐化的改编手法从根本上动摇了文学

---

① 改革开放之初，著名汉学家夏志清的《中国现代小说史》中译繁体版在香港出版，作者致力于"优美作品之发现和评审"，发掘并论证了张爱玲、张天翼、钱钟书、沈从文等重要作家的文学史地位。夏著以各种渠道进入中国学术界，对学术界和文坛产生了深远的影响。1994 年 8 月，北京师范大学中文系王一川教授组织策划的《20 世纪中国文学大师文库·小说卷》中，金庸被列为鲁迅、沈从文、巴金之后第四的 20 世纪小说大师，位列老舍、郁达夫、王蒙之前，而茅盾竟然未能入选。1999 年夏季，《中华读书报》"国际文化专刊"举办了一次"20 世纪百部文学经典"调查评选活动，调查结果显示，中国作家中，鲁迅有四部作品入选，《阿 Q 正传》名列榜单第一。特别值得注意的是，钱钟书的《围城》仅次于《阿 Q 正传》，排名第六；金庸凭借《鹿鼎记》（第 37 位）和《天龙八部》（第 52 位）两部作品，和老舍（两部）并列成为仅次于鲁迅（4 部）的入选作品最多的中国作家，并且排名相当靠前；当代作家王小波的《黄金时代》排名第六十五。与之形成鲜明对比的是，郭沫若没有作品入选，茅盾的《子夜》仅仅排在第 99 位。

② 2003 年，人民文学出版社推出"语文新课标必读丛书"，曾获茅盾文学奖的长篇小说《尘埃落定》入选，因小说中含有一些关于性的描写，引起家长的担忧和争议；2004 年，深圳市育才中学语文老师严凌君编写的《青春读书课》中学生系列人文读本由商务印书馆出版，丛书中收录的崔健的歌曲《一无所有》、王小波的《一只特立独行的猪》，以及《读书》杂志的编辑手记《请国人温习常识》等篇时，引起较大反响。该套丛书出版后不仅被深圳多所中学列为选修课教材，还被 20 多所国内名校选作实验教材；2004 年，云南人民出版社出版《Q 版语文》，用"MM""视频聊天""晕菜"等新新人类词汇重新叙述了《孔乙己》《愚公移山》等 30 余篇课文，被认为是完全颠覆传统语文教学逻辑的另类语文读本，同时也遭到了激烈的批评；2004 年 11 月，王度庐的《卧虎藏龙》和金庸的《天龙八部》被选入人教版高中语文读本，传言已久的"金庸入选语文教材"被印证，引起激烈争议；2005 年，由上海教育出版社出版的小学五年级第二学期语文课本（试验本）印有关于奥运冠军刘翔的照片及新闻特写，同年，罗大佑的歌曲《现象七十二变》被列入高教社新版《大学语文》诗歌篇；2009 年，北京九区县的高中语文课本大换血，金庸的《雪山飞狐》、余华的《许三观卖血记》、海子的《面朝大海，春暖花开》等新的当代作品大量入选，《孔雀东南飞》《药》《阿 Q 正传》《记念刘和珍君》《雷雨》《南州六月荔枝丹》《陈焕生进城》《林黛玉初进荣国府》《促织》《廉颇蔺相如列传》《触龙说赵太后》《六国论》《过秦论》《病梅馆记》《石钟山记》《五人墓碑记》《伶官序传》《项脊轩志》等传统经典篇目被删减。参见《北京语文教材修订引起广泛关注》，《山西日报》2007 年 9 月 25 日第 C1 版。

经典的"光晕";五是以《大话西游》为代表的"恶搞"文化直接宣告了后现代文化语境下经典的消失。

主流文坛和学术界对文学经典面临的现实危机心知肚明,他们怀念经典的"黄金时代",对中小学语文教材改编中经典的删减痛心疾首,对"恶搞"经典深恶痛绝。2000 年以后,韩寒、郭敬明、张悦然、蒋方舟等"80 后"写手扛着"青春文学"的大旗在文学市场上攻城略地,所向披靡;与之同行的,是以《小兵传奇》《诛仙》《鬼吹灯》等为代表的网络文学渐成气候,读者数量大增,文学似乎又回到了"黄金时代"。按理说,主流文坛和学术界应该为此感到庆幸,但他们认为,彼文学"黄金时代"是高雅文学、严肃文学、纯文学的"黄金时代",此"黄金时代"是市场文学、消费文学、通俗文学甚至恶俗文学的"黄金时代","80 后"写作和网络文学有文学无经典,它的走红不仅不是文学的胜利,反而会加剧传统文学经典的危机。

当经典遭遇危机后,经典问题随之成为 21 世纪之初中国学术界研究的热点话题。学者们对经典问题的研究主要集中在以下两个方面。

一是经典的特质,即经典之所以成为经典的内在原因或者说经典的内在素质。徐兆寿提出了伟大文学的共性:"一是深刻、广泛、丰富地反映一个时代人类的生存现状和精神追求,甚至一个民族的演进历史";"二是对人类正面价值的肯定与弘扬";"三是人类性,世界性";"四是超我的精神启示";"五是对人类当下存在的终极价值进行怀疑、追问、批判和回答";"六是对人性的新发现与新探索";"七是不可比拟与模仿的文本形式创造"。[①] 金健人认为文学作品依次具有"题材"(写进作品的材料)、"字面形象"(由语言文字凝聚成的一个完整形象体系)、"特殊问题"(作品通过具体的人和事直接反映出来的生活矛盾)、"一般问题"(突破具体的时代范围和历史阶段,呈现时空界限相对模糊的特点的一般社会矛盾)、"不同文化共同体内部的普遍问题"

---

① 徐兆寿:《论伟大文学的标准》,《小说评论》2004 年第 4 期。

"基本问题"（与人类的生存发展关系密切，甚至与人类同生共灭的重大矛盾）、对"终极问题"的追问等层面，其中前三层属于"显结构"，所有文学作品都有，后面几层属于"潜结构"，越深入，作品越具有经典品格①。

二是经典的发生，即经典之所以成为经典的外部因素。在这个问题上，我国学者大多持建构主义立场，不过，与美国学者不同的是，即使是那些专注于阐述经典意识形态属性的研究者，也依然秉承精英主义思想，没有否认或破坏经典价值的意图。受布迪厄"场论"的启发，建构主义者们将经典视为文化场域权力斗争的结果。朱国华将经典化解释为"一个相互缠绕穿插的三重机制的协同作用过程：文化生产场生产出对于文学经典的认知，新闻场或大众媒介场通过时间或长或短的炒作强化了某些文学经典的地位，教育体制则通过教材或教学实践将某些文学经典永久化"②。

这种看法所走的理路与西方经典的破坏者如出一辙，属于极端化的"文学权力场"论者。相比较而言，童庆炳的观点更加全面，他认为文学经典建构必须有以下六要素：文学作品的艺术价值、文学作品的可阐释的空间、特定时期读者的期待视野、发现人（又可称为赞助人）、意识形态和文化权利的变动、文学理论和批评的观念③。童庆炳走的是中间路线，一方面认为独特的审美特性——"文学作品的艺术价值"和"文学作品的可阐释的空间"是经典形成的内因（"自律"）；另一方面，又承认经典的意识形态属性——"意识形态和文化权利的变动"和"文学理论和批评的观念"是经典化过程不可避免的外因（"他律"），"特定时期读者的期待视野"和"发现人"则是联系内外的中间环节。

---

① 金健人：《文学经典的结构与功能》，《文艺理论研究》2008 年第 5 期。
② 朱国华：《文学"经典化"的可能性》，《文艺理论研究》2006 年第 2 期。
③ 童庆炳：《文学经典建构的内部要素》，《天津社会科学》2005 年第 3 期。

第二节　经典与第一媒介时代

发生在第一媒介时代向第二媒介时代过渡之际的经典论争中，经典的维护者极力地强调了经典的艺术独创性，强调经典对于人类精神成长的不可或缺性。但经典没有明显的意识形态属性并不等于没有意识形态属性，而是其意识形态属性以非常隐蔽的方式存在，经典的维护者对经典化过程中意识形态因素的影响视而不见，无疑是掩耳盗铃，走向了唯心主义的一端。经典的破坏者将经典看作特殊利益统治精神世界的代言人，打破了经典公正无私的幻象，但他们否认经典艺术上的独创性无疑走向了庸俗唯物主义的另一端。必须承认，极端往往意味着深刻，正是在经典论争双方极端主义倾向的言说中，我们看到了认识经典必不可少的两个维度：艺术和意识形态。

不论是 20 世纪 80 年代美国的经典之争，还是 21 世纪之初中国的经典讨论，都发生在经典的危急时刻。本书无意研究经典的艺术之维，因为正如前文所示，即使是布鲁姆等经典"卫士"中的纯粹审美论者，也无法将经典的艺术特征说清楚，同样，即使是最彻底的经典破坏者，虽然不承认艺术上的独创性造就了经典，但也无法否认经典的审美价值，当然，在他们的视野中，审美价值并非经典的专利。

经典的审美特征是经典的稳定器，正是经典的独特艺术价值决定了经典在时间维度上的胜利，这也是经典维护者坚持认为经典具有永恒价值的主要原因。但是，经典的艺术价值绝不是什么不证自明的东西，而是读者赋予的，在很大程度上，读者对经典先入为主的看法决定了经典的艺术品格，正如西蒙所言："垃圾文化和伟大传统之间最重要的差别在于我们体会它们时的态度——对娱乐随意，对伟大传统则苦思冥想。……我们把娱乐当成有趣的消遣，而伟大的文学则是艰深、高要求的思想研究的食粮。但是对娱乐也可以用同样细致和认真的态度，一旦如此，娱乐就几乎完全成为经典。"①

经典的危机源于经典体系从来都是不稳定的。"一时代有一时代之文学"，文学环境的变化必然导致了经典体系的变化。以朱自清的名篇《背影》为例，新中国成立以前，在自由、多元的文化环境中，《背影》因非常细腻地表现了父子之爱和风格清新的优点入选各种中学语文教材，成为经典；1951年，在政治主导一切的时代环境中，《背影》遭到大批判，批评者认为作者沉溺父子私爱以及表现出来的颓废情绪而与当时的政治空气相矛盾；1952年，《背影》被踢出中学教材和文学史；改革开放后，在思想解放的大背景下，《背影》的文质之美被重新发掘出来，再次入选各类中学教材和文学史②。文学环境的变化与文学经典体系变化的互动关系，学者已有深入的研究，本书不予赘述。这里需要着重指出的是，在第一媒介时代，文学经典体系的变化不是对经典主义思想的颠覆，而是后代文学精英通过颠覆前代文学经典从而获取文学权力的结果，是一种文学上的"弑父"现象，典型的如五四新文学革命对传统文学经典的批判，20世纪80年代中期以"打倒北岛"和"PASS舒婷"为口号的先锋文学运动、20世纪90年代韩东等人的"断裂"表演，等等。简言之，第一媒介时代文学经典的变化是文学权力场中精英互相斗争的结果，是精英主义者的文学权力游戏，大众只是这场游戏的旁观者，这种斗争是第一媒介时代集权主义媒介技术特征所保障的集权主义意识形态下话语权力斗争的常态。

发生在第一媒介时代向第二媒介时代过渡时期的文学经典之争，思想内涵已经发生了重大变化，经典维护者和经典破坏者之间的斗争是精英主义者与反精英主义者之间的较量，以分权为特征的新媒介赋予大众的文化权力动摇了第一媒介时代稳定的经典体系。因此，当下

---

① 〔美〕理查德·凯勒·西蒙：《垃圾文化——通俗文化与伟大传统》，关山译，社会科学文献出版社2001年版，第38—39页。

② 赵焕亭：《〈背影〉教学史》，《中国现当代文学研究丛刊》2009年第3期。

经典的危机不再是精英们"占山头"的结果，而是"大众趣味对于精英趣味成功的权力运作"①。从深层看，这场斗争的实质是第一媒介时代集权主义意识形态和第二媒介时代自由主义意识形态的较量。

经典绝不是什么"神性"的自我显现，无论经典的艺术价值有多高，经典之所以为经典，是精英们根据自己的标准遴选文学作品、规划文学格局、昭示文学权力的结果。在这个过程中，经典艺术维度的根基——理性主体，意识形态维度的根基——精英主义者的权力以及经典的永恒性追求都与经典所依存的纸质媒介和印刷文化密切相关。沿着麦克卢汉"媒介即信息"的技术主义路线，我们会发现，经典是第一媒介时代的产物，正如他所言："艺术如何成为神奇游戏和仪式的文明替代品……是与文字同时来临的。"② 只有从媒介演进的角度来理解经典的本质，才可以看到第二媒介时代经典的根基所发生的变化，才可以理解第二媒介时代文学经典的命运。

第一，经典艺术维度的根基——理性主体是第一媒介时代的产物。

按照经典维护者的看法，经典都是天才的创造物，那么，天才的独特之处是什么呢？康德认为，"构成天才的各种心灵的能力，是想象力和理解力"③。自由无羁的想象力对经典的形成非常重要，天才非凡的想象力"能够把某一概念转变成审美的意象，并把审美的意象准确地表现出来"④。经典被视为一个具有无限意义潜能的空间，视为作家创造的另一个世界或宇宙，原因不在于作品所表现出的非凡想象力，因为论想象力，被视为经典对立物的众多影视作品、网络游戏、玄幻小说和穿越小说等所表现出的想象力可能要超过大部分文学经典；而在于想象力背后有一个深刻揭示了人类命运的独特艺术世界，这个世

①　高楠：《文学经典的危言与大众趣味权力化》，《文学评论》2005 年第 6 期。

②　[加] 麦克卢汉：《理解媒介——论人的延伸》，何道宽译，商务印书馆 2000 年版，第 293 页。

③　康德：《判断力批判》，宗白华译，伍蠡甫：《西方文论选》（上卷），上海译文出版社1979 年版，第 561 页。

④　同上书，第 565 页。

界只能是独特的自我的创造物。对经典而言，理性主体的确证是比想象力更重要的基础，失去这个基础，非凡的想象力充其量是自娱的游戏，创造不出代表艺术顶峰的经典。

从媒介演进对人类心理的影响来看，可以说，理性主体是第一媒介时代的产物。文字出现以后，内容用可视的物质符号记录，与作者本身脱离，造成第一媒介时代作者与读者彻底分离的传播格局。在这种传播模式下，作者可以免除口语时代直接面对听众的压力，文字稳定的物质形态又可以使作者免除自身的遗忘所造成的时间压力。当内容变成独立于作者的物质存在时，白纸黑字稳定的物质形态使人们对同一信息的反复阅读成为可能，增加了反思的机会，这有助于作者和读者对作品形成批判性的看法，"文字使我们能够对动态标志作视觉分析，结果就产生了哲学、逻辑、修辞和几何"[①]。这样，口语时代即说即用即丢的情景依存型文学创作传播活动转向了对自我内心的凝视，"文字创造了内心的对话和辩证法，即反思分析的心灵退守"[②]。加之书页的顺序和文字的线性排列吻合人类的逻辑思维习惯，这些都促进了人们对文字冷静的思考，"有文化的人或社会都培养出了一种能力，就是做任何事情都抱当疏离超脱的态度。不识字的人或社会却事事经历感情上或情绪上的卷入"[③]。"向内转"大大延伸了人们思考的时间和空间范围，通过对思考对象的批判性审视，作者确立了主体与客体、现在与过去、上帝与自然的界限，每一个存在（包括自我）互为"他者"，都是独一无二的存在，"没有文字的人只知道同步性。人与人之间的墙壁，艺术与科学的墙壁，都建立在书面词语的基础之上"[④]。这

---

① ［加］埃里克·麦克卢汉、［加］弗兰克·秦格龙：《麦克卢汉精粹》，何道宽译，南京大学出版社 2000 年版，第 449 页。

② 同上书，第 455 页。

③ ［加］麦克卢汉：《理解媒介——论人的延伸》，何道宽译，商务印书馆 2000 年版，第 115 页。

④ ［加］埃里克·麦克卢汉、［加］弗兰克·秦格龙：《麦克卢汉精粹》，何道宽译，南京大学出版社 2000 年版，第 447 页。

种界限绝不仅仅是分类和评价体系，还是一种生产机制，它生产了"差异"，进而生产了理性的主体。

书写向印刷转变进一步增加了作者对作品认真评判的压力，这是因为手写稿数量少，只在自己和挚友朋间传播，而印刷书籍则意味着作品将向匿名读者大规模的传播，群体压力迫使作者更加慎重地审视作品，这个审视过程的本质是作者的自我批判。此外，手写稿变为印刷书籍后，抹去了书写痕迹，对作者而言，它也是一个陌生的、静默的、具有稳定物质形态的"他者"，这种变化使作者能够以更加客观的态度重新审视自己的作品，从而增加自我批判的客观性。因此，印刷文化促进了批判意识的增长，进一步强化了作家主体独特性的确认。作家对媒介的敬畏强化了创作的独特性追求，大大提高了创作的严肃性，并因此获得更多的尊敬，所以，"印刷文化以一种相反但又互补的方式提升了作者、知识分子和理论家的权威"①。

第二，第一媒介时代之初，媒介的权力特征导致了经典意识形态维度的根基——文学精英主义思想的产生，其技术特征又保证了精英主义者权力的有效运行，产生了精英文化和大众文化的分野，经典成为精英主义者对抗大众文化权力的武器，成为维护文化贵族主义的堡垒。

人类社会发展到一定阶段后，出现了劳动分工，从事管理的行政权力执掌者和文化权力执掌者从繁重的日常劳动中脱离出来。原始文化权力执掌者最初以巫师的面貌出现，各种巫术是人类艺术的源头。由于巫师充当了神与人沟通的中介，巫术活动始终笼罩在神秘的氛围中，带有"神性"特征，从中衍生的艺术自然也充满了"神性"。因此，"在文学的发生时期和经典时期，到处都可以看到人们用神学或类神学的语言去理解和描述文学"②。

---

① ［美］马克·波斯特：《第二媒介时代》，范静哗译，南京大学出版社2001年版，第84页。

② 黄浩、黄凡中：《从文学信仰时代到文学失仰时代——对文学经典主义的批判》，《吉林大学社会科学学报》2007年第4期。

随着人类第一套体外传播系统——文字的诞生，知识、经验的传承有了坚实的物质保障，原来依靠口头传播的文学第一次有了稳定的符号系统，具备了经典化的基础。纸、笔的出现为文学的大规模出现和传播插上了翅膀。文字、纸、笔从出现之初，就是上层阶级的特权产品，是执掌文化权力的少数人的专利，忙于谋生的劳动人民没有时间去学习最简单的书写，因此，"读写能力可能构成了人类历史上最重大的知识垄断"①。掌握读写能力的贵族是"神圣知识"的书写者、保存者和传播者，在笔墨挥舞中，文学的"神性"转化为世俗社会的精英主义思想。由于媒介资源有限，即使那些后来也会成为文化贵族的受教育者，也只能匍匐在冷冰冰的竹简、书籍之下，接受"神圣知识"的洗礼。这种受教育过程反过来加深了受教育者对文字的崇拜，培养和强化了他们的精英主义思想，这个过程贯穿于整个第一媒介时代文学活动始终。

纸质媒介的技术特征即媒介资源的稀缺性、传播路径的固定性或者说可辨识性，为统治阶层实行以追惩制为核心的集权主义媒介管理模式提供了保障，使精英主义者的垄断权力可以长期有效。在第一媒介时代的文化专制时期，对于那些容易引起读者感官冲动从而对统治秩序产生冲击的通俗文学作品，精英主义者可以借助政治权力禁毁；现代民主时期，精英主义者利用"把关权"，让代表精英趣味的文学作品出现在文学史上，出现在课堂中，从而完成经典的历史传承过程，而通俗文学作品只能出现在速朽的报刊上，最终，经典在时间维度上的延伸战胜了通俗作品在空间维度上的普及，从而凸显出经典的永恒价值。

第三，经典的永恒性追求不光与其地位相关，还与其所依存的纸质媒介密切相关。纸张出现之前，人类的知识保存手段非常有限，常

---

① 保罗·利文森：《信息革命的历史与未来》，熊澄宇等译，清华大学出版社 2002 年版，第 12 页。

见的如龟甲、青铜器、石刻、竹简、兽皮和丝绸等，制作这些东西需要大量的人力、物力、财力，将文字镌刻上去也非常不容易，一旦出错，几乎无法修改，书写空间也非常有限，这就要求内容必须简约准确。因此，在口语向文字的转化过程中，语言的形式发生了重大变化，口语和书面语言的分离开始了，麦克卢汉说："印刷物最为引人注目的影响，是造就诗与歌、散文与演讲术、大众言语和有教养的言语的分离。"① 纸张出现以前，能够被记载传承的知识多是统治者制作的具有权威性的国家公文、法典、宗教典籍等，这种现象导致的社会心理之一就是媒介权威性的获得，记载文字的悬崖、大鼎、龟甲、羊皮书等就是神的投影，散发着不朽的神圣光辉。印刷术出现后，文本得以大规模复制，大大增加了作品永久性保存的可能性，书籍成了一种类似于上帝的声音，"万古不朽的属性是印刷物不可思议的可重复性和延伸性固有的属性"②。媒介的不朽性造就了作者的"不朽性"追求："印刷术使文人孤栖书房。它培养了雄心勃勃的个体，就像马洛笔下的坦伯林和浮士德一样。这些人物能够经受时间和历史的汰洗，超越文化和民族的界限。"③

　　媒介的发展历史造成了人们对媒介本身不同的价值评判，纸质媒介对人类历史的几千年统治赋予了纸媒的权威地位，这也对以纸媒为基础的经典的权威性产生了极其深远的影响。例如，在电视已经成为人们日常生活主要信息和娱乐工具的今天，我们会不时听到文化精英主义者非常自豪地说"我从来不看电视"之类的话，言下之意，电视是等而下之的、堕落的，书籍是高尚的。在各种强大的电子记录手段已经普及的今天，"白纸黑字"依然是可靠证据的代名词，因为在人们意识深层，"纸＋文字"的组合具有不容置疑的权威性。

---

① ［加］麦克卢汉：《理解媒介——论人的延伸》，何道宽译，商务印书馆2000年版，第223页。

② 同上。

③ ［加］埃里克·麦克卢汉、［加］弗兰克·秦格龙：《麦克卢汉精粹》，何道宽译，南京大学出版社2000年版，第450页。

第三节　第二媒介时代文学经典的命运

"80后"写作是第二媒介时代的产物，从技术主义观点看，第一媒介时代孕育出的经典之花还能在第二媒介时代绽放吗？不能，第二媒介时代，媒介的技术特征已经发生了根本性变化，从根本上颠覆了经典的根基。

第一，电子媒介的发展颠覆了主体的理性，当个体自我独特性确证的追求消失后，经典的艺术独特性追求也就失去了根基。

第一媒介时代，不论是手写还是印刷，文字始终附着于纸质媒介上，具有稳定的物质形态，"用手划在纸上的或以打字机的键敲上去的油墨有一种不变的痕迹，难以改变或抹擦掉。一旦这些字从头脑中的意象转化成字形再现，它们就变成其作者的敌人，与他/她对抗，抵制他/她想改变或重新调整它们的努力"[①]。作者与文字的对抗迫使作者不断对呈现在作品中的世界和相对应的自我世界进行批判性思考，从中确证自我的独特性，这种文化"将个体构建为一个主体——一个对个体透明的主体，一个有稳定和固定身份的主体，简言之，将个体构建成一个有所依据的本质实体"[②]。

"电子文化促成了个体的不稳定身份。"[③] 媒介是人体的延伸，媒介的发展使人类的认知能力突破了自身所受的时空限制，上下五千年、纵横千万里，一切事物集中于方块之间、荧屏之上，传说中的"千里眼""顺风耳"的梦想变成了现实。但是，纸质媒介和电子媒介对主体

---

① ［美］马克·波斯特：《第二媒介时代》，范静哗译，南京大学出版社2001年版，第150页。

② 同上书，第83页。

③ 同上书，第84页。

的建构具有完全不同的作用。印刷文化在每个存在物之间划出了明确的分界线，界限不仅存在于作者和作品之间——沉默的文字和行动的作者在对抗中确立了自身的独特性，而且存在于文字符号和言说对象之间、人与自然之间、现在和过去之间。纸质媒介是视觉的延伸，这里的视觉不是指眼睛，而是指理性的认知。纸质媒介具有机械、序列的特点，和有机、整体的世界完全不同。文学文字符号不是感性的图像，而是抽象化的符号，是一个静默的世界，作者和读者需要理性的高度参与，将抽象符号具象化为视觉形象。因此，纸媒文化始终具有明确的虚拟痕迹，作者和读者都清楚书本上的世界和现实世界是两码事。对主体而言，包括自我、作品在内的现实世界是稳定的客观存在。对现实世界的批判性思考发展了主体的理性、自律性和稳定性。

电子媒介是对眼睛、耳朵等感知器官的延伸，具有有机性、共时性特征，与现实世界具有同构性。电子媒介的内容已经不是对现实的模仿，而是再现。在电子媒介中，我们看到了与现实一模一样的世界，个体分不清哪是真的，哪是假的，1938 年美国发生的"火星人进攻地球"事件在电子媒介时代之初就宣告了现实世界和符号世界界限的消失[①]。当现实世界和符号世界都成了漂浮的影像时，意味着不再有本质与现象、真实与表象之分，表象本身就是真实，并且是一种比真实还要真的"超真实"。波德里亚将这个"超真实"的符号世界称为"拟象"，与"再现"相对立。"再现"是第一媒介时代的符号世界，符号总是指涉某物、掩饰某物，是符号与实在的同一。与之相反，"拟象"对每一种指称宣判了死刑，符号无物掩饰，是对作为价值的符号的彻

---

① 1938 年 10 月 30 日，美国哥伦比亚广播公司广播了名为"星球之战"的科幻小说，讲述火星人进攻地球的故事。讲述者绘声绘色、以假乱真（逼真的音响效果和播报者急促的喘气声）的演播，在纽约乃至全美引起了极其广泛的恐慌，据普林斯顿大学事后调查，整个国家约有 170 万人相信这个节目是新闻广播，约有 120 万人产生了严重恐慌，要马上逃难。实际上，广播剧播出时，开始和结尾都声明这只是一个改编自小说的科幻故事，在演播过程中，哥伦比亚广播公司还曾 4 次插入声明。然而，谁也没有料到，该节目会对听众产生如此巨大的影响。

底否定。从掩饰某物到无物掩饰，这是一个决定性的转折。波德里亚说："前者反映了有关真理和神秘的神学（意识形态的概念就属于这种神学），后者则开创了拟象和拟仿的时代。在那里，不再有一个上帝认可其自身的存在，不再有一个末日审判来区分虚假与真实，区分真的复活与假的复活，就像是一切都已经死去并且事先复活了。"① 世界从整体上变成了一个符号世界，与现实无关。现实被符号化，主体被符号化，世界变成了一个不断自我复制的符号世界。符号的过度生产导致了固定意义的丧失，一切事物仅仅具有表象，被图像化、视觉化了。无处不在的看与被看相互交织在一起，可见的主体变成无所遁形的异形的傀儡，彻底溃散无形。

第二，第二媒介时代的媒介具有分权的技术特征，精英主义者失去了垄断文学权力的可能性，经典的遴选和传承路径被阻断。

互联网是自由精神的产物，如同开放的软件源代码一样，互联网是一个开放的技术体系，是在无数人的平等参与创造中成长壮大的，自由、平等是网络精神的核心，也是第二媒介时代的时代精神。网络时代，各种文学地位平等，经典和非经典没有文化价值的高下之别，精英主义者维护经典的行动就像唐·吉诃德大战风车、羊群一样，滑稽、可笑、英勇、悲壮。随着全球性网络的成型，无数的计算机连为一体又互相独立。在互联网上，符号世界已经从印刷文化时代沉默的无机物变成了有生命的有机体，各种符号在不同国家自由进出，不断繁殖（复制），并可以轻易隐藏于任何一个计算机上。在这种情形下，除了切断网线，拒绝进入网络时代，精英主义者没有其他办法限制网络文化的多样性发展。在无限内容、无限媒介路径面前，精英们的"把关权"没有了现实可操作性，也就没有了"选"经典的可能性。

---

① ［法］雅克·拉康、［法］让·鲍德里亚等：《视觉文化的奇观：视觉文化总论》，吴琼编译，中国人民大学出版社 2005 年版，第 14 页。

在第一媒介时代向第二媒介时代过渡阶段，纸质媒介仍然占有举足轻重的位置，精英主义者依然掌握着强大的文化权力。当白烨以"文坛"为名否定"80 后"写作的文学价值时，当陶东风将网络玄幻小说指责为"装神弄鬼"时，我们看到了精英主义者维护文学垄断权力的努力。在相当长的时间内，精英主义者和精英主义思想在中国文学生产活动中仍将占有重要的地位，但是，在第二媒介时代，自由的文化创造和文化多样性是不可逆转的潮流，精英主义只是文化多样性的一极，不可能垄断文学权力场域，经典的遴选和传承之路也就被阻断了。

第三，第二媒介时代的文本是去稳定化的，不追求永恒性存在，而是即用即丢的消费品。

电子媒介的符号保存机制和纸质媒介有根本的区别。在印刷媒介时代，符号对媒介形态具有物质依附性和独占性，符号不能脱离媒介单独存在。笔墨（油墨）和纸张构成了符号稳定的物质形态，符号不能被随意修改，也不能毫无痕迹地消失，这赋予了符号永恒的意味，从而使纸媒时代的文字从总体而言具有了永恒的意味。

电脑是一个"超媒介"，是一个符号"黑洞"。以电脑为基础的互联网彻底地改变了第一媒介时代符号的物质性。电脑中的符号以代表电子脉冲的"0"和"1"的形式进行保存，这种技术特征赋予电脑无限的符号保存能力的同时，去除了符号的物质性。作者在键盘飞舞的时候，思想以光速转变为屏幕上闪烁的文字，同样，对这些文字的修改也会以光速进行，并且不会留下任何痕迹。电脑赋予文字魔术般的变形能力，屏幕上的文字来去无踪，这彻底地改变了第一媒介时代书写的意味，波斯特指出：

> 在相当程度上，在电脑上写作免去了从思想到字形的转化过程，却又达到同一目的。因而，作家所面对的这种再现，便与头脑中的内容或说出来的话，有着相似的空间脆弱性和时间同一性。

作家与书写、主体与客体具有这样的相似之处，即走向同一性，这是对同一性的一种模拟，它颠覆了笛卡尔儿主体对世界的期待，即世界由广延物体（resextensa）组成，它们是与精神完全不同的存在。……荧光屏——客体与书写——主体合而为一，成为对整体性进行的令人不安的模拟。①

电脑书写消解了主体和客体的界限，人们面对的不是一个稳定的意义世界，而是一个模拟自己自由漂浮的思想的符号体系，这让书写似乎回到了人类的口语时代——表达就是意义，符号只具有瞬间的历史，没有过去，没有未来，只有现在。表达的欲望变成意义本身导致了的后现代主义者所称的意义"内爆"，我们应该清楚，这种"内爆"不是意义增多和丰富的结果，而是意义的形式变成了意义本身。符号的无节制增多稀释了符号的意义，让符号变成了无意义重量的空壳，从而加速了符号的速朽性。在文学世界，我们看到了一场全民参与的狂欢节，除了现场肆无忌惮、痛快淋漓地发泄，留下的只是杯盘狼藉、碎屑满地。网络写手不会再有第一媒介时代写作者"惜墨如金"的神圣态度，不会再有"吟成一个字，捻断数根须""二句三年得，一吟双泪流""语不惊人死不休"的经典追求，有的只是"打字打得手抽筋"的痛苦。"网络时代的写作者，对于自己被虚构的命运无动于衷。他们乐于迈动庸众的脚步，不承认还有拔地而起、互不相连、旨在使历史断裂而不是连续的山峰的存在。因为人无力充当这样的高峰，它被认为是一种狂妄的、试图偷窥上帝宝座的自不量力。"②

经典是人类精神历史记忆的栖息地，不论是意识形态属性特征鲜明的经典，如中国的"红色经典"，还是被认为艺术上完美无瑕的经典，如《红楼梦》、莎士比亚的作品，都记录了人类发展历史中精神世

---

① ［美］马克·波斯特：《信息方式——后结构主义与社会语境》，范静哗译，商务印书馆 2000 年版，第 151—152 页。

② 敬文东：《网络时代经典写作的命运》，《小说评论》2001 年第 3 期。

界的不同侧面。第一媒介时代，经典在精英主义者的膜拜下被神化，通过各种意识形态权力机构的强制推行，在文化领域制造了一体化格局，大众文化实践被经典的光辉所湮没，在历史长河中消散无踪。文学的本质是娱乐，经典承担了太多文学不能承担的重任，反而遮蔽了文学的娱乐功能。第二媒介时代颠覆了精英主义者的文化特权，文化一体化格局在全民参与的多元文化景观中被彻底打破，经典被拉下神坛，文学得以卸下身上的重负，以娱乐的本来面目加入消费社会的洪流中。

第二媒介时代是文学经典的黄昏，只是黄昏，而非黑夜，因为在文化多样性的时代，"阳春白雪"的经典和"下里巴人"的通俗都处在平等的位置上，经典霸权不复存在，通俗文学同样不可能消灭经典，成为新的霸权，因此，我们可以悲伤，但不用绝望，正如孟繁华所言，这是"文学的宿命"：

> 当"伟大的小说"或"经典文学"已经成为过去，历史是只可想象而难以经验的。人类肯定还会写出伟大的小说，但这个"伟大的小说"只能存在于文学史，因为我们还有一个"文学"学科和靠研究文学吃饭的人群，我们必须讲授文学"经典"，比如那些获得了"诺贝尔文学奖"的作品。但必须说明的是，像 18 世纪的法国文学，19 世纪的俄罗斯文学，20 世纪的美国文学，或中国古代文学、现代文学经典那样深入人心，已经永远不可能了。因此，21 世纪是一个没有文学经典的世纪。不是因为别的，只因为这是文学的宿命。①

---

① 孟繁华：《新世纪：文学经典的终结》，《文艺争鸣》2005 年第 5 期。

第七章

"80 后"读者与"80 后"写作

　　读者是文学活动的关键要素之一，是与作家、作品同样重要的文学传播活动的主体之一。很长时间内，文学研究始终在"作者中心"和"作品中心"间变动，读者一直是被忽视的一隅。20 世纪 60 年代，以姚斯、伊瑟尔为代表的接受理论构建了以读者为中心的文学批评理论体系，读者第一次成为文学批评和研究的中心。伽达默尔认为，艺术作品的存在类似游戏，游戏的存在方式是自我表现，艺术作品的存在方式也一样。游戏和作品的自我表现都需要观众，只有在观看中这种自我表现才能实现并持续下去，因此，观众和游戏者都是游戏的参与者。对游戏的表演和持续表演而言，观众的观看是决定性的，否则表演就失去了意义。伽达默尔还指出，读者的前见构成了读者的视域，而文本在其意义的显现中也暗含了一种视域，因此，文本理解活动在本质上是不同视域的相遇。姚斯将伽达默尔的"视域"发展为"期待视域"，并成为其接受理论的方法论和顶梁柱。期待视域指读者在阅读理解之前对作品显现方式的定向性期待，主要有两大形态：一是在既往审美经验（对文学类型、形式、主题、风格和语言的审美经验）基础上形成的较为狭窄的文学期待视域；二是在既往生活经验（对社会、历史、人生的生活经验）基础上形成的范围广阔的生活期待视域。姚斯认为，作品的审美尺度、艺术特性均取决于作品与期待视域的关系，文学作品的接受史实际上表现为读者期待视域的构成、作用及其变化史，文学史的研究应该落实到对期待视域的历史性考察上。①

接受理论对读者的考察不仅具体关注了读者对文学符号译码、释码、编码的过程，从微观层面解析了"一千个读者就有一千个哈姆雷特"的审美心理机制，而且从宏观角度考察了文学与社会的功能性联系，对文学生产特别是大众文化生产的理解具有重要意义。从代际看，同代人社会化过程的时空同一性决定了其社会经验和审美经验的相似性，曼海姆在《代的问题》中说："同代性注定了这一代人社会经历的潜在特殊界限和范围，使这一代人在性格模式上存在着同样的社会经历和思维方式，在行为上表现出同样的历史类别。"② 因此，以读者为中心的大众文化生产必然受代际更迭的影响。作为第二媒介时代文学景观的"80后"写作是21世纪中国庞大的大众文化生产系统的重要组成部分。调查结果显示，以"80后"写作为代表的青春校园文学，信息传播以人际传播为主，网络、报刊为辅。这种信息传播模式主要适应了该书的特定读者群——20岁左右的青年人。他们对群体归属感有强烈需要，对事物的流行风尚极为关注，同时较为容易受意见领袖的影响，他们主要从朋友、同学处获知此书，同时网络是他们乐于接触的媒介，大量信息也来源于此。③"80后"写作的读者主要是"80后"，在"80后"文学景观中，作为读者的"80后"们不是静默观众，他们用手中的人民币、鼠标以及各种网络活动，和写手们一道制造了"80后"文学景观。

"80后"写作是"80后"读者成长的重要精神背景，当他们超越"青春"的"80后"阶段后，也许会对自己当年痴迷韩寒、郭敬明感到不可理解，但"80后"写作文学景观凝聚了"80后"们共同的想象力，记录了他们的审美经验和生活经验，是他们希望、恐惧和幻想的晴雨表。

---

① 参见朱立元《文学理论》，华东师范大学出版社1997年版，第278—290页。
② 转引自［美］理伯卡·E.卡拉奇《分裂的一代》，覃文珍、蒋凯、胡元梓译，社会科学文献出版社2001年版，第4页。
③ 路放：《文学类畅销书读者信息接触渠道调查（北京）》，《出版参考》2004年第15期。

第一节　语文教育和"80后"读者

"80后"生长在全新的阅读环境中，"在20世纪80年代，人们会在单位和家里的空闲时间阅读书籍和报纸；在20世纪90年代，人们会在单位阅读报纸和杂志，在家里看电视；而在21世纪，尤其是对于在20世纪90年代以后形成生活习惯的人而言，在单位会上网，在下班时间去看影碟、打游戏或阅读新闻期刊等"①。改革开放三十年，中国文化阅读格局转型与"80后"读者的社会化过程同步发展，这深刻地影响了"80后"期待视域即审美经验和生活经验的形成。

一　阅读格局的变迁

20世纪80年代是一个令所有知识分子怀念的阅读"黄金年代"。经历了漫长的文化荒漠期后，"80后"的父辈们在改革开放后对书籍有着近乎病态的饥渴感，一本小说、一部电影甚至是一部艰涩难懂的哲学书，都可以成为他们共同的中心话题。"解禁后的精神文化创造的冲动、思想交流的冲动和学习发展的冲动一并迸发出来。在此大势之下，一个小城市五金厂的工人可以下班后在家里悠闲满足地阅读《人民文学》；在20世纪80年代，不要说走俏的金庸和琼瑶，社会各阶层订阅《人民文学》《大众电影》等文化期刊的个人也不在少数；在20世纪80年代，获得如茅盾文学奖这样重要奖项的文学作品，无不会成为当年或持续几年的畅销书。"② 文学是20世纪80年代"读书热"的主角，

---

① 闫海东：《从经典阅读到泛阅读30年》，《中国图书商报》2008年4月22日第1版。
② 同上。

《人生》《乔厂长上任记》等众多小说轰动一时，一大批知识青年投身于文学创作并因此实践"知识改变命运"的时代理想。悠闲的无功利性阅读是改革开放初期人们推崇理想、精神、思想和知识等的结果，同时也是人们休闲娱乐资源匮乏的结果。

进入 20 世纪 90 年代，在市场经济的推动下，全球化、消费主义大潮席卷中国，文化多元化进一步发展。市场经济体制以前以精英主义文化为主的中国文化市场开始向精英文化和大众文化分庭抗礼的格局发展，并且大众文化日益侵蚀精英文化领域，大有一己独尊的趋势，从而导致了 20 世纪 90 年代初中国知识界关于"人文主义精神废墟"的大讨论。20 世纪 90 年代大众文化崛起的根本原因在于市场经济所带来的人的核心价值观的变化，即实用功利主义价值观对政治价值观的冲击。当政治不再是衡量人的价值的唯一砝码后，当人们对政治的激情消退后，日常生活尤其是经济生活更加真实地确认着人们的生存感受，多元价值取向取代了政治一元价值观，人们对生活有了更加多样的追求和选择。

20 世纪 90 年代，大众传媒的爆炸式发展为人们提供了更多的文化选择，娱乐性阅读和实用性阅读取代了 20 世纪 80 年代以理想、精神为旨归的无功利性阅读。《废都》《白鹿原》《上海宝贝》的畅销表征了 20 世纪 90 年代文学阅读的转向，解构崇高、露骨的性描写表面上看惊世骇俗，但从深层看，和王朔的"痞子"文学以及《读者》《心灵鸡汤》的畅销别无二致，都是娱乐工具而已，只不过前者刺激，后者闲适，就像这一时期引入后大红大紫的两部好莱坞大片《真实的谎言》和《廊桥遗梦》一样，惊险刺激和浪漫安适都是为了放松快节奏经济生活下紧绷的神经。与此同时，文化资源的极大丰富给予人们极大的自主选择权，基于学习、工作、生活实际需要的实用性阅读成为新的阅读潮流。《学习的革命》《第五项修炼》《数字化生存》《穷爸爸、富爸爸》《谁动了我的奶酪》以及各种励志类图书的畅销与人们更加急切的实用主义目的紧密相关，五金厂的工人再也不会悠闲地阅读《人民文学》了，他们可能会将更多的休闲时间花在电视、电影等更具娱乐性的大众传媒上。20 世纪 90 年代，社会阅读方向从文化价值向休闲娱乐价值和实用价值转型，造成传统的精英文化，如纯文学、哲学等被推到社会边缘，代表大众文化的电影、电视和通俗文学，渐渐占据了主流的阅听空间。

2000 年以后，互联网的发展彻底地改变了传统阅读的格局。互联网将人们带入了一个信息的海洋，其丰富多样的文化资源、便捷的搜索手段、日益人性化的内容表现方式吸引了越来越多的读者，一天一天蚕食着传统纸质阅读空间。

二　"知识改变命运"的梦想与畸变的语文教育

20 世纪 80 年代的"读书热"对"80 后"而言似乎是一个远古的传说，那时他们正处在无忧无虑的童年时代，但伴随这股"读书热"兴起的"知识改变命运"的梦想对他们的成长产生了巨大的影响。

20 世纪 80 年代是一个理想、精神旗帜高扬的时代，与"读书热"伴随的是"知识改变命运"梦想的成长。"对知识文化价值的极其崇拜，导致全民阅读处于一个剧烈的上升阶段，一种建立在知识——文化价值之上的'中国梦'深入大众。在 20 世纪 80 年代，'知识改变命运'在许多人身上得到了验证，这些人经由知识文化的学习而步入更高一级阶层，这成为对其他大多数人的潜在激励。"[①] 在文化、知识还是稀缺资源的 20 世纪 80 年代，你可能仅凭一篇小说或者在报纸上发表的豆腐块文章，就成为当地的文化明星，改变自己的命运。在韩寒的《三重门》中，林雨翔的父亲和中学语文老师的道路形象展示了这种过程。"文革"结束后高考的恢复直接助推了 20 世纪 80 年代的全社会"知识改变命运"梦想的形成，通过高考，一大批知识青年得以入

---

① 闫海东：《从经典阅读到泛阅读 30 年》，《中国图书商报》2008 年 4 月 22 日第 1 版。

大学深造，并最终走上各种重要的工作岗位，"知识改变命运"从知识分子之梦变成了时代梦想。

"80后"的父辈是 20 世纪 80 年代"读书热"的亲历者，是"知识改变命运"的践行者或追梦者，无论他们是否实现了这一梦想，作为他们的后代，"80后"们必然在父辈们这个梦想下长大。在"80后"成长的过程中，随着社会发展，高考以外的社会上下流动渠道越来越狭窄，父辈们仅靠发表只言片语改变命运的时代过去了。到"80后"那里，实现"知识改变命运"的梦想只有一条路——高考，千军万马同挤高考独木桥成了他们必须面对的最真实、最残酷的社会现实。高考是"80后"难以摆脱的命运和梦魇，一路考来，"80后"接受的语文教育与审美无关，甚至可以说与文学无关。

韩寒的《三重门》淋漓尽致地讽刺了中国语文教育的荒诞之处，小说主人公林雨翔的父亲和中学语文教师、文学社社长马德保是失败的中国语文教育的典型缩影。

林父集中展现了把中国语文教育和德育混为一谈的荒谬。林父是一个内部刊物的编辑，爱书如命却不爱读书，家中几千册书只是用来炫耀的装饰品。在林雨翔四五岁时，林父决定变废为宝，逼儿子读书，并为此得意："书这东西就像钞票，老子不用攒着留给小子用，是老子爱的体现。"林父为儿子的读书绞尽脑汁，他将《红楼梦》列为禁书，因其中女人太多，怕儿子过早对女人产生研究的兴趣。《水浒传》因男人占绝对优势、女人不成气候而没被禁掉，但他却将书中有碍观瞻的"鸟"字全部涂黑。因不识"屃"字，林父错放老舍的《四世同堂》，查字典后觉得老舍思想深奥，不适合林雨翔阅读，决定将目标放在古文上。但古文也有类似的东西，因此《战国策》因有"以其髀加妾之身"的不洁言语而被禁。就这样，中国灿烂的历史文化被林父择捡一通后，只剩下没有瑕疵的《论语》等少数幸存者了，这样的家庭教育让林雨翔对古文深恶痛绝。

马德保则显示了语文教育中文学（审美）教育过程的荒诞。马德保没上过大学，打工时无意之中发表了几篇散文，后被招到小镇文化站工作，又因自费印了两百本散文集后被借到中学当语文老师和文学社社长。林雨翔羡慕文学社成员可以旅游，积极要求加入，但前三次都失败，原因分别是忘了《父与子》的作者，批判揭露大学生出国不归现象而忘唱颂歌，唱颂歌没唱出新意、感情。后来，林雨翔刻意逢迎马德保得以加入文学社，马德保给文学社成员分发自己毫无文采的散文集后要求同学认真学习。他见识浅薄又不愿认真备课，讲授文学知识时胡诌乱诌，备课时懒得写字，如将如何挑选美文写为"如何选美"，将找到美文后的感受写为"选美之后"。

《三重门》是中国语文教育的真实写照，"80后"就是在这样畸形的语文教育中长大的，所以韩寒才会说："所谓教科书就是指你过了九月份就要去当废纸卖掉的书，而所谓闲书野书也许就是你会受用一辈子的书。"① 具体而言，以高考为目标的中国语文教育的畸形主要体现在以下几个方面。

1. 德育绑架语文教育

在政治第一、艺术第二的政治文学思想的长期影响下，德育在我国中小学语文教育过程中彻底变形。以语文教科书为例，入选的内容第一强调的是思想的正确性，第二才是艺术水平，至于受教育者的兴趣喜好似乎不在考虑之列。我们因此看到了《爱迪生救妈妈》这样子虚乌有的故事，看到了明显失真的《地震中的父与子》②。

---

① 韩寒：《穿着棉袄洗澡》，《高中生》2006年第3期。
② 《爱迪生救妈妈》在人教版小学语文二年级下册，课文内容是这样的：爱迪生的妈妈得了急性阑尾炎，医生苦于房内只有几盏油灯，无法进行手术。刚满7岁的爱迪生，利用镜子的反光原理，让医生在明亮的反光下，为妈妈成功进行了手术。它附带提示孩子们：所有有成就的伟人，都有着美好的品德。事实上，医学史上对于阑尾炎手术的最早论述是在1886年，而爱迪生生于1847年。也就是说，爱迪生7岁时，不会有阑尾炎手术的说法。《地震中的父与子》在人教版语文五年级上册，讲述了1994年美国洛杉矶地震中发生的一则故事。一个父亲匆匆赶到倒塌的小学，徒手刨挖了38个小时后，这些孩子从废墟中获救，他们说话利索、心态平静，无须任何救助，也无须任何治疗。他们排成整齐的队列，有序地爬出父亲刨挖的缺口。最终，"这对了不起的父子，幸福地拥抱在一起"。课文对父亲的描述明显夸大其词，对孩子的描写也"缺乏地震的基本常识"。参见周凯莉《小学语文教科书需要一场手术》，《中国青年报》2009年9月30日。

语文教育不仅传授语言和文学知识，还是培养道德观、价值观的重要途径，虚构德育故事也是常见的德育手段之一，但我国语文教育是用德育绑架孩子，片面地宣扬孝顺、节俭、谦让、服从等传统道德观念，而漠视独立、权利等现代价值观的输入，这样的主题怎能不让被现代时尚的大众传媒包围的"80后"反感？

2. 固守传统文学经典秩序

语文教材是经典最集中的展示园地，是经典传承和扩散最重要的方式。长期以来，我国中小学教材一直固守传统的文学经典秩序，不仅通俗文学被排斥在外，而且许多文学大师都因为"某种原因"而被遮蔽。这样，我们看到，在语文教材中，除了古典文学经典，现代作家始终围绕"鲁郭茅巴老曹"转圈，文学艺术的多样性明显不足，韩寒说："乍一看语文书还以为我民族还在遭人侵略，动辄要团结起来消灭异国军队，这种要放在历史书里面。而真正有艺术欣赏性的梁实秋、钱钟书、余光中等人的文章从来见不到，不能因为鲁迅骂过梁实秋就不要他的文章吧？不能因为钱钟书的名字不见于一些名人录文学史而否认他的价值吧？不能因为余光中是台湾人就划清界限吧？如果到现在还有学生一见到梁实秋的名字就骂走狗，那么徐中玉可以面壁一下了。"①

3. 应试教育下文学审美的"标准化"

应试教育将语文教育彻底"标准化"了，从字、词、句到阅读理解，一切问题都有一个权威的标准答案。标准答案将学生变成了彻底迷信参考书、答案的信徒，全然没有自己的思考和判断。语言知识"标准化"无可厚非，但属于审美层面的阅读理解居然也"标准化"了。在针对文本阅读层面的课堂教学中，我们惯常看到的标准流程就是：先简介作者生平，接着总结中心思想，最后才是审美性质的人物形象和艺术风格分析。而通常，作家的思想、地位决定了对作品的审美评价，"文如其人"的政治化文学评价机制压倒了从文本本身出发的

---

① 韩寒：《穿着棉袄洗澡》，《高中生》2006年第3期。

审美评析。这样做的灾难性后果就是文学审美彻底"标准化"了，一千个读者只能有一个哈姆雷特，《红楼梦》中只能看出封建社会的腐朽与不可避免的覆灭命运，而不能看出"《易》""淫""缠绵""排满""宫闱秘事"。这种僵化、刻板的文学阅读远离文学审美的本质，根本不可能培养出真正的文学鉴赏能力。

4. 作文的"模式化""虚假化"

写作能力是语文教育水平的集中体现，也是中国语文教育失败的重灾区。"我手写我口，古岂能拘牵"是创作的必然规律，写作者必须写自己熟悉的生活，写自己的真情实感，而且要"行于所当行，止于不可不止"。但从开始学写作文时，我们的学生首先遇到的便是命题作文，明明没有去过北京，却被要求写天安门、故宫、鸟巢；根本没想过以后要干什么，却被要求写"我的理想"；即使你真实的想法是长大后当官发财，也只能写成育天下桃李的教师、治病救人的医生，或者发明治疗癌症药物的科学家。1982 年出生的林嫣发起的"咱们小学时期的作文必杀结尾句"的网络民调中，近两万"80后"投出了当年作文簿上出镜率最高的话，但不是认同，而是嘲讽，嘲讽自己当年不得不说的谎话，"这一代人的思想成型史高度相似。这是一种奇特的成长历程，一代人显示成熟的标志性举动，是迫不及待地颠覆自己的过去。绝大多数同龄人包括林嫣，都承认自己当年既没捡到过一毛钱，也没砸过'心爱的小猪存钱罐'，事实上也不需要砸，'小猪'屁屁下都设有活塞。在林嫣看来，这些'用力过猛'的表达，在当年'是必需的'"。为什么是必需的呢？因为"2004 年，写下以下这个故事的高考生作文被判了零分。'一个在登山时遇到暴风雪的年轻人，因认为自己没能力救出同伴而选择独自离开。'"因为"2010 年，中小学生作文改革进入第 30 年。这一年，中学语文教学大纲对一等作文的评分标准仍旧强调'思想向上'"[①]。

----

① 南方：《会说谎的作文》，《阅读与作文（初中版）》2010 年第 Z2 期。

另外，在应试教育主导的语文教育大环境下，作文也"准标准化"，步入了"模式化"的窠臼——记叙文要"六要素"齐备，散文要"形散神不散"、要"卒章显志"，议论文要写成三段论……"作文是一种模式，就好似要撒一个官方的谎言，必须有时间、人物、地点，尤其关键的是必须有一个向上的主题。"① 这样的作文教育的结果就是让写作完全变成了技术活，背上几条名人名言，记住几句常用诗词，熟悉几个名人故事，就"胸有成竹"了，剩下的只是如何根据题目把这些竹子搭起来。于是，书店中出现了各类"作文宝典"，这些"宝典"将应试作文需要的"竹"分门别类，并归纳出若干通用框架供学生模仿。问题在于，不这样做，你就无法通过高考独木桥，作家王蒙在高考作文题前傻眼②，这不是新闻噱头，而是中国语文教育的悲剧。

　　充斥着道德说教而缺乏现代价值理念的内容、"标准化"的审美体验、"模式化""虚假化"的作文写作耗尽了青少年对传统经典文学应有的热情和幻想，似乎无药可解的应试教育绝症使一浪高过一浪的所谓"素质教育"改革成了"语言大于行动"的表演，成了对无数中小学生和老师没完没了的折腾。杜威在1899年所写的《学校与社会》一书中说，"为了说清楚旧教育的几个主要特点，我或许要说得夸张些：消极地对待儿童，机械地使儿童集合在一起，课程和教法的划一。概括地说，学校的重心是在儿童之外，在教师，在教科书以及在其他你所高兴的任何地方，唯独不在儿童自己即时的本能和活动之中"③。改革开放后的中国学校教育重心不仅不在儿童身上，也不在教师、教科书上，甚至不在教育上，而在高考这个长着天使般面孔的魔鬼身上。

　　高考让中国的中小学语文教育患上了癌症，恰恰是癌症缠身的语文教育催生了"新概念作文大赛"的辉煌。以"反思应试教育"为口

---

　　① 韩寒：《语文教育的失败》，《内蒙古教育》2006年第3期。

　　② 樊克宁、陈晓鸿：《作家王蒙：我要是考作文，都能交白卷》，《羊城晚报》2007年7月7日。

　　③ 赵祥麟、王承绪编译：《杜威教育论著选》，华东师范大学出版社1981年版，第38—39页。

号的作文大赛用获奖者保送上大学的现实吸引了大批"80后"的参与。由此，21世纪前后，在"80后"这里，20世纪80年代的"知识改变命运"被实用化为写作获奖者免试入大学，"读书热"衍化为写作热，对知识的渴求畸变为对大学录取书的顶礼膜拜。只是，"新概念作文大赛"的策划者和"80后"都没有想到，星星之火居然燎原，以作文出场的"80后"写作居然在21世纪掀起了青春文学的市场热浪，在第二媒介时代的文学之路上留下辉煌的足迹。

第二节　电视和"80后"读者

20世纪蓬勃发展的电视对现代社会产生了重大的影响，德国社会学家林格斯把电视、原子能和宇宙空间技术的发明称为"人类历史上具有划时代意义的三大事件"①。改革开放前，中国电视事业发展缓慢。1958年中国电视事业诞生时，全国仅有50台电视机，1973年彩色电视试播时，只有300台彩色电视机，直到1975年年底，偌大的中国电视机拥有量也只达到46.3万台，即是说，在当时全国的7亿2千多万人口中，平均约1600人才拥有不到一台电视机②。改革开放后，我国电视事业迅猛发展，电视机持有量大幅增加，1979年达到485万台电视，此后，这个数字以每年几百万甚至上千万台的幅度迅速增加，1982年达到2761万台③，1987年年底突破1亿台④，中国成为电视大国，实现了电视的基本普及。

"80后"是中国的电视一代，大部分"80后"是伴随电视长大的。

---

① 转引自郭庆光《传播学教程》，中国人民大学出版社1999年版，第118页。
② 于广华：《中央电视台大事记》，人民出版社1993年版，第62页。
③ 郭镇之：《中国电视史》，文化艺术出版社1997年版，第20页。
④ 郭镇之：《中国电视史》，中国人民大学出版社1991年版，第129页。

电视在西方被称为"电子保姆",抱着奶瓶看电视是西方孩子童年生活的真实写照。相比西方宽松的教养环境,中国父母反对孩子看电视的态度使"80后"不可能像西方同龄人那样"泡电视"长大,但电视对中国"80后"社会化过程的影响力巨大,对他们阅读期待视域的形成具有关键作用。

第一,电视打破了传统中国纸媒中心的阅读格局,确立了"80后"平等的媒介价值观,培养了"80后"的审美趣味。

前文已经阐述过,纸媒因自身的媒介特征以及长期的历史统治地位而具有权威性品质。随着社会发展,在当代西方文化格局中,纸媒的权威性逐渐消失,电视逐渐获得了和纸媒同样的地位,不仅被当作重要的娱乐工具,而且被视为获取知识的重要源泉。传统的电视有害论——即单纯强调观众的被动性,认为电视会破坏人的理性思维习惯,增加儿童暴力倾向,虽然在西方社会依然有一定的影响力,但绝大多数民众和越来越多的知识分子已经没有了"读书比看电视好"的偏见。他们否定"被动的观众"的观点,认为观众是理性的,主动的:"我们是理智的,能够对电视内容作出判断。换句话说,我们知道该何时关掉电视。"[1] 当下,西方的家长已经将电视看作儿童道德社会化和学习的重要工具:"除了家庭和学前学校,幼儿也长时间处于另外一种学习环境中:电视。2—6 岁的儿童平均每天看电视的时间为 1.5—2 个小时——在年幼儿童的生活中是很长的一段时间。在儿童中期,美国儿童看电视的时间增加到每天 3.5 个小时,加拿大儿童每天 2.5 个小时。"[2]

改革开放后,电视迅速普及,进入中国千家万户,与 20 世纪 80 年代知识分子阶层盛行的"读书热"相随的是市民阶层的电视热。这

---

① [英]尼古拉斯·阿伯克龙比:《电视与社会》,张永喜等译,南京大学出版社 2002 年版,第 8 页。

② [美]劳拉·E.贝克:《婴儿、儿童和青少年》,桑标等译,上海人民出版社 2009 年版,第 445 页。

一时期，我国电视尚处于起步阶段，制作手段落后，产品数量非常有限，质量良莠不齐，因此，一大批日本和中国港台地区的影视剧纷纷登上中国电视荧屏，《血疑》《阿信》《排球女将》《霍元甲》《射雕英雄传》等电视剧不仅为国人打开了一扇通向世界的窗口，给他们上了现代化的第一课，让人们从中看到了真正现代的世界；而且给人们的业余生活带来了无穷的乐趣，让人们的紧张神经在浪漫的爱情、令人眼花缭乱的打斗中得以舒缓。不过，在没有电视的时代就确立了世界观、价值观的成人虽然依靠电视重新认识了世界，也从中获得了极大的快乐，但他们始终对电视的文化价值持否定态度，反对孩子看电视。儿童认知发展心理学博士管益杰认为，"尽管孩子看电视在一定程度上能够开阔视野，但与阅读相比，电视不利于儿童的想象力发展；如果因为长时间看电视而减少了与父母、朋友的交流时间，会影响孩子日后的人际交往和性格；电视中出现的暴力、血腥等镜头，易使孩子具有攻击性倾向。此外，因为小孩子的眼睛还在发育中，视力尚未完善，不断闪烁的电视光点会造成屈光异常、斜视。电视机发出的电磁波还会影响孩子大脑的智力活动"[①]。管益杰的观点代表了我国成人对电视的价值认识和态度倾向。因此，看电视的父母不让孩子看电视或者为了孩子不看电视的现象在中国普遍存在，这种现象的产生与父母害怕看电视影响孩子学习或伤害眼睛的心理动机直接相关，深层的原因在于，一方面，传统的"读书至上"心理与20世纪80年代"知识改变命运"浪潮的融合使印刷书籍在社会心理中具有远高于电子媒介的文化价值，纸媒依然具有与生俱来的权威性；另一方面，中国文化传统以及当代政治文化对娱乐的拒斥使娱乐至上的电视自然位于文化价值等级的最低端。

电视是时代进步的产物，即使家长不愿意，即使有沉重的家庭作

---

① 夏雨、潇湘：《美国研究发现：孩子平均从 9 个月大就开始看电视》，央视国际 2007 年 5 月 15 日，http://news.cctv.com/education/20070515/103216.shtml，2014 年 11 月 6 日。

业负担，中国孩子看电视长大也已经成为不争的现实。中国青少年研究中心对北京、上海、广州、长春、成都和兰州6个城市2500名中小学生的调查显示，2007年我国少年儿童平均每天看电视55.5分钟，比1998年多17.7分钟。[①] 电视是影响"80后"社会化过程的重要力量。对大多数人来说，电视远比书籍更有吸引力，所以，偷看电视大概是"80后"共同的愉快经历。年轻、自由、开放的"80后"对电视没有父辈们先入为主的低品位成见，相反，社会化过程中丰富的媒介接触经历使他们形成了平等的媒介价值观。对他们而言，没有不好的媒介，只有不好看的媒介内容。因此，在"80后"身上，我们看到了真正的文化多样性，不同媒介、不同风格、不同主题、不同内容的各种信息都可以进入"80后"的阅读视野，这些阅读经历对"80后"有巨大的影响，其中影响最大的是日韩动漫。

"80后"最初的电视经验与《大闹天宫》《哪吒闹海》《九色鹿》《阿凡提的故事》等国产动画片联系在一起，但这些国产动画片在"80后"电视接触中，所占比例很小，对他们影响甚微。为什么会这样呢？一方面，20世纪80—90年代，国产动画片数量严重不足。我国动画片制作者一味追求艺术成就而无视市场的需求，虽然也制作了《哪吒闹海》这样艺术上乘的佳作（《哪吒闹海》曾经获得菲律宾马尼拉国际电影节特别奖、法国布尔波拉斯青年童话电影节宽银幕电影奖、1979年文化部优秀美术片奖、第三届中国电影"百花奖"最佳美术片奖，1980年作为第一部华语动画电影在戛纳电影节参展），"中国动画学派"也令西方世界刮目相看，但他们"精工细作"的小作坊制作方式违背了作为大众文化消费品的动漫业的市场运行机制。"精"的结果就是少，就是高成本，"以这样的小作坊生产方式，一部26集的系列片至少要五年才能完成。据统计，美影厂在50年的历史中生产的动画片总

---

① 夏雨、潇湘：《美国研究发现：孩子平均从9个月大就开始看电视》，央视国际2007年5月15日，http://news.cctv.com/education/20070515/103216.shtml，2014年11月6日。

共只有三万多分钟，即使按每天 30 分钟的播放量，也不够一家电视台播三年"①。这种制作能力根本无法满足电视播出的要求，以这样的生产能力去竞争，失败实属必然。另一方面，和语文教科书一样，我国动画片也被德育绑架，教化意味过于浓厚。《大闹天宫》《哪吒闹海》《金猴降妖》《阿凡提的故事》《九色鹿》《黑猫警长》《葫芦兄弟》……这些留在"80后"记忆深处的动画片佳作几乎无一例外，都有一个明确的教育主题，或反对压迫或惩恶扬善，以至直到今天，我们还没有看到中国生产出《猫和老鼠》这样只求"好看"的动画经典。最后，过分强调民族性，游离于现代世界之外，缺乏现代感。21 世纪以前，除了《海尔兄弟》《舒克和贝塔》《大头儿子和小头爸爸》等少数几个现代题材的动画片外，我国动画片题材局限于神话传说、民间故事和中国古代典籍，科幻、武侠、历险、魔幻、侦探和情感等题材的作品，几乎没有涉及。在没有市场竞争的时候，人们很难看出上述缺点，"中国动画学派"的"高大上"令国人沾沾自喜，但是，一旦市场竞争来临，这些缺点将是致命的。

20 世纪 90 年代日韩动漫业进军中国，迅速征服了"80后"，而我国的动漫业则毫无抵抗能力，一败涂地。这样，在"80后"的记忆中，《哪吒闹海》等国产动画片只占据极小的空间，占主导地位的，是以《圣斗士》《机器猫》等为代表的日韩动漫作品。"80 年代出生的一代人，他们所接受的动漫文化基本上是日本动漫，而不是以我们《大闹天宫》为代表的国产动画。"② 日韩动漫成功征服了"80后"，甚至包括"90后"。在他们的童年记忆中，只有"天马流星拳"（日本动漫《圣斗士》中主人公星矢的绝技之一），前代人津津乐道的"降龙十八掌"已经没有了位置。

这种电视经验对"80后"阅读期待视域的影响显而易见。郭敬明

---

① 杨鹏：《本土动漫的昨日、今日、明日——中国动漫出版产业分析》，《中国编辑研究》编委会：《中国编辑研究 2006》，人民教育出版社 2007 年版，第 332 页。

② 同上书，第 333 页。

的《幻城》对日本漫画家 CLAMP 的漫画名作《圣传》情节、人物、语言和感情经历等方面全面模仿，被网友直指为"抄袭"①。随便走近一家书店的"青春文学专柜"，任意翻阅，占据我们眼睛的大多是以郭敬明、郭妮为代表的诸多"80后"作品日韩漫画风格的封面和插图，除了汉字，我们仿佛置身于一个日韩漫画的世界，全然没有中国文化的影子。日韩动漫对"80后""90后"读者强大的影响甚至在很大程度上改变了我国青少年阅读市场。2000年以后，我国青少年读物出现了"双读本"潮流，这里所谓的"双读本"，不是传统的"汉语原著＋外语翻译"或"外语原著＋汉语翻译"的双语双读本，而是"少量文字＋大量漫画"的图文双读本。在影视影响下，读图时代已经到来，图画在印刷书籍中的增多不足为奇，也是图书市场发展的必然，"光怪陆离的影视文化和网络艺术形成了对文字阅读的合围和挤压之势，以图像为中心的感性主义形态，成为当代日常生活不可或缺的资源和无法规避的符号"②。"文字＋图画"的读物不是什么新东西，20世纪90年代以前曾风行一时的"小人书"就是"80后"父辈们最宝贵的精神记忆，大量的幼儿读物也以"文字＋图画"的方式出现。但那时候，不论"小人书"，还是幼儿读物，都是中国文字＋中国画，流淌的是中国文化的血液。2000年以后风行的"双读本"则具有明显的日韩文化特征，书中除了寥寥几句汉语外，占据我们眼球、冲击我们神经的是大幅的日韩风格的漫画。更令人担忧的是这种潮流正在向更低龄的儿童逼近，时下流行的《小公主》等低龄儿童读物的图案大多明显具有日韩动漫风格。

日韩动漫文化渗透了"80后"写作的方方面面，从内容到形式，从创作到包装，大量市场走红的青春文学作品中充斥着日韩文化的影子，这表明了"80后"对这种渗透的欣赏和追捧。事实上，日本动漫

① 月 holic：《郭敬明〈幻城〉抄袭 CLAMP〈圣传〉——插图也抄》，2009年5月4日，http：//www.douban.com/online/10148993/discussion/15920063/，2014年12月12日。

② 常翀凌：《读图时代下的网络媒体》，《网络传播》2007年第3期。

文化对"80后"的影响范围绝不仅仅局限于阅读和影视，1990年年底开始到当下的"哈日""哈韩"热是"80后""90后"对日韩文化从文化产品到饮食服装的全面接受过程，证明了植根于"80后"记忆深层的日韩文化的强大影响力。种瓜得瓜，种豆得豆，当我们在一代人青少年时期的文化竞争中失败后，我们的失败不是一时一地，而是彻底的失败。日韩动漫文化在"80后"一代的成功让"我们失去了整整一代人，失去了所有的战场，失去了太多的机会"①，这个历史教训惨痛而深刻，足以使我们警醒。现在看来，我们在"90后"一代的失败也在所难免，但愿这种历史的悲剧不要延续到21世纪的一代。

第二，电视塑造了"80后"时尚化的审美心理。

日本学者林雄二郎比较了印刷媒介环境和电视媒介环境中完成社会化过程的两代人，明确提出"电视人"的概念。所谓"电视人"，指伴随电视普及而诞生和成长的一代，他们在电视画面和音响的感官刺激环境中长大，是注重感觉的"感觉人"，表现在行为方式上是"跟着感觉走"，这一点，与在印刷媒介环境中成长的他们的父辈重理性、重逻辑思维的行为方式形成鲜明的对比。同时，由于收看电视是在背靠沙发、面向荧屏的狭小空间中进行的，这种封闭、缺乏现实社会互动的物理环境，使得他们当中的大多数人养成了孤独、内向，以自我为中心的性格，社会责任感较弱。另一位学者中野牧用"容器人"这一形象说法描述了现代人的行为特点。他认为，在大众传播特别是以电视为主的媒介环境中成长起来的现代人的内心世界类似于一种"罐状"的容器，这个容器是孤立封闭的。"容器人"为了摆脱孤独状态也希望与他人接触，但这种接触只是一种容器外壁的碰撞，不能深入对方的内部，因为他们相互之间都不希望对方深入自己的内心世界，于是保持一定距离便成了人际关系的最佳选择。"容器人"注重自我意志的自

---

① 杨鹏：《本土动漫的昨日、今日、明日——中国动漫出版产业分析》，《中国编辑研究》编委会：《中国编辑研究2006》，人民教育出版社2007年版，第333页。

由，对任何外部强制和权威都不采取认同的态度，却很容易接受大众传播媒介的影响，他们的行为也像不断切换镜头的电视画面一样，力图摆脱日常烦琐性的束缚，追求心理空间的移位、物理空间的跳跃，而现代社会中忽起忽落、变幻不定的各种流行潮流和大众文化现象正是"容器人"心理和行为特征的具体写照。①

"电视人"和"容器人"概念深刻指出了电视一代"媒体依赖症"特有的心理和行为特征，对我们认识"80 后"社会心理有重要的启示意义。

从"80 后"写作现象与"80 后"读者的关系看，电视培养了"80 后"时尚化的审美心理，即以大众传媒为行为和价值选择依据，强调感觉，追求新异。"80 后"写作现象是现代大众传媒社会的媒体景观，从出场、全民性媒体盛宴到逐渐落幕，大众传媒自始至终主导了"80 后"写作的全过程。"80 后"写作的媒体卖点主要基于两个方面：一是，"新概念作文大赛"获奖者保送上名牌大学的承诺与实践。在高考已经成为既承载了全社会希望又为全社会批评的时代，"新概念作文大赛"居然能够在高考独木桥外独辟蹊径，通过写作将"素质教育"与名牌大学之路巧妙联系起来，实现了"反思应试教育"的思想口号与上大学的现实功利的无缝对接，吸引了一批"80 后"加入了"写作改变命运"的潮流，这个极具创意的策划自然成为万众瞩目的焦点。二是，"80 后"低龄化写作的反常性吸引了媒介的关注，"80 后"写作出现以前，文学是成年人的专属品，文学写作具有明显的年龄门槛，即使是 20 世纪 90 年代末以"断裂"姿态挑战传统文学格局的最年轻的一代作家——"晚生代"作家群也至少是"70 后"，"80 后"写作显然打破了这种格局。韩寒、郭敬明等"80 后"写手出道时，还没有上大学，还处在"孩子"这一社会定位阶段，在父辈眼中，他们还是学生，是知识的接受者而不是创造者。低龄化与写作的反常组合打破了社会

---

① 参见郭庆光《传播学教程》，中国人民大学出版社 1999 年版，第 151—152 页。

心理定势，符合了媒介"狗咬人不是新闻、人咬狗才是新闻"的新闻运作机制。

以电视为代表的电子媒介强大的影响力削弱了主体批判意识，沉溺于媒介世界的受众无法自拔，将媒介中的世界当成了世界本身，以媒介的价值观为自己的价值观，将媒介的选择当作自己的选择。"80后"是高度依赖媒介的一代，他们的审美完全受大众传媒的影响，具有时尚化特征。从 2000 年媒体对韩寒"七门功课挂红灯"进而"拒绝复旦大学邀请"的关注，到 2002 年胡坚抱《愤青时代》叩开武大校门引发的"胡坚事件""胡坚现象"讨论，再到 2008 年蒋方舟被特招入清华大学引发的争议，媒体将"80后"写手们的故事演绎为一系列"天才""怪才"横空出世的英雄传奇，成为媒体文化景观。在大众传媒中，韩寒、郭敬明、张悦然、郭妮等天才集个性、反叛、努力、财富和时尚化的外貌于一身，在"80后"身份认同的关键期，他们理所当然充当了"80后"的代言人，成为"80后"文化消费的风向标。因此，我们在"80后"写作景观中看到，凡是能够成为媒体焦点的"80后"写手，其作品就会成为畅销书、长销书，而那些没有进入媒体中心的"80后"写手，作品销量就会差很多。以韩寒和李傻傻为例，不被主流文坛认可却是媒体常客的韩寒，其作品始终保持极高的知名度和销量，动辄上百万册；而在《芙蓉》《散文》等重要刊物出过专辑、被推为"80后实力派五虎将"之首、有"少年沈从文"美誉的李傻傻虽然也登上过《时代》周刊，但媒体曝光率明显低于韩寒，他的代表作《红×》销量也只有 20 万册[1]。"80后"写手作品的销量与媒体的关注度成正比说明"80后"读者对作品的选择不是基于自身的判断，而是媒体的引领，这种审美行为和心理是"媒介依赖症"的典型表现：

---

[1] 左丽慧：《一花独秀难为春》，《郑州日报》2008 年 12 月 5 日第 8 版。

青春文学所提供给读者的不仅仅是阅读行为，更重要的是它代表了一种新兴的青春消费。从传统的文学观点来解读青春文学，很容易得出这些文字不值一读的结论，可是读者所要求的可能根本不是这些作品的文学水平，他们要做的纯粹只是消费。有一个关于韩寒新小说的故事很能说明问题，一位读者买他的小说首先问的是书里面有没有韩寒的最新照片。在这里，韩寒被作为偶像来消费，同样的情况也发生在可爱淘和郭敬明身上。①

　　被电视引领的"80后"读者的阅读行为的本质是一种时尚消费行为，青春文学走红是"80后"消费权力的体现，"80后"写作景观蕴含了"80后"一代用经济权力对抗传统文化权力格局、确立自身文化权力地位的政治意味。

第三节　我的地盘我做主

一　阅读胜景

　　改革开放后，中国阅读格局变化最显著的特征是阅读资源的日益丰富乃至过剩。20世纪80年代的"读书热"、文学"黄金时代"是全民文化饥渴能量释放的结果，也是那一时期文化资源相对匮乏的表现，"国门骤开，难免鱼龙混杂。压抑太久，容易猎奇过渡。经过一段时期饥不择食的吞咽后，读者心理很自然会出现反弹"②。改革开放后，"事业化管理、企业化经营"文化体制改革带来的文化出版市场竞争以及

---

①　涂志刚：《2004青春文学年终盘点》，《中华读书报》2004年12月29日第20版。
②　邵燕君：《倾斜的文学场——当代文学生产机制的市场化转型》，江苏人民出版社2003年版，第137页。

报刊的高速发展大大地提高了文化生产能力。到 1985 年，阅读资源供应就达到了历史的高峰值，出现了饱和过剩的局面[①]。以杂志为例，据统计，从 1978 年到 1985 年的 7 年间，中国期刊总数增长了 5 倍多，特别是在 1979 年到 1981 年的 3 年间，平均每年递增 42.5%，这种增长速度，已经远远超过了读者市场的需求，导致期刊总印数在 1985 年突破 25 亿册（25.6 亿册）后，始终上下徘徊，1998 年的总印数甚至低于 1985 年（25.23 亿册），直到 1999 年才跨过人均 2 册关口，达到 28.46 亿册[②]。

从以上数据我们可以看出，单从阅读资源数量而言，1985 年以后，中国已经进入过剩时代。饥不择食的读者在解决了"吃饱"的需求后，"吃好"成了新的阅读主导动机。当然，从大文化环境看，电视对图书阅读的迅速蚕食是导致图书过剩的最主要原因，这是电视普及的必然结果，而读者的更高要求也必然导致粗制滥造或不适合读者胃口的图书被市场淘汰。因此，1985 年后，我国图书市场开始了真正的市场竞争，最先败下阵来的就是纯文学期刊。1980 年、1981 年文学期刊的"黄金期"，一些著名文学期刊发行量曾突破百万册，如《人民文学》达 150 万册，《收获》达 120 万册；从 1986 年到 1993 年，这些名刊的订数迅速跌落到 10 万册左右或 10 万册以下，生存十分艰难[③]。纯文学期刊的迅速衰落与 1985 年开始的"先锋文学热"关系密切，《收获》《人民文学》《北京文学》《钟山》《上海文学》等"先锋文学"主阵地在这一时期印数惨跌，元气大伤。蹈虚凌空、沉溺于文学试验的先锋文学无视读者趣味，读者用脚投票，抛弃了它们。与此形成鲜明对照

---

① 改革开放后图书出版业的发展以 1985 年为分水岭，1975—1985 年，出版业三大指针——出书种数、总印数和总印张呈直线上升趋势，从 1986 年后，除了种数和总印张数有所增加外，总印数连年下降。参见邵燕君《倾斜的文学场——当代文学生产机制的市场化转型》，江苏人民出版社 2003 年版，第 28 页。

② 参见邵燕君《倾斜的文学场——当代文学生产机制的市场化转型》，江苏人民出版社 2003 年版，第 28 页。

③ 同上书，第 27 页。

的是，坚持"直面人生、贴近现实"，推崇现实主义的《当代》，在这一时期尽管发行量也有所下跌，但比起《收获》等，跌幅要小得多①。此外，《平凡的世界》《废都》《白鹿原》以及"布老虎丛书"的畅销，《读者》《故事会》等大众文化期刊的迅猛发展②，一方面说明读者并没有抛弃文学，而是抛弃了不合口味的文学；另一方面说明读者的阅读口味已经多样化。

二 一代文学"饥民"

市场机制下，阅读是一种消费行为，1985 年以后，特别是 1992 年以后，激烈的市场竞争迫使图书出版业确立以读者为中心的运作机制，数十家出版社，数千种报纸，近万家期刊努力按读者口味烹制阅读大餐。但是，这道阅读大餐并不适合"80 后"，在"80 后"写作出现以前，"80 后"始终处于阅读的饥渴状态，是文学"饥民"。

中国有丰厚的儿童文学底蕴，夸父追日、女娲造人、精卫填海等神话传说形象记录了人类童年时代的精神，是中国儿童文学的起点和源泉；《西游记》《封神榜》等优秀神魔小说自由无羁的想象力、生动鲜明的人物形象、曲折动人的情节不仅吸引了成人，更成为传统儿童文学的宝库，《夸父追日》《大闹天宫》《嫦娥奔月》《哪吒闹海》等众多优秀的儿童文学作品滋养了一代又一代孩子。在儿童文学的启迪下，孩子的心灵开始飞翔，开始与想象的世界对话，这个过程是每个读者阅读的起点。

---

① 《当代》发行量最高年份为 1981 年，达到 55 万册，1986 年为近 24 万册，1987 年为 29 万册。参见邵燕君《倾斜的文学场——当代文学生产机制的市场化转型》，江苏人民出版社 2003 年版，第 31 页。

② 《读者》《故事会》20 世纪 90 年代后迅猛发展，1995 年，《读者》期刊发行量突破 400 万册大关，《故事会》以 423 万册居全国各类期刊发行量之首，《收获》在这一年发行量重新突破 10 万册。参见邵燕君《倾斜的文学场——当代文学生产机制的市场化转型》，江苏人民出版社 2003 年版，第 32 页。

五四新文化运动后，我国出现了现代意义的儿童文学——专为少年儿童创作的文学作品，叶圣陶的《稻草人》、冰心的《寄小读者》、张天翼的《大林和小林》开启了我国儿童文学创作的先河。新中国成立60年，我国的儿童文学取得了一定的成绩，出现了《再寄小读者》（冰心）、《宝葫芦的故事》（张天翼）、《小兵张嘎》（徐光耀）、《神笔马良》（洪汛涛）、《小马过河》（彭文席的）、《小蝌蚪找妈妈》（方慧珍和盛璐德）、《小船，小船》（黄蓓佳）、《小灵通漫游未来》（叶永烈）、《皮皮鲁外传》和《鲁西西外传》（郑渊洁）、《没有角的牛》（曹文轩）、《少女罗薇》（秦文君）等深受读者喜爱的作品。

儿童文学评论家王泉根指出："儿童生存发展的根本问题，是成年人的儿童观问题。儿童文学的根本问题，是成人作家的儿童观的问题。有什么样的儿童观，就有什么样儿童文学的地位和命运、有什么样的儿童文学价值理念。一切儿童文学的背后，是我们社会对待儿童的观念问题。"[①] 在父权中心的社会心理和权力格局下，中国的儿童始终被看成教化的对象，儿童文学则被看成小儿科，难登文学殿堂。这种认识极大地阻碍了我国儿童文学的发展和繁荣。

一方面，成人化文学权力格局始终拒儿童文学于主流之外，在文学史中，除了近几年出现的一些儿童文学专门史外，影响较大的文学史中基本没有儿童文学的位置。社会对儿童文学的轻视使艺术素养较高的创作者不愿从事儿童文学创作，改革开放30年，从事儿童文学创作的四代作家加起来才刚超过1000人，加入中国作协的600多人[②]，而同时期，中国作家协会仅现有会员就有9301人[③]。与此同时，许多水平有限的儿童文学作家的粗制滥造之作反过来又成为精英主义圈子鄙视儿童文学的理由，二者形成恶性循环，严重阻碍了儿童文学的发

---

① 转引自谭旭东《回眸儿童文学三十年》，张维特：《30年中国人的阅读心灵史》，中国对外翻译出版公司2009年版，第276页。

② 同上书，第277页。

③ 中国作家网：《中国作家协会简介》，2009年9月12日，http://www.chinawriter.com.cn/zxjg/zxjj.shtml，2014年2月10日。

展。谭旭东指出："中国原创儿童文学之所以长期受到贬低和轻视，有作家自己的原因，即我们的创作离中国读者的艺术期待还有一定距离，甚至有些非常粗糙。其主要原因就是作家缺少艺术修养，比如经典的阅读不够，艺术技巧的把握不够，而且缺少比较自觉的艺术思考。"[①]这种恶性循环使我国儿童文学创作远远不能满足几亿少年儿童阅读的需要。

另一方面，创作以作者为中心，无视儿童读者趣味，忽视市场。作为社会化的重要途径，儿童文学具有两大功能：一是教育功能，即要发挥德育（优化社会精神生态，培养道德观念，净化儿童心灵）、智育（发展儿童智力，培养母语意识，提升语言能力）和美育（提升艺术欣赏能力）功能。二是娱乐功能，即要为少年儿童的生活增加趣味，成为他们打发时间的工具。儿童文学的这两大功能必须均衡发挥，不能偏颇，且教育功能的实现必须依托娱乐功能，即必须寓教于乐。但是，长期以来，在教化传统下，我国儿童文学仅仅被当作教育的工具，娱乐功能仅成为教育之余的副产品。这种狭隘的"教育工具论"思想使我国的儿童文学创作具有鲜明的作者中心特征，无视少年儿童的阅读欲望和趣味，忽视市场需求，从而导致了我国儿童文学创作表现出以下两种倾向。

一是"唯德育论"，即将儿童文学的主要功能定位为道德教育，在创作过程中，将思想主题置于最重要的位置。这种创作倾向不仅不考虑儿童文学的特殊性，甚至连文学的基本特征也抛之脑后，必然导致作品沾染上主题先行、思想大于形象、概念化、模式化的恶疾。茅盾先生批评 20 世纪 60 年代儿童文学有"政治挂了帅，艺术脱了班，故事公式化，人物概念化，文字干巴巴"的重大缺陷[②]，事实上，除了"政治挂帅"换成"德育挂帅"外，其余缺点不仅普遍存在于改革开放前

---

① 谭旭东、杨鹏：《当下中国儿童文学作家作品十问》，《中华读书报》2005 年 3 月 9 日第 16 版。

② 转引自黄云生《少年儿童文学》，高等教育出版社 2004 年版，第 163 页。

的儿童文学作品中，也普遍存在于改革开放后的许多儿童文学作品中。

二是"唯艺术论"，即将儿童文学的主要功能定位为美育，在创作过程中，将艺术标准放在最突出的位置。这种观点似乎没什么问题，但儿童文学的特殊性在于它是成人创作给儿童看的文学作品，成人的艺术标准与儿童的审美趣味存在本质的差异，因此，儿童文学创作的"唯艺术论"倾向本质上依然没有脱离教化窠臼。20世纪80—90年代被视为儿童文学的"黄金时代"①，就是因为这一时期儿童文学创作取得了很高的艺术成就，不仅有《班主任》《小船，小船》等传统艺术手法创作的佳作，而且在《没有角的牛》《少女罗薇》等作品中，艺术探索和创新获得了很大的成就："80年代以后，中国儿童文学对外开放是全面的。人们感受到一种宽容、开放的现代气息和时代精神降临于中国儿童文学领域。有意思的是，新时期儿童文学作家们表现出对两次世界大战前后发展起来的各种现代派手法的独特青睐，使它们在短短的时间内在中国儿童文学园地里花开花落了一番。"② 可是，这一时期对儿童文学的艺术追求是以成人的审美趣味为基础的，并没有将少年儿童的阅读兴趣和审美趣味放在第一位。儿童需要的文学是什么样的呢？是好玩，是有趣，而不仅仅是"真、善、美"，这是儿童文学创作必须尊重的原则。"童话大王"郑渊洁指出，"儿童的工作就是游戏，所以要把童话写成幻想的游戏，让儿童在童话中游戏，在游戏中释放童年生命的活力"③，正是基于对儿童文学创作规律的准确认识和实践，让这个只上了四年级的"文盲"创造了一个人写一本月刊25年的世界奇迹（他是1985年创刊至今的《童话大王》（半月刊）的唯一撰稿

---

① 谭旭东认为："20世纪80年代不但是整个中国文学的黄金季节，对于儿童文学来说，也是一个佳作迭出、艺术之音动人心弦的年代。到了20世纪90年代，有了20世纪80年代作家们的艺术引领，更加年轻的一代作家们也是把创作的个性发挥到了极致。"谭旭东：《回眸儿童文学三十年》，张维特：《30年中国人的阅读心灵史》，中国对外翻译出版公司2009年版，第279页。

② 张锦贻：《民族儿童文学新论》，内蒙古教育出版社2000年版，第55页。

③ 黄云生：《少年儿童文学》，高等教育出版社2004年版，第214页。

人），创造了儿童文学作品累计销售一亿五千万册的奇迹。"郑渊洁奇迹"从侧面说明这一时期"唯艺术论"的儿童文学创作并没有获得其主要读者群——"80后"的喜爱。因此，这个"黄金时代"的儿童文学叫好，却不叫座儿，是中国儿童文学艺术的黄金时代，是中国儿童文学作家的黄金时代，而非中国儿童读者的黄金时代。

作者中心还是读者中心，核心其实是儿童文学两个基本因素——教育方向和儿童的年龄特征到底哪个优先的问题。"80后"儿童是在作者中心的儿童文学环境中长大的，除了郑渊洁等少数作家的作品外，他们很少找到自己喜爱的儿童文学作品。出生于20世纪80年代中期的龚晓阳说："12岁儿童节妈妈送了我一套郑渊洁的《十二生肖系列童话》，这套书我看了三遍。"在他的记忆中，儿童节最特别的礼物来自母亲每年送自己的一套童话书，但当时的儿童文学作品，尤其是中国原创儿童文学没有太多作品可供选择，所以龚晓阳最熟悉的作家，就是郑渊洁、叶圣陶和安徒生①。龚晓阳的阅读经历是整个"80后"阅读经历的缩影，是他们作为一代文学"饥民"的真实写照。正是因为无书可读，所以在整个"80后"的文学记忆和"80后"写作中，除了郑渊洁，我们很少看到20世纪80—90年代儿童文学对他们的影响。当我们抱怨"80后"对日韩动漫的痴迷时，很少有人思考，异域血统的文化产品为什么吸引了他们。毕竟，"80后"是中国的"80后"，他们不会生来就崇洋媚外。是我们没有为他们提供所需的儿童文学作品，让他们成了一代文学"饥民"，他们才倒向他人的怀抱，才让异域文化在他们的心灵上涂上浓墨重彩的一笔。

"80后"读者需要为他们而写的文学，这些文学不要求多么经典，多么深奥，但必须是"按需定制"，量体裁衣。问题在于，浩如烟海的中国文学作品中，为他们定制的少之又少，所以郭敬明红了，韩寒红

---

① 参见石月、陈维、李姣凤《中国儿童文学一定要出〈哈利·波特〉》，《长沙晚报》2012年6月1日第A7版。

了，张悦然红了，唐家三少红了。不要指责"80后"读者欣赏水平低，不要指责文学市场化。在新的媒介时代，"80后"已经有了更多的选择权，他们可以说不。《萌芽》的一位编辑评论郭敬明走红的原因时说：

> 他的走红，完全超乎想象又顺乎情理。即使不是郭敬明，也会有"李敬明"或"刘敬明"或者其他什么人。就像当年的汪国真、罗兰小语一样。这个年龄的孩子需要这样一种精神产品，而他恰好地提供出来了。①

在"80后"文学走红的那些年，即使有异域文化血液，即使有电子文化产品陪伴左右，即使有郭敬明、韩寒，"80后"依然是一代文学"饥民"。如果不是"80后"写作出现，我们也许永远不会意识到年少的"80后"是多么需要属于他们的文学。那么，我们的下一代，"90后""00后"，在他们的童年，在他们的青春期，他们是否依然会是一代文学"饥民"呢？《哈利·波特》在中国创造的奇迹说明这种思考并非杞人忧天②。

三　青春文学的崛起与"80后"新部落

郭敬明说："以前 30 岁的人写 30 岁的东西，40 岁的人写 40 岁的东西。现在看到十七八岁的人写十七八岁的东西。"③ 前两句未必准确，30 岁、40 岁的人写童话的大有人在，但最后一句很有见地，很准确地概括了"80后"写作的特质，如果变成"十七八岁的人写十七八岁的东西给十七八岁的人看"，则是"80后"青春文学最形象完整的诠释。

---

① 李菁、苗炜：《郭敬明：商业上最成功的少年作家》，《三联生活周刊》2004 年第 25 期。

② 人民文学出版社《哈利·波特》系列，2006 年曾经创下在销售榜前 10 位的图书中占据 6 个位置的辉煌战绩。该书 7 卷已发行超千万册，"哈七"首版印 100 万册不够卖，次日就要加印。参见石月、陈维、李姣凤《中国儿童文学一定要出〈哈利·波特〉》，《长沙晚报》2012 年 6 月 1 日第 A7 版。

③ 林静：《"80后"写作群族反对贴标签》，《中国青年报》2004 年 9 月 12 日。

写十七八岁青少年的文学作品并不罕见，《红楼梦》就写了大观园中的一群少男少女的生活，20世纪90年代以秦文君创作的《男生贾里》《女生贾梅》为代表的校园小说和以曹文轩创作的《草房子》《红瓦》为代表的成长小说聚焦于现代青少年的成长，是传统儿童文学进行读者市场细分的积极探索和尝试。成人写的当代少年小说，无论是对生活过程的描述，还是对心理的刻画，终究隔了一层，很难准确捕捉青春期少男少女特有的细微、敏感的情感和心理变化，也很难把握电子媒介时代复杂的社会环境对青少年心理的影响，儿童文学评论家金波的分析正中要害：

> 以往的少年小说，由于作者是成人，或对少儿了解不多，作品很难摆脱成人的情节。过去写少儿题材，大体有如下几种：一种是怀旧的，写的不是当今少年生活，而是写自己已经消失的生活；另一种是请命式的，看到当今教育的弊病，为孩子们请命；还有一种是怜悯式的，感到当今孩子功课重，管教不得法，等等。①

1990年，高中生郁秀所写的《花季·雨季》出版，小说描写了中学生五光十色的生活，用少年的意识对社会生活进行了多视角思索，鲜明地表现了那一时代少年的个性特征和青春色彩，"《花季·雨季》的作者用少年人的目光审视社会。它同样有同龄人的苦恼与迷惘。但它又从认识上摆脱了同龄人的自我中心意识，用流畅的笔触刻画出一个个典型的当代少年形象"②。小说出版后风靡全国，在青少年中引发巨大反响，累计发行量超过百万册。青少年读者认为《花季·雨季》才是真正属于他们自己的书："读这本写实小说，就像读自己的心，读一个完完全全解剖后的自我，使我处处以第三者的眼光看自己。""对于《花季·雨季》不

---

① 海天出版社：《新时代的青春之歌——长篇小说〈花季·雨季〉出版前后》，《出版与发行研究》1999年第10期。

② 同上。

应是看后一时的激动，而应该更深层地思考。因为这体现的不仅仅是中学生普通生活中的喜怒哀乐，而真正道出了我们这一代人内心的呼唤，写出我们在风雨变幻中的社会潜意识，价值所在，它更是了解我们当代一座难得的桥梁、两代人沟通的好渠道。"①《花季·雨季》开启了青春文学的先河，少年人视角，少年人世界，少年人文笔，少年人思考，这些都是传统少年文学没有的特质，具有全新的文学意义，它意味着文学书写世界将不再是成人的专利，青春色彩将让文学更加多彩。

《花季·雨季》的成功并没有让青春文学成为热潮。20世纪90年代，图书策划观念尚在萌芽之中，图书出版界还没有意识到青春文学巨大的市场潜力；这一时期的大学生还没有遭遇扩招导致的就业难等问题，知识依然是改变命运的最佳捷径，生于贫穷时代的"70后"们还可以沉浸于"高考梦"中。因此，郁秀的成功并没有成为一种示范性力量，"70后"没能成为青春文学的弄潮儿。《花季·雨季》昙花一现后，20世纪90年代的青春文学市场基本一片空白，为"80后"的出场和"80后"文学景观的制造留下了足够的空间。

"80后"写作现象是偶然事件，如果不是"新概念作文大赛"的成功策划，如果没有大众传媒的热炒，如果没有互联网，"80后"作家会和前代人一样不声不响地登上文坛，至多获得一个"80年代出生作家群"的帽子，但不会衍化为声势浩大的媒介景观。但这么多"如果"就包含着必然了，这个必然就在于"顾客就是上帝"这一市场法则。在消费社会，阅读就是消费，文学作品就是消费品，既然是消费品，就得按照市场的规律办事，顾客需要什么，我们就得生产什么。白烨很清楚地看到了"80后"文学成功的原因：

　　青春文学——"80后"的渐成气候跟学生读者更愿意阅读跟

---

　　① 海天出版社：《新时代的青春之歌——长篇小说〈花季·雨季〉出版前后》，《出版与发行研究》1999年第10期。

自己的生活、情绪和趣味相近的作品有关。有了这样的阅读期待，才有那样的写作趋向。这样两个方面，是相辅相成的。过去我们的文学在针对不同年龄层次的读者上，相当地粗线条。在成人文学之外，就只有成人创作的儿童文学，而这只能对应小学生读者群体。而中学生读者群体这一块，要不去看成人文学，要不去看儿童文学，这实际上都与他们的实际需要并不对位。现在青春文学——"80后"的出现，弥补了这样一个长久以来的欠缺。从这个意义上讲，它是应运而生的。①

以青春文学出场的"80后"写作题材广泛，风格各异，但那些走红的作品都有一个共同的特征，那就是对现代青少年思想脉搏的准确把握。不论是自传式的自我解剖（如韩寒的《三重门》），还是天马行空的玄幻世界（如郭敬明的《幻城》）；不论是青春期的"残酷"记录（如春树的《北京娃娃》、李傻傻的《红×》），还是童稚化的成长日记（如蒋方舟的《青春前期》），以及忧伤的散文诗化的少年成长史（如张悦然的《樱桃之远》），这些"80后"文学作品都记录了"80后"生活和心灵的"原生态"，道出了他们的心声，其中，有对应试教育的辛辣讽刺和批判，有对友谊的虔诚渴望，有对爱情的朦胧想象和渴望，也有对性和暴力的渲染。"80后"读者在度过了"饥饿"的童年后，终于迎来了同龄人烹制的这道阅读大餐，在阅读中，他们找到了知音，得到了反叛的快感。

文化意义上的"80后"是一个"新部落"，不是所有出生于20世纪80年代的一代人都能够进入这个部落，研究者很准确地将这个部落居民的资格限定在了城市、独生子女、具有现代消费观念、新媒体的框架内②。中国社会的发展过程与社会阶层的分化是同步进行的，"80后"的父辈们大体生活在一个平均的时代，人与人之间的生活尤其是

---

① 白烨、张萍：《崛起之后——关于"80后"的答问》，《南方文坛》2004年第6期。
② 江冰：《80后文学与"80后"概念》，《文艺争鸣》2008年第10期。

物质生活差异不大，但"80后"们却成长在不平均或者说差异越来越大的时代，改革开放后中国的发展制造了差异——城乡差异、贫富差异、教育差异等，这些差异在"80后"内部筑起了一道道篱笆，成为出生于 20 世纪 80 年代的一代人内部不同群体之间的围墙。"80后"写作现象是一种城市青年亚文化，是"80后"新部落的世界，部落以外的人无法理解，那些农村的"80后""就很难理解城市'80后'同龄人为什么那么喜欢郭敬明、张悦然、春树，那么喜欢玄幻小说"①。

"80后"新部落的形成与电子媒介时代的时尚化消费潮流密切相关。消费时代，大众传媒引领消费时尚是再正常不过的事情。从小伴随电视长大，时尚文化已经植入了"80后"意识深层，到 21 世纪，大部分"80后"已经长大，有了自主消费能力，一个新的时尚消费"部落"兴起。时尚是求新、求异和从众心理的矛盾混合体，人们对时尚的追逐满足了自我身份认同的需要。通过时尚消费，个体得以确证自我的存在价值和独特性，但是，这种确证需要依靠一个群体来实现，从众不可避免。"80后"的时尚消费不仅要满足自我确证的需要，还要解决这一时期他们特有的获得同一自我角色的问题。韩寒的叛逆、郭敬明的忧伤、李宇春的中性……这些"80后"明星各不相同的表象下有一个共同的"被看"主题——反叛＋成功，而这恰恰是"80后"的角色期望定位。因此，"80后"对青春文学的追捧寻求的是集体身份的认同，是一种集体反叛的快感，其特点是："个体不再寻求太阳神式的区别，而是把自己沉浸在酒神式的集体当中，除了走到一起并成为集合体的一员以外，没有任何义务。"②

"80后"新部落的形成是互联网直接推动的。互联网的出现从根本上突破了个体信息传递的时空限制，使分布在不同地域的人方便地实现信息共享，人们可以在更大的范围内重新聚集，如同生活在一起一

---

① 姚树义：《不要忘记还有一群农村"80后"》，《中国青年报》2006 年 12 月 14 日。

② ［英］迈克·费瑟斯通：《消解文化——全球化、后现代主义与认同》，杨渝东译，北京大学出版社 2009 年版，第 65—66 页。

样，麦克卢汉将电子媒介的技术变革所导致的这种社会效应称为"重新部落化"，他曾大胆预言："新型电子条件下的相互依存性，把世界重新塑造为一个地球村的形象。"① 现在，麦克卢汉的预言已经成为现实，互联网或者说赛博空间（Cyberspace）促成了人类的重新聚居。互联网上，兴趣、爱好相同的网民聚集在"＊＊论坛""＊＊吧""＊＊之家""＊＊群"等形形色色的虚拟社区中，分享信息，交流意见，聚合成了一个个新的部落。在"80 后"青春文学的消费过程中，网民自发建立以偶像为标志的虚拟社区和"80 后"写手自己组建的以博客为主的网络交流平台是"80 后"写作文学景观的重要组成部分。这些网络部落将"80 后"集结为一股强大的网络话语力量，顺我者昌，逆我者亡，凡是反对他们偶像的人都会成为这个"部落"共同的敌人，"韩白之争""陶萧之争"中代表传统文化势力的白烨、陶东风都成了这种"网络暴政"的牺牲品。

"80 后"新部落为"80 后"提供了集体认同空间，青春、时尚、叛逆是这个空间的主导价值观。这个"新部落"在"80 后"与父辈以及同辈群体中的其他人中间建立了明确的界限和壁垒，它依靠强大的消费能力和集体话语力量宣告了消费时代新一代主人的出场。有了这个部落，有了这个强大的集体，"80 后"终于可以骄傲地宣称"我的地盘我做主"，青春是"80 后"的，"青春文学"是"80 后"的，"青春文学"市场是"80 后"的。我们无须为"80 后"在"韩白之争""陶萧之争"中的污言秽语难过，因为我们也曾经叛逆，只是我们没有他们那样幸运，可以找到强大的集体家园；同样，我们也无须为"80 后"写作忧心忡忡，因为文学之花应该是多样的，正如作家莫言所说："如果所有的人都写和托尔斯泰一样的经典作品，那这个社会也太枯燥和沉重了，百花齐放才是最好的。"②

---

① ［美］保罗·莱文森：《数字麦克卢汉：信息化新纪元指南》，何道宽译，社会科学文献出版社 2001 年版，第 95 页。

② 华少君：《青春文学：热销的文化快餐》，《今日中国》2004 年第 9 期。

第八章

第二媒介时代的文学研究

1985 年"先锋文学运动"以前，文学一直是中国社会的中心之一。无论是作为改革开放前"极左"政治的放大器和传声筒，还是作为改革开放后改革话语的"探头"，文学与政治始终紧密联系在一起，以宏大叙事的方式记录那个时代中国的政治进程，是那个时代老百姓最重要的政治风向标和精神食粮。"先锋文学运动"使当代文学挣脱了政治的怀抱，确立了纯文学的价值取向，但技巧实验大大降低了作品的可读性，文学向"本位"回归的同时逐渐移出了社会的中心。20 世纪 90 年代中后期，消费主义浪潮席卷中国，传统文学场域的坚强堡垒在市场的冲击下轰然倒塌，在以娱乐为宗旨的电视等新媒介的冲击下，文学快速滑落到边缘，遭遇了前所未有的危机。

21 世纪前后文学所呈现的复杂面貌引发了我国学术界对文学本体研究的热潮，其中心话题有两个，一个是"文学性"，另一个是"经典"，在文学理论构建中，前者用以描述文学的本体属性，形成文学与非文学的界限，属于认识论范畴；后者用以描述文学的理想状态，形成好与坏、高雅与通俗的界限，属于价值论范畴。在第一媒介时代向第二媒介时代转型时期，学术界的"文学性""经典"讨论对中国文学有什么意义？对"80 后"写作而言意味着什么？第二媒介时代文学研究的对象还是文学吗？第二媒介时代应该怎样研究文学？

第一节　"文学性"命题：文学研究的自救

历史上，每一次提出文学本体问题都与文学和文学研究面临的危机息息相关。

20 世纪末，俄罗斯文学迎来了新的繁荣，进入"白银时代"，但执掌俄罗斯文学批评牛耳的历史文化学派无视文学艺术的审美属性和艺术规律的复杂性，仅仅将文学作品看作社会历史文献，只重视作家生平和心理以及社会政治、经济、文化对文学的影响等方面的研究，从而使文学研究沦为哲学研究、历史研究或社会心理研究的附属部分。在"重估一切价值"社会思潮的影响下，新兴的俄罗斯形式主义学派旗帜鲜明地提出了"文学性"的研究主题，雅各布森指出："文学科学的对象并非文学，而是'文学性'，即使一部既定作品成为文学作品的特性。"[①] 形式主义学派的目的是通过确立文学"内质"，将其与其他社会文献区别开来，为文学和文学研究争得独立的地位。那么，什么是文学的内质呢？形式主义学派将重心放在了文学的艺术形式和结构上，根据审美感知的一般规律，提出了"陌生化"的概念。"陌生化"就是要将现实中的事物在文学作品中变形呈现，从而打破人们对熟悉事物自动感知的惯性，获得审美感知。什克洛夫斯基说："艺术的手法就是使事物陌生化的手法，是使形式变得模糊、增加感觉的困难和时间的手法。"[②] 从具体方法而言，一方面要改变故事的结构形式，另一方面要改变语言的形式，通过强化、重叠、颠倒、浓缩和扭曲等

---

① ［美］乔纳森·卡勒：《文学性》，［加］马克·昂热诺等：《问题与观点：20 世纪文学理论综论》，史忠义、田庆生译，百花文艺出版社 2000 年版，第 30 页。

② ［俄］什克洛夫斯基：《艺术作为手法》，［法］茨维坦·托多罗夫：《俄苏形式主义文论选》，蔡鸿滨译，中国社会科学出版社 1989 年版，第 65 页。

方式，打破日常语言的节奏、韵律和结构，转变为"难懂的、晦涩的、充满障碍的"文学语言，从而延长被接受的时间，产生"陌生化"效果①。

俄罗斯形式主义学派对文学本体的创新性解释大大提高了文学研究的科学水平，改变了以往文学批评仅仅依靠经验、直觉、感悟的局面，开启了文学科学化研究的先河，对此后的文学研究影响深远。

直接承续形式主义血脉的是 20 世纪 20 年代兴起的英美新批评派。瑞恰兹通过对诗歌语言和科学语言的实证分析，指出科学语言使用的是符号语言——"符号"，与指称客体相对应，目的是传递信息，并不关心情感效果，注重正确性、真实性和可验证性；诗歌语言使用的是情感语言——"记号"，没有相对应的客体，目的是表达情感，注重符合情感的真实，即让读者在情感上相信。兰色姆提出了"构架—肌质"说，认为文学研究的对象就是作品，作品表现世界本质存在的能力在于肌质，而非架构，其中，作品内容的逻辑陈述就是"架构"，目的是传达主题意义和思想内容，而作品中的细节就是"肌质"，与"架构"分立。此后，新批评派在文学语言的本质特征界说方面进行了细致的探索，总体而言，都在强调文学语言是"扭曲"的，不仅与日常生活中的语言不同，而且通过语境的影响，与词语的原意产生了偏离现象，产生了表面上"词不达意"，但感受上"言有尽而意无穷"的审美效果，而这正是"文学性"的本质。例如，布鲁克斯的"悖论与反讽"说从修辞学的角度入手，指出悖论和反讽是诗歌语言与其他问题区分的基本特征；退特的"张力说"从语义学角度出发，提出诗歌语言追求的是涵盖词语全部的内涵与外延，形成最大的语言"张力"；燕卜逊的"复义理论"具体分析了文学语言中的复义现象，认为文学语言的基本特征就是多义性。

---

① ［俄］什克洛夫斯基：《艺术作为手法》，［法］茨维坦·托多罗夫：《俄苏形式主义文论选》，蔡鸿滨译，中国社会科学出版社 1989 年版，第 76 页。

新批评派关于"文学性"的研究为分析、欣赏文学作品提供了非常具体的范畴和操作方法，此后，以作品文本为中心的文学批评模式风靡欧美，也成为大学文学批评教育的主要内容。但是，这种理论的一个先天的缺陷就是它仅仅单向论证了文学一定有"文学性"这个命题，却回避了对这个问题的逆向思考，即"文学性"是否只属于文学。虽然新批评派在诗歌语言和科学论文语言的区别上进行了大量的论述，但面对那些具有极强艺术感染力的叙事性历史著作、个人传记等时，就缺乏足够的解释力。例如，司马迁的《史记》、班固的《汉书》、爱德华·吉本的《罗马帝国衰亡史》等既是历史"实录"，追求叙述的客观性、真实性，又具有很强的艺术感染力，文字优美典雅，细节描写入微感人。那么，它们到底是历史文献还是文学作品呢？取其一，显然违背客观现实，二者兼取，文学的独特性又从何谈起呢？如何认识这种现象呢？解构主义代表人物德里达开辟了新的道路。

德里达认为，传统的关于文学语言和其他语言形式区分的一个错误前提假设就是口头语能够完善地表达思想，具有稳定的结构和意义体系，书写只是口头语言的派生物，始终围绕着"中心"来彰显意义，这个"中心"就是逻各斯中心主义奉为最高本体的本质、存在、实体、真理、理念、上帝之类的概念。他吸取了索绪尔符号理论的两个创造性观点——任意性原则和差异原则（能指与所指的联结方式是任意的、约定的，能指不具有任何固定的确切意义，只能起到与其他能指相区别的作用），发明了"异延"（differeance）这个令人费解的术语，用来表示差异的本源或者说生产，是差异之间的差异以及差异的游戏。在德里达看来，意义不能依靠能指与所指的确切转换来获得，而只能依靠能指与所指的过渡来显示，由于能指与所指的转换存在空间上的差异和时间上的延宕，这种转换就成了一个无限延续的过程，因此文本不是一个包含对称的能指和所指，含义明确、界限分明的结构，而是一个不断转换的游戏，不存在确定的意义。既然文本的意义主要是能指之间的差异游戏带来的，那么哲学语言和文学语言就没有什么本质区别。在形式上，哲学语言和文学语言同样是一种隐喻的结构，由于"认真"的哲学自以为超越了文本的隐喻结构，认为无须解释就可以彰显真理，从而极力地避免了修辞性和虚构性，这恰恰封闭了自身；相反，自由游戏的文学创造性应用各种修辞手段和虚构手法，语言形式给人以无限联想的开放性，比哲学本身更有哲学意味，这样，哲学反而成了文学的一个特殊的例子。

德里达独辟蹊径，通过解构语言的意义"中心"将哲学拉下神坛，"文学性"扩张到其他非文学书写领域，"使文学走出了蜗居的城堡，跨过了固守的边界，以叙事、描述、隐喻、虚构和修辞等造成'差异''间隔''空隙'的游戏给所有非文学写作统统打上'文学性'的印章纹样，将其收编于自己的旗下，文学表现出一种扩张、侵略甚至殖民的冲动，而种种非文学写作则成了文学统治的顺民"①。德里达构建的"文学统治"理论途径并非意味着文学本身的繁荣与昌盛，恰恰相反，德里达的学术生涯与电子媒介的崛起同步，他清醒地看到了传统文学在电子媒介的无情蚕食下步步退缩的现实困境乃至绝境："在特定的电信技术王国中（从这个意义上说，政治影响倒在其次），整个的所谓文学的时代（即使不是全部）将不复存在。哲学、精神分析学都在劫难逃，甚至连情书也不能幸免。"② 因此，"文学统治"仅仅代表了一种新的"文学性"理论构建思路，意义在于为"文学时代终结"后的文学研究者寻找新的研究对象，对于这一点，国际文学理论学会主席、解构主义文学理论的代表人物之一、加州大学厄湾分校批评理论研究所的文学教授希利斯·米勒有更加深刻的认识。

新千年伊始，在电子媒介已经全面占据上风的第二媒介时代，米勒站在技术主义的立场借上面提到的德里达的话公开宣告了"文学研

---

① 姚文放：《"文学性"问题与文学本质再认识——以两种"文学性"为例》，《中国社会科学》2006 年第 5 期。

② 德里达：《明信片》，转引自［美］J. 希利斯·米勒《全球化时代文学研究还会继续存在吗?》，国荣译，《文学评论》2001 年第 1 期。

究的终结"，他指出，"文学研究的时代已经过去了。再也不会出现这样一个时代——为了文学自身的目的，撇开理论的或者政治方面的思考而单纯去研究是否还会逢时，或者还会不会有繁荣的时期"①，传统文学理论"正在走向一种现在还不可知的新形态"，这种"新形态"的内涵与框架由"相互矛盾的两方面组成"，即"传统意义的文学"和"新形态的文学"，前者指以语言为媒介的文学，后者是传统的文学与电视、电影、网络和电脑游戏等其他电子媒介通过数字化互动后形成的一种新形态的"文学"："我这里要用的词，不是'literature'（文学），而是'literarity'（文学性），也就是说，除了传统的文字形成的文学之外，还有使用词语和各种不同符号而形成的一种具有文学性的东西。"② 从米勒的话语中我们可以看出，米勒并非要"终结"文学或"终结"文学研究，而是他已经认识到，新媒介环境下，传统意义上的文学必将走向黄昏，而传统文学理论和研究路径的阐释能力越来越弱，生存空间日益逼仄，所以，他创造性地将德里达的"文学统治"思想推向电子媒介领域，这为第二媒介时代文学理论的转型指明了方向。

第二节　中国的文学危机与"文学性"论争

米勒的"文学时代终结"的警世危言加剧了国内主流文坛和学术界对文学现状的焦虑。在关于"文学性"这个问题的理论构建上，我国学术界整体上还处于"补课"阶段，对其内涵的阐释没有超越西方

---

① ［美］J. 希利斯·米勒：《全球化时代文学研究还会继续存在吗？》国荣译，《文学评论》2001 年第 1 期。

② 周玉茹：《"我对文学的未来是有安全感的"（专访希利斯·米勒）》，刘蓓译，《文学报》2004 年 6 月 24 日第 2 版。

相关理论的范畴①。我国学者将更多的注意力放在了事关文学和文学研究命运的关于"文学性扩散"这个命题的论争上，试图为自己和文学找到在第二媒介时代的安身立命之所。

余虹是争议的始作俑者，他认为文学"终结"是后现代条件下文学的基本状态，"终结"是一种隐喻，确切含义是"边缘化"，有两大含意："1. 在艺术分类学眼界中的文学终结指的是文学失去了它在艺术大家族中的主导地位，它已由艺术的中心沦落到边缘，其主导地位由影视艺术所取代。2. 在文化分类学眼界中的文学终结指的是文学不再处于文化的中心，科学上升为后现代的文化霸主后文学已无足轻重。"与此同时，"后现代思想学术的文学性""消费社会的文学性""媒介信息的文学性"以及"公共表演的文学性"表明"文学性"已经蔓延到社会生活的各个层面并获得支配统治地位。因此，当前文学研究的危机是"研究对象"的危机，研究的重点当然应该转向跨学科门类的文学性研究，完成两个重心的转向："1. 从'文学'研究转向'文学性'研究，在此要注意区分作为形式主义研究对象的文学性和撒播并渗透在后现代生存之方方面面的文学性，后者才是后现代文学研究的重心；2. 从脱离后现代处境的文学研究转向后现代处境中的文学研究，尤其

---

① 最具代表性的当属史忠义的相关研究。他详细梳理了西方关于文学性的形式主义、功能主义、结构主义、文学本体论以及涉及文学叙述的文化环境的五种定义后，质疑："既然西方学者承认语言与话语的联系，为什么还要把两者对立起来，把文学语言孤立起来，把文学语言与人文社会科学各种学科的语言彻底对立起来呢？为什么要挖空心思地搜索关于'文学性'的绝对意义、区分文学语言与话语以及其他人文社会学科语言的绝对标准呢？"他认为："'文学性'是人类在长期认识过程中逐渐形成的一个比较笼统、广泛，似可体会而又难以言传的概念。既然这一概念存在于我们的心中，那么还是应该尽可能地予以界定。只不过这种定义应该是宏观的、开放性的定义，而非微观意义上的死标准。"由此，他提出了自己的"文学性"定义："文学性存在于话语从表达、叙述、描写、意象、象征、结构、功能以及审美处理等方面的普遍升华之中，存在于形象思维之中。形象思维和文学幻想、多义性和暧昧性是文学性最基本的特征。文学性的定义与语言环境以及文化背景有着密切的联系。在'文学性'的定义中，接受者的角色是主动的，而非被动的。"仔细分析，这个定义无非是传统的文学审美论、形式主义和新批评派的语言观和读者接受理论的融合而已，没有新的创见。参见史忠义《"文学性"的定义之我见》，《中国比较文学》2000 年第 3 期。

是对边缘化的文学之不可替代性的研究。"① 陶东风承续了余虹的思想，进一步指出，20 世纪 90 年代以来，在文化市场、大众文化、消费主义价值观，以及新传播媒介的综合冲击下，中国文学/文化活动经历了去精英化的过程（第二次"祛魅"），与之紧密联系的是文学的边缘化和纯文学的扩散现象，其中，"文学性的这种泛化现象构成了文学'祛魅'的最重要的经济/物质基础"②。

吴子林、张开焱等人驳斥了"文学性扩张"的看法。吴子林认为，"'文学性扩张'或'日常生活审美化'的学者，从来就不对'文学性'或'审美化'的内涵作出一个最为基本的限定，而在论述过程中含糊其词"。他认为，"文学性"至少包括"审美"和"语言"两个维度，从"审美"维度而言，"文学性扩张"不过是审美的世俗化；从"语言"维度而言，"文学是将语言的'诗性'发挥得最为淋漓尽致的一种话语实践，是语言呈现其自身结构和功能的典范"，是区分文学和其他流行文化的分水岭，由此，他认为，"'文学性扩张'的言说是"细枝末节"的事情"，不能从根本上解决文艺学的发展问题，文艺学的研究必须正视文学面对的迫切问题——人的现实生存境况，"无论我们是否进入了'读图时代'，文学都是永远存在的，文学研究也是永远存在的。我们没必要因为消费主义的时尚而转向，进行所谓文艺学的'自我救赎'"。③ 张开焱则认为，现实社会生活中文学性覆盖面越来越窄，社会科学的某些成果没有文学性，精神文化样式的互渗自古有之，"不存在到当下的所谓后现代才'疯狂扩散'的问题"④。

"文学性扩张"和"反文学性扩张"的论争是文学被边缘化后我国学术界为文学研究寻找出路所做的努力，所不同的在于前者承续了米勒的思想，试图通过"文学性扩张"的理论构建将文学研究的领域扩

---

① 余虹：《文学的终结与文学性蔓延》，《文艺研究》2002 年第 6 期。

② 陶东风：《文学的祛魅》，《文艺争鸣》2006 年第 1 期。

③ 吴子林：《对于"文学性扩张"的质疑》，《文艺争鸣》2005 年第 3 期。

④ 张开焱：《文学性真在疯狂扩张吗？——与陶东风教授商榷》，《文艺争鸣》2006 年第 3 期。

展到文化研究；后者则坚持精英主义立场，固守"文学性"的界限，认为"文学性"是区别文学和其他艺术形式的根本标志，在新的文化语境下，文学研究的对象依然是文学，要通过对文学经典的阐释，彰显"诗意的栖息"的人生境界，对抗消费主义、大众文学、电子娱乐媒介对人类心灵的麻醉和腐蚀。这两种观点孰是孰非，不能简单置评，因为赞同前者，会被后者指责为民粹主义、实用主义、犬儒主义；赞同后者，又会被前者指责为精英主义、抱残守缺、空谈主义。只有站在第二媒介时代的立场，重新思考"文学性"问题，我们才能把握文学本身发生的变化，寻找文学未来的发展方向，为文学研究的命运准确把脉。

第三节　媒介演进视域中的"文学性扩张"

迄今为止，"我们并没有解决文学性的问题，并没有找到能够确定文学性的鉴定标准；这种状况仅仅意味着试图分离出文学生产的决定因素和习惯的各路研究大军殊途同归，共同为文学研究提出一些重要的路径"①。的确，"文学性"研究始终在不停地前进，那些殊途同归的重要路径似乎已经接近了问题的真相，但在时代演进过程中，随着文学、其他艺术以及社会生活的发展，这些被用来说明文学本体属性的"路径"又被不断地否定，使"文学性"本体言说成了一个迷宫、一个陷阱。为什么会这样？必须从"文学性"这个话语的出生说起。"文学性"话语是第一媒介时代文学理论的产物，更确切地说是印刷媒介时代的产物，电子媒介的发展让"文学性"成了一个飘摇不定的理论符

---

① ［美］乔纳森·卡勒：《文学性》，［加］马克·昂热诺等：《问题与观点：20 世纪文学理论综论》，史忠义、田庆生译，百花文艺出版社 2000 年版，第 41—44 页。

号、一个越理越乱的理论迷宫，正如麦克卢汉所言："西方的价值观念建立在书面词的基础上，这些观念已经受到电话、电台、电视等电力媒介相当大的影响。"①

文学创作已有几千年历史，口语时代人类已经创作了许多非常优秀的史诗、神话传说、诗歌等文学作品，但我们头脑中关于"文学"的概念，即现代意义的文学，历史却非常短暂。1800年，法国浪漫主义女作家、文学批评家斯达尔夫人发表了《从文学与社会制度的关系论文学》一文，第一次将之前近四百年用来泛指"著作"或"书本知识"的"literature"一词用来专指"想象的作品"（该书中有"论想象的作品"一章），这是"literature"一词第一次专指"文学"并使之获得了现代意义。在中国古代，"文学"一词泛指"博学"（尤指精通儒家经典）和"辞章修养"，前者如"文学，子游、子夏"（《论语·先进》），汉唐时期所设"文学"这一官职皆取此意；后者如："非老于文学，其谁宜为？"（元结《大唐中兴颂序》），直到五四新文学革命时期，在西学东渐大潮的影响下，"文学"一词才获得现代意义，被用来专指小说、诗歌、散文和戏剧等"想象的作品"。现代意义的"文学"不仅专指"想象的作品"，还与文字、纸张等媒介必然相连，即"文学"是出现在纸质媒介上、用文字写成的"想象的作品"，这一点对理解"文学性"这个术语具有重要意义。

静默的文字世界改变了人们与世界接触的方式，人类从感觉依存向知觉依存发展。语言出现以前，人类的所有感官都会投入注意的客体上，人类世界局限于眼、耳、手等感觉器官所及的地方，是一个感觉世界，超出感觉世界的部分永远不可知。口语出现后，人类的传播力大大增强，感官对认识活动的卷入日益减少，但口语通过人体传播，具有高度的感官依赖性，必须依赖口、耳朵、眼睛等感觉器官，因此，

---

① ［加］马歇尔·麦克卢汉：《理解媒介——论人的延伸》，何道宽译，商务印书馆2000年版，第118—119页。

口语能够表达的是显著的意义，要求视觉、听觉的整体性投入。"口语词使人的一切感官卷入的程度富有戏剧性"①，这是口语时代人类经验的主导形式，这也是唯一识字的土著人在为他人读信时要塞上耳朵的原因，因为他觉得这样做就不会听见别人书信里的隐私②。文字是人类创造的第一套体外化传播系统，可以独立于人类而存在。文字的出现将人类的认知活动集中于视觉，其余器官不再直接卷入。"书面词语用线性序列的形式详细表达了口语词汇中稍纵即逝的隐蔽的含义"③，文字的意义容量和保存功能彻底地突破了人体本身所受的局限。借助文字，人类的历史、经验、想象被稳定地记录下来，成为可供反复思考的对象，并进而建立对世界的图像。文字强大的记录功能让人类拥有了记录自我发展的功能，在文学中，人们构建了作为现实世界影射物的精神世界，成为人类生活的重要精神背景。书本将符号和意义封闭起来，成为知识和真理的"家"，并将日常生活排斥在外。因此，这一阶段的文学与生活的关系相互独立，文学是文学，生活是生活，文学永远将自己局限于书页之中，留给读者的永远只是一个想象的世界。亚里士多德认为艺术源于人类模仿的天性，艺术是对自然的模仿，可以模仿过去有的或现在有的事（历史或现实题材）、传说中的或人们相信的事（神话或寓言题材）、应当有的事（理想的虚构题材）。亚里士多德的观点切中了现代大众传媒事业兴起前文学的本质——文学从属于世界，是对世界的模仿。

以报刊为代表的现代大众传播事业的发展将文字推向人类的每一个角落，使人类对世界的认识越来越依赖于文字，文字世界成了现实世界的图像，对文字世界的苦思冥想彻底取代了自身与世界的亲密拥抱，文字成了统治人类生活的超级意识形态。由于受教育权的普及，

---

① ［加］马歇尔·麦克卢汉：《理解媒介——论人的延伸》，何道宽译，商务印书馆2000年版，第113页。

② 同上书，第114页。

③ 同上书，第115页。

本专属于上层阶级的文化权利逐渐向普通民众扩散。伴随社会的进步，人类闲暇时间越来越多，大众对雅致生活趣味的需求产生了。电子传媒的兴起使人类制造符号的能力呈几何级数增长，在新的媒介时代，一切文化形式包括文学，都变成直接作用于感官的视觉影像，从审美世界滑落到消费品，文化符号渗透人类生活的方方面面。在研究者看来，原本属于构建文学这个"想象世界"的要素——形象、修辞、隐喻等不仅扩散到其他文化产品领域——广告、电影、电视等，而且扩散到日常生活中，成为人类生活方式的有机组成部分，也就是说，文学成了世界的图像，世界开始模仿文学。正是在这个意义上，后现代主义者提出了"日常生活的审美化""文学性扩散"这一命题。

事实真是这样吗？麦克卢汉说："印刷的书籍促使艺术家尽其所能，把一切表现形式压缩到印刷文字那种单一的描述性和记叙性的平面上。电子媒介的出现立即把艺术家从囚衣的束缚下解放出来。"① 文字的世界永远是无机的、静默的，永远不能容纳富有活力的现实世界。文学将世界压缩到线条化的字里行间，在压缩过程中，一系列文学表现手法应运而生，这些表现手法被研究者指认为文学独特性的标志——"文学性"。但这些表现手法不是文学的专利，而是日常生活的常态，虚构、隐喻、象征弥漫在日常生活中，文学只是将本属于生活的东西搬到了纸上，研究者将它们系统化、抽象化后居然变成了"文学"的专利。生活是文学的源泉，不仅仅指内容，也包括形式。生活自身具有表现形式，作家只是将这些形式文字化了，虽然伟大的作品将这些形式加以创造性地发展，但生活永远是"文学性"的源泉，换句话说，如果要借用"文学性"这个词，那么，"文学性"应该是生活的表现形式，不仅仅属于文学，不能将文学视为一切其他虚构叙事艺术形式的源泉。在电子媒介时代，图像符号对文字的影响已经尽显

---

① ［加］马歇尔·麦克卢汉：《理解媒介——论人的延伸》，何道宽译，商务印书馆 2000年版，第 89 页。

无疑，如张悦然小说中对电影叙事艺术的借鉴，郭敬明对日本漫画的模仿，以及集多种媒介表现形式于一身的网络文学、纸质"双读本"等。生活向所有人敞开，作家、画家、摄影者、广告制作者乃至每一个人都可以用生活的表现形式表达自己对这个世界的想象。基于这些原因，本书认为，用"文学性"确认文学独特性的道路只能是一个不断深入又不断被堵死出路的迷宫，当然，这个迷宫充满魅力，但永远没有出口。

"文学性扩张"讲述的是文学向其他艺术和生活单向度影响的过程，这种思想将文学树立为其他媒介艺术和生活的源泉，从本质而言是第一媒介时代文字造就的理性主义霸权的产物。文学作为第一媒介时代最具影响力的艺术，必然会对同时代的其他艺术形式以及电子媒介时代出现的影视艺术、网络艺术等产生影响，后者中的确出现了大量以前只属于文学的表现形式和内容，但我们不能说，这些表现形式是文学的专利，可以用来标示文学的独特性，而只能说文学最先占有了"文学性"。事实上，即使是在第一媒介时代，文学和其他艺术表现形式之间的互相影响、互相渗透也是常态，如王维被苏东坡评为"诗中有画、画中有诗"，即指其诗有画意，色彩艳丽；画有诗境，格调高雅。诗、画这些艺术形式都属于精英艺术范畴，互相渗透被认为是自然之事。但当文学的表现手法在各种商业化、通俗化的电子媒介艺术产品中出现，并因此导致文学的危机时，"文学性扩散"的命题就出现了。因此，与其说电子媒介的出现导致了"文学性扩散"，不如说电子媒介的出现打破了文学独占"文学性"的局面。

"文学性扩散"思想从根本上否认了生活是文学源泉的基本常识，否认了电子媒体环境下文学与其他媒体艺术双向互动的现实，是文学沙文主义思想的典型表现，对我们接近当代的文学创作实践形成了极大的阻碍。一方面，在这种理论前提下，研究者只看到了文学对其他媒介艺术的影响，却忽视了其他媒介艺术对文学的影响，尤其是影视、互联网对文学的影响，使他们不能正确认识当代文学/文化实践的社会环境的变化。另一方面，继续保持文学沙文主义无疑是一种鸵鸟策略——将头埋在地下不愿正视现实，文学统治的时代已经成为历史，影视等视觉艺术必将成为第二媒介时代最具影响力的艺术形式，回避这一现实并不能显示出文学的高尚和纯洁，只有承认这一现实，认真分析第二媒介时代文学环境的变化，批判其权力属性，才能保持理论界对当前文学实践的话语权。

互联网对中国文学最具革命性的冲击表现在两个方面，一是自由的互联网培育的自由精神的成长，"80后"写作是这种自由精神的初步体现；二是高科技打造的互联网从形式上改变了传统符号体系，在互联网上，人类历史已有的视听符号——文字、图片、声音、视频都可以在互联网上呈现。如果说"20世纪，是一个反对文学性的年代"[1]，那么，21世纪更是如此。在符号已经变得比现实生活更真实的21世纪，文学研究可能只有两条路径可以选择：一是不关注现实文学实践，固守传统，继续抱着经典过日子，对经典进行一轮又一轮的阐释，这种研究的本质无非是躲在书斋中的精英主义者的智力游戏和文字游戏罢了。二是直面现实文学实践，将文学研究纳入文化研究的大圈子，拓展文学研究的空间。事实上，新中国成立以后，我国占主流地位的以马克思主义思想统领的文学研究——社会历史批评从来就没有把"文学性"当作主要研究的对象，着重研究的始终是文学以外的东西。如果说"文学性"应该是文学研究的对象，那么，以"文学性"为中心的研究从来就不是我国文学研究的主流。从本质而言，我国的文学研究本身就是文化研究，社会历史批评就是文化研究的一种路径和方法，只是由于文学研究者只关注文学，而很少将目光投向其他大众文化领域，使我国的文学研究者始终有一个幻觉，即自己是文学研究者而非文化研究者。

---

① 程光炜：《反对文学性的年代》，《花城》2001年第2期。

结　语

　　"80 后"写作是 21 世纪初最重要的文学景观，它"既是文化工业和诸如影视、广告、新闻、互联网和新式多媒体等多种媒体形式相结合的产物，也是经过大量投资、研发、创作和试验后的媒体文化产品。这些奇观也是当代重大社会政治问题的反映，因此它们才能引起广泛的关注，受到大众的欢迎，甚至让他们着迷"①。"80 后"写作文学景观蕴含着年轻一代对以父权为表象的集权主义意识形态和文化体制的全面抗争和颠覆的后现代政治意义，它所预示的文化变革是中国现代化过程的必然结果，是当代中国社会民主发展进步的重要组成部分，只不过在互联网的参与下，这个过程被大大加快了。

　　集权主义政治意识形态和文化体制的基础是精英主义思想，这种思想认为社会前进的动力源于精英，精英追求灵性、良知的体认，具有成长的自觉，知行合一地追求真善美，他们的行动体现了真正的创造力，而社会中的绝大多数人（大众）不过是随波逐流的乌合之众，这些人必须予以教导才能让他们各安其位。因此，社会的政治、经济、文化的决策权必须掌握在精英手中，大众只有认同精英统治，努力向精英标准靠拢，才能摆脱蒙昧、野蛮的状态，社会才能进步。对文化而言，精英主义思想导致了高雅和通俗的鸿沟，代表精英趣味的高雅

---

　　①　[美]道格拉斯·凯尔纳:《媒体奇观——当代美国社会文化透视》，史安斌译，清华大学出版社 2003 年版，第 35 页。

文化被视为具有创造力的，能够给读者带来审美体验；大众文化被视为大众无休无止的欲望的代表，它是一种麻醉剂，读者沉溺其中不能自拔。在精英主义者看来，大众文化与精英文化是零和博弈关系，高雅文化的危机是大众文化冲击的结果，大众文化专注于刺激读者的感官，撩拨他们的欲望，让读者感到刺激、热情而不是优雅、冥想。集权主义政治意识形态和文化体制下，精英掌握了文化传播权，他们运用各种"把关"手段，构建了符合统治阶层利益的一元化文化格局。陶东风对文学精英主义和媒介的关系有精彩的论述：

> 文学和文化活动的精英化是由于各种原因造成的，其中最重要的原因之一是精英知识分子对于文学和文化生产的各种资源，特别是媒介资源的垄断性占有。从事文学活动的首要资源当然是人的识字能力，但现代普及性的教育制度逐渐打破了精英阶层对于识字能力的垄断，这使得识字能力不再成为一种稀缺资源。但是，即使是在教育普及程度已经极大提高的现代社会，真正能够在媒体上公开发表作品、从事社会意义上的文学和文化生产的仍然是少数精英，原因是媒介资源仍然稀缺并被少数精英垄断。这种垄断直至 20 世纪末才被打破。大众传播，特别是互联网的发展和普及，使得精英对于媒介的垄断被打破，网络成为城市普通大众，特别是喜欢上网的青年一代可以充分利用的便捷手段。于是，写作与发表不再是一个垄断性活动，而是普通人也可以参与的大众化活动。网络是最自由、最容易获得的媒介，发表的门槛几乎不存在。大量"网络写手"和"网络游民"不是职业作家，但是往往比职业作家更加活跃。这是人人可以参加的文学狂欢节，是彻底的去精英化的文学。[1]

---

[1]　陶东风：《新时期文学三十年：作家"倒下去"，千万"写手"站起来》，《中华读书报》2008 年 10 月 8 日第 11 版。

现代化的历史进程必然带来自由与民主的成长，必然冲击集权主义政治意识形态和文化体制。在资本主义几百年的历史发展中，西方大众文化依靠市场的力量枝繁叶茂，前文所述的西方文学经典的危机就是以市场为基础的文化民主思想发展的结果。虽然精英主义者将这种文化民主界定为市场霸权，但我们不可否认的是，高雅文化和大众文化的市场竞争并没有导致高雅文化的彻底灭亡，而是让它们重新确立了各自的位置。

中国的现代化历史并不长，改革开放后政治民主进程的发展、市场力量的逐渐成长壮大必然冲击集权主义文化体制，文化民主和文化多元化历史潮流势不可当。但是，中国特殊的国情和精英文化传统使集权主义文化体制在很长的历史时期内都可以继续延续自己的统治，从而弱化了市场的文化革命潜力，延缓了文化民主和文化多元化的进程。非常偶然的是，互联网来了。被当作未来经济发动机引入中国的互联网成为21世纪中国最令人瞩目的民主力量，它赋予每个人进行大众传播的权力，从就事论事的公开评论到创作即发表的网络文学实践，中国的"草根"们终于拥有了以前只属于精英的权力。从"虐猫事件"到"日记门"，从"周老虎"到当下各种的"被"事件①，从"恶搞"到网络小说，中国网民表现出的激情、智慧和力量改变了中国的政治、经济、文化版图，"80后"写作只是互联网推动的文化变革的标志。

文学是自由的事业，虽然在高压的政治专制时期，也出现了众多伟大的作家，出现了许多难以企及的经典，甚至由此出现了"穷而后工"的文学思想，但人类的终极价值追求不是文学，而是自由和平等。文学自由或者说文化民主比经典更重要，不自由时代的伟大经典与人类的普遍的文学自由相比，是微不足道的。互联网上无数的"梨

---

① 中国网民对权威部门违背常识解释或说明的事件的命名，带有嘲讽意味，基本结构为"被＋动词"，著名的有"被自杀""被涨工资""被和谐""被就业"等。

花体"虽然在《红楼梦》面前可能显得无比渺小，但在人类的历史长河中，它们的意义远比《红楼梦》伟大。第二媒介时代，文学注定是自由的，"80后"写作是这个自由的开端，在"80后"写作中，我们可能找不到经典，看不出卓越，可我们必须看到它的文化民主启蒙价值和意义，这是"80后"写作在21世纪文学第一个十年历史中全部意义之所在。

文学应该是多样化的，文学园地不应该只生长芬芳的玫瑰，也应该生长各种默默无闻的野花甚至杂草。高雅文学和大众文学不是零和博弈关系，而是彼此依存关系。任何时代都需要高雅文学，需要经典，哪怕仅仅为教育和研究；同样，任何时代都需要大众文学。作为媒体文化景观中的"80后"写作只代表了全部"80后"写作中专属于大众文化的那一面，事实上，绝大多数"80后"写手都是默默的耕耘者，他们依然具有远大的文学理想，依然具有卓越的追求。这是文学多样性的常态，是文学自由的必然结果。囿于年龄和生活阅历的局限，"80后"写手有诸多的缺点，如视野狭小、用意飘忽、技巧幼稚等，同时，"80后"写作的历史非常短暂，其作品的审美价值还需要历史的检验，因此，我们很难对"80后"在文学上的贡献进行评价。但我们应该相信，"80后"正在成长，他们不仅能开创大众文学的辉煌，也能承担高雅文学的历史重担，文学园地在他们的精心耕耘下，一定是五颜六色的花海。最后，以白烨的一段话结尾，借以表达对"80后"的文学时代的希望：

> 作家如何在市场经济的汪洋大海里游泳，文学如何在商业潮流的滚滚红尘中发展，偌大的时代课题已历史地落到"80后"一代身上，他们能作出不负自己又不负时代的回答么？这当然需要"80后"用他们的文学实践来作出回答，但我觉得从他们已经表现出来的素质和能力来看，我们没有理由不对他们寄予厚望。……在他们之中，也必然会有一些有心人和有志者成为新的

文学工作者，并作为整体的一个新的梯队补充到文学队伍之中来；而当他们登上文坛并成为创作主力之后，他们那真正的"个性化"写作和"个性化"品格，必将会给当代文学带来一个整体性的和革命性的变化。①

---

①　白烨：《新的群体、新的气息》，何睿、刘一寒主编：《我们，我们——80后的盛宴》（序），中国文联出版社 2004 年版。

参考文献

一 理论部分

［美］曼纽尔·卡斯特：《千年终结》，夏铸九、黄慧琦等译，社会科学文献出版社 2003 年版。

［美］曼纽尔·卡斯特：《网络社会的崛起》，夏铸九、王志弘等译，社会科学文献出版社 2003 年版。

［美］沃尔特·李普曼：《公共舆论》，阎克文、江红译，上海人民出版社 2002 年版。

［美］保罗·莱文森：《数字麦克卢汉——信息化新世纪指南》，何道宽译，社会科学文献出版社 2001 年版。

［美］保罗·利文森：《软边缘：信息革命的历史与未来》，熊澄宇等译，清华大学出版社 2002 年版。

［加］马歇尔·麦克卢汉：《理解媒介——论人的延伸》，何道宽译，商务印书馆 2000 年版。

［加］埃里克·麦克卢汉、［加］弗兰克·秦格龙：《麦克卢汉精粹》，何道宽译，南京大学出版社 2000 年版。

［美］马克·波斯特：《第二媒介时代》，范静晔译，南京大学出版社 2001 年版。

［美］马克·波斯特：《信息方式——后结构主义与社会语境》，范静晔译，商务印书馆 2000 年版。

［美］尼尔·波兹曼：《娱乐至死》，章艳、吴燕莛译，广西师范大学出版社 2009 年版。

［美］约瑟夫·R. 多米尼克：《大众传播动力学：数字时代的媒体》（第 7 版），蔡骐译，中国人民大学出版社 2004 年版。

［美］尼葛洛庞帝：《数字化生存》，胡泳、范海燕译，海南出版社 1997 年版。

［美］沃纳·塞佛林、小詹姆斯·坦卡特：《传播理论——起源、方法与应用》，郭镇之等译，华夏出版社 2000 年版。

［英］奥利费·博伊德—巴雷特等编：《媒介研究的进路：经典文献读本》，汪凯、刘晓红译，新华出版社 2004 年版。

［法］居伊·德波：《景观社会》，王昭凤译，南京大学出版社 2006 年版。

［美］道格拉斯·凯尔纳：《媒体奇观——当代美国社会文化透视》，史安斌译，清华大学出版社 2003 年版。

［美］道格拉斯·凯尔纳、［美］斯蒂文·贝斯特：《后现代理论：批判性的质疑》，张志斌译，中央编译出版社 2004 年版。

［美］斯蒂文·贝斯特、［美］道格拉斯·凯尔纳：《后现代转向》，南京大学出版社 2002 年版。

［美］哈罗德·布鲁姆：《影响的焦虑》，徐文博译，生活·读书·新知三联书店 1989 年版。

［美］哈罗德·布鲁姆：《西方正典》，江宁康译，译林出版社 2005 年版。

张春兴：《现代心理学——现代人研究自身问题的科学》，上海人民出版社 1994 年版。

丁帆、许志英：《中国新时期小说主潮》，人民文学出版社 2002 年版。

［美］戴维斯·泰格沃德：《六十年代与现代美国的终结》，周朗、新港译，商务印书馆 2002 年版。

田涯文化工作室：《80 后心灵史》，长江文艺出版社 2006 年版。

诸子：《穿越郭敬明：独一代的想象森林》，上海人民出版社 2004 年版。

晏杰雄：《新世纪长篇小说文体研究》，博士学位论文，兰州大学，
　　　2009 年。

詹明信：《晚期资本主义的文化逻辑》，张旭东编，陈清侨等译，生活·
　　　读书·新知三联书店 1997 年版。

周宪：《审美现代性批判》，商务印书馆 2005 年版。

[英] 阿兰·斯威武德：《大众文化的神话》，生活·读书·新知三联书
　　　店 2003 年版。

[美] 戴维·洛奇：《二十世纪文学评论》，上海译文出版社 1993 年版。

康德：《判断力批判》，宗白华译，商务印书馆 1964 年版。

武蠡甫主编：《西方文论选》，上海译文出版社 1979 年版。

[荷兰] 约翰·赫伊津哈：《游戏的人》，多人译，中国美术学院出版社
　　　1996 年版。

邵燕君：《倾斜的文学场》，江苏人民出版社 2003 年版。

[美] 泰勒·考恩：《商业文化礼赞》，严忠志译，商务印书馆 2005 年版。

朱立元：《当代西方文艺理论》，华东师范大学出版社 1997 年版。

小饭：《成名——韩寒郭敬明等人成名的心路历程》，民族出版社 2004
　　　年版。

梦游：《80 后作家成名之路》，现代出版社 2006 年版。

韩寒、何员外等：《那么红：青春作家的自白》，中国文苑出版社 2005
　　　年版。

[法] 布尔迪厄：《文化资本与社会炼金术（布尔迪厄访谈录）》，包亚
　　　明编译，上海人民出版社 1997 年版。

[法] 皮埃尔·布迪厄：《艺术的法则——文学场的生成和结构》，刘晖
　　　译，中央编译出版社 2001 年版。

汪民安：《福柯的界线》，中国社会科学出版社 2002 年版。

洪子诚：《问题与方法——中国当代文学史研究讲稿》，生活·读书·
　　　新知三联书店 2002 年版。

马尔库塞等：《现代美学析疑》，文化艺术出版社1987年版。

［英］迈克·费瑟斯通：《消费文化与后现代主义》，刘精明译，译林出版社2000年版。

［英］迈克·费瑟斯通：《消解文化——全球化、后现代主义与认同》，杨渝东译，北京大学出版社2009年版。

［法］让·波德里亚：《消费社会》，刘成富、全志钢译，南京大学出版社2001年版。

张英进、于沛：《现当代西方文艺社会学探索》，海峡文艺出版社1987年版。

陶东风：《文化研究精粹读本》，中国人民大学出版社2006年版。

［美］理查德·凯勒·西蒙：《垃圾文化——通俗文化与伟大传统》，关山译，社会科学文献出版社2001年版。

［美］理伯卡·E.卡拉奇：《分裂的一代》，覃文珍、蒋凯、胡元梓译，社会科学文献出版社2001年版。

吴琼：《视觉文化的奇观：视觉文化总论》，中国人民大学出版社2005年版。

于广华：《中央电视台大事记》，人民出版社1993年版。

郭镇之：《中国电视史》，文化艺术出版社1997年版。

郭镇之：《中国电视史》，中国人民大学出版社1991年版。

［英］尼古拉斯·阿伯克龙比：《电视与社会》，张永喜等译，南京大学出版社2002年版。

［美］劳拉·E.贝克：《婴儿、儿童和青少年》，桑标等译，上海人民出版社2009年版。

黄云生：《少年儿童文学》，高等教育出版社2004年版。

张锦贻：《民族儿童文学新论》，内蒙古教育出版社2000年版。

赵祥麟、王承绪编译：《杜威教育论著选》，华东师范大学出版社1981年版。

郭庆光：《传播学教程》，中国人民大学出版社1999年版。

［英］丹尼·卡瓦拉罗：《文化理论关键词》，张卫东等译，江苏人民出版社 2007 年版。

［美］约翰·费斯克等：《关键概念：传播与文化研究辞典》，李彬译注，新华出版社 2004 年版。

黄浩、马政：《十少年作家批判书》，中国戏剧出版社 2005 年版。

张维特：《30 年中国人的阅读心灵史》，中国对外翻译出版公司 2009 年版。

［美］丹尼斯·麦奎尔：《麦奎尔大众传播理论》，崔保国译，清华大学出版社 2010 年版。

二　作品部分

马原：《重金属：80 后实力派五虎将精品集》，东方出版中心 2004 年版。

何睿、刘一寒：《我们，我们——80 后的盛宴》（序），中国文联出版社 2004 年版。

韩寒、张悦然：《一起沉默：2000—2005〈萌芽〉小说精选》，人民文学出版社 2006 年版。

春树：《北京娃娃》，春风文艺出版社 2002 年版。

韩寒：《三重门》，作家出版社 2000 年版。

韩寒：《长安乱》，中国青年出版社 2004 年版。

韩寒：《一座城池》，二十世纪出版社 2006 年版。

韩寒：《通稿 2003》，作家出版社 2003 年版。

郭敬明：《幻城》，春风文艺出版社 2003 年版。

郭敬明：《梦里花落知多少》，春风文艺出版社 2003 年版。

郭敬明：《悲伤逆流成河》，长江文艺出版社 2008 年版。

张悦然：《樱桃之远》，春风文艺出版社 2000 年版。

张悦然：《葵花走失在 1890》，作家出版社 2003 年版。

张悦然：《十爱》，作家出版社 2004 年版。

李傻傻：《红×》，花城出版社 2004 年版。

蒋峰：《维以不永伤》，春风文艺出版社 2004 年版。

胡坚：《愤青时代》，长江文艺出版社 2002 年版。

蒋方舟：《青春前期》，人民文学出版社 2002 年版。

孙睿：《孙睿作品集》，作家出版社 2006 年版。

孙睿：《活不明白》，春风文艺出版社 2009 年版。

孙睿：《跟谁较劲》，长江文艺出版社 2010 年版。

张佳玮：《倾城》，长江文艺出版社 2004 年版。

后 记

本书是在我的博士论文基础上修改而成的。完成博士论文的整个过程对我来说显得漫长而艰辛，修改完善博士论文涉及大量新研究成果、新数据等，同样费时耗力，但无论如何，我要感谢这次学术历险过程。

本书将"'80后'写作"视为互联网推动下中国文化变革大戏的启幕者，详细分析了第二媒介时代与"'80后'写作"的深刻关系，深入探究了新媒介时代文学内部发生的深刻变革，并讨论了未来文学研究的转向问题。本书的写作得到了教育部人文社会科学研究项目"第二媒介时代视阈中的'80后'文学研究"（项目编号：11YJC751063）和西北师范大学青年科研能力提升项目"第二媒介时代的文学——以'80后'写作为中心"（项目编号：SKQNYB10004）的资助，本书的出版还得到了西北师范大学传媒学院的出版资金资助，在此一并表示感谢。

如果说本书算是我学术生涯中的一点点儿成绩，那么我要感谢恩师们的教诲和指导，感谢西北师范大学同事们的无私帮助。

感谢我的导师赵学勇先生，博士论文从确定选题到写作，都得到了他的悉心指导。在我行走得最艰难时，是他给了我莫大的支持和信心，让我坚信该论文的学术意义。先生为人质朴率真，为文睿智严谨，使我受益匪浅并且终生难忘。雷达先生的亲切、程金城先生的敦厚、常文昌先生的宁静、武文先生的谦和、彭岚嘉先生的机智、古世仓先生的真诚，都已经融入我的记忆。感谢他们在论文写作过程中提出的建议，更要感谢他们给我的精神上的养分。

感谢我的同事和朋友徐兆寿、张晓琴、闫岩、杨华、马世年等，他们亦师亦友，在本书撰写过程中，给予我很大的启发。

感谢我的家人，正是他们的无私奉献和付出，使我能够潜心学习，顺利完成本书的写作。

在本书的写作过程中，我参阅了大量研究文献，借鉴和吸收了诸多专家学者的研究成果，对引用部分，书中已经做了详细的标注，在此表示谢意。

最后，还要感谢中国社会科学出版社的郭晓鸿老师，她惠允出版此书，并在出版过程中给予许多非常专业的建议，才使本书得以顺利出版。

囿于本人的学术研究水平，本书中难免存在不足甚至错讹之处，恳请方家批评指正。

石培龙

2015 年 11 月